THE WIFE
BETWEEN
US

我们 之间
的 妻子

[美] 格里尔·亨德里克斯（Greer Hendricks）
[美] 莎拉·佩卡南（Sarah Pekkanen）——著

高环宇——译

中信出版集团 | 北京

图书在版编目（CIP）数据

我们之间的妻子 / (美) 格里尔·亨德里克斯, (美)
莎拉·佩卡南著；高环宇译. —— 北京：中信出版社，
2020.8
　书名原文：THE WIFE BETWEEN US
　ISBN 978-7-5217-1730-3

　Ⅰ.①我… Ⅱ.①格…②莎…③高… Ⅲ.①长篇小
说—美国—现代 Ⅳ.① I712.45

中国版本图书馆 CIP 数据核字 (2020) 第 049656 号

我们之间的妻子

著　者：〔美〕格里尔·亨德里克斯　〔美〕莎拉·佩卡南
译　者：高环宇
出版发行：中信出版集团股份有限公司
　　　　　（北京市朝阳区惠新东街甲4号富盛大厦2座　邮编　100029）
承 印 者：北京诚信伟业印刷有限公司

开　本：880mm×1230mm　1/32　　印　张：13.5　　字　数：210千字
版　次：2020年8月第1版　　　　印　次：2020年8月第1次印刷
京权图字：01-2018-6655
书　号：ISBN 978-7-5217-1730-3
定　价：68.00元

格里尔带着爱和敬意，献给约翰、佩奇和艾利克斯

莎拉献给所有鼓励我写这本书的人

目录

第一部分
复制妻子

引子

　　她把运动包挂在小臂上，急匆匆地走过人行道。脸颊绯红，金发在肩头跳跃。在公寓门口，她把手伸进包里，掏出一串钥匙。正是下班的时候，黄色的出租车接踵而来又呼啸而过；一拨人走进街角的速食店；大街上拥挤而嘈杂，但是她从来没有离开过我的视线。

　　她突然停下来，回头瞥了一眼。我仿佛被电击了一下。难道她发现我了？目光侦测，是这么说吧——我们能够感觉到别人观察的目光。人类的大脑完全继承了祖先的基因，他们就是依靠这样的绝技逃避野兽追踪的。我已经掌握了这门防御技巧，情不自禁地扬起头，避开那双眼睛，全身涌起一股麻嗖嗖的感觉。我意识到不听劝告的危险。

　　但是她转过头，打开门，然后走进去了。她根本不是在看我。

她没有发现我。

她没有意识到我的破坏性和我正在实施的毁灭行为。

我对于这个圆脸、尖下巴、浑身散发着活力的漂亮小女人（就是我丈夫理查德抛弃我，跑去追求的那个女人）来说，就像旁边人行道上觅食的鸽子一样不入眼。

如果她一直这样下去，绝不会预料到将要发生的事情。绝不可能知道。

1

内莉不知道自己是怎么醒的。她睁开眼睛的时候，一个女人穿着她的白色蕾丝婚纱站在床尾，正低头盯着她。

尖叫声险些冲口而出，但是内莉克制住了。她扑向立在床头柜旁边的棒球棍。然后，她的眼睛适应了斑驳的光线，怦怦的心跳慢了下来。

意识到安全之后，她无奈地笑了笑。她只是看到了自己的婚纱而已。她昨天才从婚纱店把它取回来，带着裙撑子和防尘套挂在衣柜门上。她仰头倒在枕头上，呼吸平稳之后，仔细地看了看床头柜上的表，蓝色方块上的数字显示时间还早。这不是第一次了。

闹钟还没响。她双手举过头顶，伸了一个懒腰，然后伸出左手关掉闹钟。订婚时，理查德套在她无名指上的钻石戒指沉甸甸的，看起来有些扎眼。

从小，她就很难入睡。妈妈没有耐心和她一直耗，爸爸却总是陪着她：温柔地抚平她的睡衣，在她的后背上写下"我爱你""你与众不同"的字样，或者画一些圆圈、五角星和三角形等图案让她猜。九岁那年，父母离婚，爸爸搬走了。从此她只能一个人孤零零地躺在双人床上，盖着粉色和紫色条纹相间的被子，盯着天花板上渗出的水印发呆。

当她终于困了的时候，通常要昏睡七八个小时——那种不做梦的沉睡，有时候甚至需要妈妈用力摇晃她才能醒。

但是，自从大学最后一年十月的那个晚上开始，一切全变了。

她的失眠突然加重，即使睡着了也会不停地做梦，就像真的一样，然后惊醒。她和大学女生互助会的朋友一起住。有一天下楼吃早饭的时候，室友说她半夜一直在迷迷糊糊地叫喊，而她只是轻描淡写地回答："我担心期末考试，心理统计学简直要人命。"然后走开去给咖啡续杯。

后来，她强迫自己去做心理咨询，但得到的只是一个女人善意的安抚。她不愿意回忆那个由几瓶伏特加和笑声带入，又被警笛和绝望送走的温暖夜晚。她接受了两次心理治疗，第三次的时候爽约了，然后再也没去过。

内莉噩梦不断。有一次惊醒的时候，她感觉理查德紧紧地搂着她，用低沉的声音在她的耳边轻声说："宝贝儿，我在。和我在一起你很安全。"她抱住他，知道自己找到了寻求已久的安全感，一种即使在那场意外之前她也一直渴望的感觉。她给他讲了梦里的情节。有理查德陪在身边，内莉终于进入了容易被打破的沉睡，脚下摇摆不定的大地似乎变得稳固起来。

昨晚，她一个人回到褐色砂石公寓一层的老房子。理查德去芝加哥出差了，她最好的朋友兼室友萨曼莎已经搬去和新交的男朋友住了。纽约的喧嚣从每一条墙缝渗进来：汽车喇叭声、断断续续的尖叫声、狗叫声……尽管上东区①是纽约犯罪率最低的地方，但她还是在搬进来之后安装了钢窗护栏和三道门锁，包括一把大锁。不仅如此，她还需要一杯霞多丽白葡萄酒才能让自己昏昏欲睡。

内莉揉揉酸涩的眼睛，慢慢地蹭下床，穿上纯棉的睡袍，继续端详她的婚纱。是不是应该在小衣橱里给它腾出个地方呢？可是它太占地儿了。挤在婚纱店里点缀着亮片的蓬蓬裙之间时，它显得简洁高雅，就像一堆鬈发里一个精致的发髻一样。但是，现在挂在狭小的卧室里，靠着从宜家买回来的简易书架和乱七八糟的衣服，它竟然变得有点像迪士尼公主的戏服。

来不及换了。婚礼近在眼前，一切准备就绪，就连蛋糕顶层的装饰——金发新娘和她英俊的新郎，也已经做好了。

---

① 曼哈顿的上东区有文化、购物中心，还有纽约市最富有的居民。它既是最富有的纽约人的居住地，同时也是艺术馆大道和名牌购物中心的所在地。——编者注

"天哪，看起来就像你们俩。"萨曼莎看到理查德在邮件中发来的一对瓷人图片时这样说。这个蛋糕装饰的原型是理查德的父母，他在求婚成功之后，从地下室的储物间里把它们找了出来。萨曼莎耸着鼻子说："你有没有觉得他好得简直让人不敢相信？"

理查德三十六岁，比内莉大九岁，是一名成功的对冲基金经理人。他拥有长跑运动员般修长的身材，深蓝色的眼睛，洋溢着笑容和热情的眼神。

第一次约会的时候，他带她去了一家法国餐厅，和斟酒的服务员侃侃而谈，讨论勃艮第白葡萄酒。第二次，是一个飘雪的周六，他嘱咐她穿暖和一点，见面的时候拿出两个翠绿色的塑料雪橇，说："我知道中央公园有最酷的斜坡。"

他当时穿着一条褪色的牛仔裤，仍然像穿着剪裁合身的西服一样完美。

她回答萨曼莎时说的"天天感觉如此"可不是开玩笑。

内莉光着脚走进厨房，七步的距离，又打了一个哈欠。油毡地板冰凉冰凉的。她打开顶灯，发现蜜罐一团糟。萨曼莎，又是她。每次做完甜茶都是这样：黏稠的蜜汁挂在罐子外，一只蟑螂正在琥珀色的黏液里挣扎。虽然在曼哈顿生活了许多年，此情此景还是让她反胃。她从萨曼莎堆满水池的脏杯子里捡出一个将蟑螂扣在里面。"让她自己处理吧。"等咖啡出炉的时候，她打开电脑查邮件——盖璞（Gap）的促销券；变成素食主义者的妈妈要求婚宴上必须有不带肉的食物；一张信用卡还款通知单。

内莉把咖啡倒进一个画着心形图案、写着"世界第一教师"的马克杯里，她和萨曼莎都是"阶梯学习幼儿园"的老师，碗柜里有差不多十二个各具特色的杯子。她喝了一口，感到心满意足。今天有十场针对三岁幼童班的"春季家长－老师见面会"，必须保持最佳状态，如果没有咖啡因可就危险了，她很可能在一个"安静的瞬间"睡过去。最先来的应该是波特夫妇，他们最近对她的教学缺乏斯派克·琼斯[①]风格的创造力表示了忧心，建议她用北美印第安人的圆锥形大帐篷代替现有的大游戏室，而且给她发来了一个价格二百二十九美元的商品链接。

她下定决心，和理查德搬家之后尽量避免和波特夫妇见面，一定要比看见蟑螂的次数还要少。她又看见萨曼莎的杯子，愧疚感油然而生。于是她拿起一张餐巾纸，迅速地裹起蟑螂扔进马桶，放水冲掉。

就在她准备洗澡的时候，电话响起来。她裹上浴巾，冲进卧室抓起手包。但手机不在里面。她总是找不到手机。最后，她从被子里把手机刨出来。

"喂。"

没有声音。

---

① 斯派克·琼斯（Spike Jonze），美国导演、编剧、制作人、演员，作品曾入围奥斯卡金像奖最佳导演奖、最佳影片奖等。——编者注

来电显示是一个空号。过了一会儿，手机上出现一个语音留言的提示。她按下播放键，可是只能听到有节奏的、微弱的响声。是呼吸的声音。

应该是电话推销，没什么大事。她把手机扔到床上的时候这样想。也许是紧张过度吧。其实，她有点不知所措。毕竟接下来的几周，要打包、搬家、手捧白玫瑰花束走进和理查德的新生活。改变本来就让人心力交瘁，更何况她要同时应付好几个。

可是一连好几周，这已经是第三个电话了。

她扫了一眼前门，保险锁关着。

往浴室走了没几步，她又掉头回来取手机。她把手机放在洗手池边上，锁门，解开浴巾挂在栏杆上，走到花洒下面。她被打到身上的凉水激得退了一步，这才想起调水温。然后，她用双手摩挲着胳膊。

小小的空间雾气腾腾。她把喷头对准肩膀，然后移到后背。结婚以后要改姓了。也许，还要换个电话号码。

她穿上亚麻套裙，准备为金黄色的睫毛涂睫毛膏，这是她第一次盛装出席"家长–老师见面会"，就连毕业典礼也没有这么隆重，这时电话又响了。刺耳的铃声加上瓷盆震动的噪声让她的手一抖，睫毛刷向上一挑，眉毛旁边多出一条黑线。

她低下头，看到理查德发来的信息："美女，晚上见。我已经迫不及待地开始倒计时了。爱你。"

看到未婚夫的留言，她整个早上堵在胸口的那口气终于缓过来，如释重负。她回复他说"我也爱你"。

今晚，不能和他提电话的事。他们聊天的时候，他会给她倒一杯红酒，然后托起她的脚放在自己的腿上。也许，他能查出这个隐藏的号码。收拾停当，她背上有些沉的书包，走进让人眩晕的春光里。

2

热水壶尖锐的警报声把我吵醒。阳光钻进百叶窗的缝隙，在我的身上投下一条条暗淡的光影。我像在妈妈的肚子里那样蜷缩在床上。怎么又到早上了？一个人在双人床上睡了好几个月——这不是我和理查德睡的那张大双人床，可我还是习惯躺在左边。旁边的被子冰凉。那是我给魔鬼留的地方。

早上是最烦人的，因为在那段短暂的时间里大脑是清醒的。死缓太折磨人了。我团在拼花被里，仿佛被千斤重担压得不能起身。

此时此刻，理查德很可能和年轻漂亮的我的替代品在一起。他用深蓝色的眼睛注视着她，手指滑过她的脸颊。有时候，我甚至能听见他对她重复着和我耳鬓厮磨时说过的那些甜言蜜语。

你让我心醉，我要给你快乐，你是我的全世界。

我的心在抽搐，一跳一痛。我提醒自己深呼吸。没用，从来没有管用过。

我一直在观察那个让理查德离开我的女人，却总是被她的柔软和纯真打动。我和理查德第一次见面的时候，他是那么喜欢我，他捧着我的脸，温柔得像是捧着一朵娇艳的花，生怕碰坏了。

虽然在让人神魂颠倒的最初几个月和以后的生活中，有时候他似乎有一点做作，但是无关紧要。理查德善解人意，魅力十足，而且多才多艺。我几乎一下子就爱上了他，而且从来没有怀疑过他对我的爱。

现在，他结束了我们的关系。我从我们殖民地风格的家里搬出来。那里有拱廊、绿草坪和四间卧室。虽然其中三间一直空着，但是每周都有人来打扫。保姆推开那些房间的门时，我总是找借口躲开。

如今我住在十二楼的一个小房间，楼下救护车的哀号声终于把我从床上拎起来。洗完澡吹头发的时候，我看见自己的发根，于是从水盆下面拿出伊卡璐的焦糖色染发膏，提醒自己晚上用。那些由理查德付钱挥金如土地剪染头发的日子已经一去不复返。

我打开复古风格的樱桃木衣柜，这是夏洛特姨妈从跳蚤市场买来、自己翻新以后送给我的。我以前的步入式衣橱比这间屋子还要大：套装按照颜色和季节分类，挂在衣架上，各种松紧不同的名牌牛仔裤堆叠在一起，还有一面五颜六色的羊绒毛衣墙。

但是，我对那些衣服没多大兴趣。我习惯穿瑜伽裤和宽松的运动衫。和上班的人正相反，我只有在理查德回家之前才会换上时髦的套装。

我真庆幸，当初搬离韦斯切斯特富人区的房子时带走了几箱好衣服。现在我是萨克斯百货三层名品服饰的销售，靠提成过日子，所以精气神对我来说至关重要。我用挑剔的眼光审视着挂在衣柜里的套装，最后相中了一件淡绿色的香奈儿。这件衣服扣子的标识上有一道划痕，而且有些宽松。上次穿它是在前世。不用上秤我也知道自己瘦了多少：一米六七，却只能穿 4S 号。

走进厨房，夏洛特姨妈正在就着新鲜的蓝莓喝希腊酸奶。我吻了一下她像滑石粉一样光润的脸颊。

"瓦妮莎，睡得好吗？"

"很好。"我撒谎道。

她戴着眼镜，穿着宽松的太极服，光脚站在厨房的灶台旁，一边一勺一勺地舀着早餐，一边在一个旧信封的背面划拉着写下购物清单。"运动"是她获得好心情的法宝，所以她一直鼓励我陪她逛 SOHO，再到 Y① 听艺术讲座或者在林肯中心看电影什么的。我试过了，全部无效。我的心事固执地跟着我走到每一个地方。

我咬了一口全麦面包，然后把一个苹果和一根蛋白棒装进包

—————————

① 纽约著名的艺术中心。——译者注

里当午餐。夏洛特姨妈终于放心了，我能看出来。不仅是因为我看起来好多了，还因为我开始工作了。我知道我打乱了她的生活。她把多余的卧室改成了美术工作室，通常整个上午都在画布上涂抹厚厚的油彩，创造比我们的生活美丽得多的梦中世界。她从不抱怨。小时候，每次妈妈需要过"熄灯的日子"的时候，我就会给夏洛特姨妈打电话，小声咕哝着"她又休息了"，然后姨妈就会出现。她扔下旅行袋，伸出粘着颜料的双手，给我一个带着亚麻籽油和薰衣草味道的拥抱。她没有孩子，所以可以随心所欲地设计自己的生活，并且永远在我最需要的时候围着我团团转，这是我最大的幸运。

"干乳酪……梨……"夏洛特姨妈松松垮垮地绾着个银灰色发髻，一边写一边念叨，单子上布满圈圈线线。我眼前的摆设不拘一格：一个深蓝色的玻璃碗、一个大肚子的紫色陶瓷马克杯，还有一把银勺，很能激发静物画的创作灵感。这套公寓有三间卧室，即便是几年前姨父还在世的时候，空间也绰绰有余。他们搬进这个小区的时候房价还没有一蹿冲天。这房子给人一种赶时髦的旧农舍的感觉：高低不平的木地板咯吱咯吱地响；房间的颜色各不相同——金黄、宝石蓝和薄荷绿。

"今晚又搞沙龙？"我问。她点点头。

自从和她住到一起之后，我经常在客厅里见到一群纽约大学的新生，像《纽约时报》的艺术评论家那样和几个工作室的主人侃侃而谈。"我下班会带红酒回来。"我主动提出来。坚决不能让夏洛特姨妈把我当成累赘。她是我的唯一。

我搅拌着眼前的咖啡，心里想着理查德是不是正在给他的新欢做咖啡，然后端到她的床前。她慵懒舒适地躺在柔软的鸭绒被子里——那曾经是我们的。我看见她掀开被子的时候，他的嘴唇扬起一个微笑。我们经常在早上做爱，他总说："无论白天发生什么，至少我们有它。"我的胃抽搐了一下，我放下面包，低头看时间。那是结婚五周年时，理查德送我的卡地亚坦克表。我用指尖抚摸着黄金表面。

我感觉到他正抬起我的胳膊，把它套在手腕上。有时候，我在自己的衣服上真真切切地闻到他洗澡时用的欧舒丹沐浴露的味道，即使衣服洗过了也能闻到。他像个影子一样一直跟着我，可是我抓不到。

"今晚和我们一起吧，这对你有好处。"

我回过神来说："看情况。"我不会参加的。夏洛特姨妈的眼神充满慈爱，她一定看出来我在想理查德，但是她并不知道我们的真实情况。她以为理查德像其他男人一样为了年轻姑娘抛弃了我，我是受害者，是又一个在中年被遗弃的女人。

她要是知道我做了什么就不会用这副怜悯的表情了。

"我得赶紧走了，"我说，"还需要买什么，发短信给我。"

一个月前我刚刚找到这份销售的工作，现在就已经因为迟到被警告了两次。晚上我必须吃了医生开的药才能入睡，可到了早上却昏昏沉沉的，不想起床。我没上班快十年了，如果丢了这份工作，还有谁会雇我呢？

我斜挎上书包，几乎全新的 Jimmy Choo[①] 的鞋尖露在外面，系上磨损的耐克鞋带，塞好耳机。我喜欢在去五十个街区以外的商场上班的路上听心理节目，有时候听听别人的无奈可以解脱自己。

早上醒来的时候，太阳无言的问候让我误以为外面已经暖和起来，现在却被晚春犀利的冷风抽打着。我缩成一团，痛苦地从上西区赶往曼哈顿中心。

我的第一位客人是位投资银行家，自称南希。她说上午的会议意外地取消了，现在她的工作就是消费。她体型娇小，眼距很宽，头发很短，戴着一副男孩子气的眼镜。给她搭配服装是个挑战，不过我很高兴，因为这能分散我的注意力。

"我必须穿得正式一些，否则他们不把我当回事，"她说，"比如，他们居然查我的证件！"

我不动声色地诱导她放弃了灰色的西裤。我的目光落在她啃得光秃秃的指甲上，她发现之后便把双手插进颜色艳丽的运动服

---

① Jimmy Choo 是周仰杰以他的英文名命名的闻名世界的鞋子品牌。——编者注

口袋里。我在猜测她干这行多久了，或许可以在被打垮之前换一个工作，比如服务性的、环保或者保护儿童权益之类的工作。

我拿出一条西服裙和一件带图案的真丝衬衫，建议道："也许可以试试明快一些的颜色。"

我们在专柜间穿梭。她说虽然缺乏训练，又有同事拉她去相亲，但还是想参加下个月举行的五城自行车赛。而我一直在偷偷目测她的尺寸和肤色，拿出更多的衣服。

突然，亚历山大·麦昆[①]黑白花的连衣裙闯入视线，我停下脚步，伸出手，小心翼翼地抚摸它的纹理，心突突地跳个不停。

"真漂亮。"南希说。

我闭上眼，回忆起那天晚上，我穿着一件几乎和它一模一样的衣服。

理查德拎着一个带红色蝴蝶结的白盒子进门。"今晚穿它。"我穿上之后他说："美若天仙。"我们在阿尔文·艾利舞厅喝着香槟，和他的同事谈笑风生。他的手搂着我的腰，"别吃晚饭了，"他在我的耳边低语，"咱们回家吧。"

"你没事吧？"南希问。

"没事，"我勉强回答，但如鲠在喉，"它不适合你。"

南希一脸迷茫，我意识到自己脱口而出的话太过冒失。

---

① 亚历山大·麦昆，英国著名服装设计师，有"坏孩子"之称，被认为是英国的时尚教父。——编者注

"这件好。"我扯出一件经典的番茄红紧身连衣裙。

一堆衣服搭在胳膊上沉甸甸的，我朝试衣间走去："咱们先试试这几件吧。"

我把衣服挂在墙上，集中精力安排试衣服的顺序。淡紫色的夹克和她橄榄色的皮肤比较配，从它开始吧。我学过，夹克是最好的试衣起点，因为顾客不需要脱衣服。

我找来一双丝袜和高跟鞋搭配她的裙子和套装，然后把几件0S 的衣服换成了2S。最后，她选中了一件夹克、包括那件番茄红裙子在内的两件连衣裙、一件藏青色的西服。我推辞说需要录入消费记录，所以安排其他人带她去锁裙边。

其实，我是返回去看那件黑白相间的衣服。架子上挂着三件，我全摘下来，拿进库房，藏在破损衣物的后面。

我带着南希的信用卡和收据回去的时候她刚换好工作服。

"谢谢你，"她说，"我自己怎么也不会选这些衣服的，不过穿上它们真的让我感觉兴奋。"

这是工作中我最享受的一部分——顾客满意。女人总是在试衣服和花钱的时候怀疑自己：显胖吗？值吗？适合我吗？我之所以一清二楚，是因为我曾经无数次地站在试衣间里，努力想搞清楚自己应该是什么样子的。

我为南希的新衣服罩上挂套，递给她，突然觉得夏洛特姨妈是对的。如果我继续往前走，也许思想最终能够随身体一起前进。

南希走后，我又接待了几个顾客，然后去收拾试衣间。我把衣服挂在衣架上的时候，听到隔壁两个女人在聊天：

"呃，这件阿拉亚①看起来太糟心。我太胖了。我知道刚才那个服务员说酱油是低钠的是在骗人。"

我一下子从那轻快的带有南方口音的语调中听出来是她：理查德的同事乔治·瑟尔斯的妻子，希拉里·瑟尔斯。多年以来，我们俩一起出席了很多晚宴和商务活动。我曾经听过她关于公立学校和私立学校、阿特金斯饮食法和区域减肥法，以及圣巴茨和阿玛尔菲海岸的高谈阔论。今天真是不想再听了。

"喂！外面有人吗？换一个号。"一个声音喊道。

试衣间的门砰的一下打开了，一个女人走出来，她和希拉里太像了，尤其是姜黄色的头发，简直一模一样，她们肯定是姐妹。"小姐，你能帮忙吗？我们的服务员好像消失了。"

不容我作答，眼前出现一道橘黄色的闪电，那件阿拉亚在试衣间的门框上飘动。"这件衣服有四十二号的吗？"

如果希拉里花三千一百美元买下这件衣服，看在提成的分儿上，我可以回答她所有的问题。

"我去查一下，"我回答，"但是阿拉亚可不是那么宽容的，不管你中午吃了什么都……我给你拿四十四号的吧，它的尺寸偏小。"

---

① 阿瑟丁·阿拉亚（Azzedine Alaia）是法国设计师品牌服装，标志是贴身性感。——编者注

"听你的声音像个熟人。"希拉里把钠含量超标的身体藏在门后，探出头，然后尖叫了一声。她稳住自己之后，盯着我问："你在这儿干吗？"

她姐姐凑过去问："你在和谁说话？"

"瓦妮莎是我的老朋友。她是，哦，曾经是乔治同事的妻子。嘿，等一下，让我穿上衣服。"她再一次出现的时候给了我一个拥抱，我立刻淹没在花香里。

"你完全变样了！怎么回事？"她把两只手撑在屁股上审视我，我告诉自己要忍耐。"一眼看上去你瘦得像个小丫头，穿阿拉亚的衣服肯定都没问题。难道你在这里工作？"

"是的，很高兴见到你。"

她的电话响了，我如释重负。"喂，"希拉里的声音开始颤抖，"什么？发烧？确定吗？还记得上次她骗你……好的，好的，我马上到。"她转身对她姐姐说："校医打来的，她说麦迪逊病了。说实话，就算打个喷嚏，他们也会让孩子立马回家。"

她靠过来再一次拥抱我，钻石耳环划过我的脸："咱们约个午饭，好好叙叙旧。给我打电话！"

希拉里和她姐姐叮叮当当地向电梯走去，我在试衣间的椅子上看见一个白金手镯，便抓起来去追她们。我刚要喊她，却听见她们的对话，她饱含同情地说："可怜人。他拿走了房子、汽车，一切……"

"真的吗？她没有请律师吗？"

"她现在成难民了。"希拉里耸耸肩。

我仿佛被一堵无形的墙挡住了。

我注视着她们越走越远，她按下电梯按钮的时候，我转头回到试衣间，收拾她扔在地上的丝麻衣服。做这些事情之前，我把白金镯子套在了自己的手腕上。

上一次见希拉里是在离婚前不久，我家举办的鸡尾酒会上。那天晚上，服务人员没有按时到位就是一个危险的信号。面对当时的场面，理查德先对他们和我大发雷霆，责备我预订时间时应该再早一个小时，然后，他竟然变戏法似的走到客厅临时设置的吧台后面，把马丁尼、杜松子酒和奎宁水混在一起，举过头顶要起来，他的同事数到二十的时候，他哈哈大笑。我在客人间穿梭，低声为自己的摆盘技术道歉，盘子里只有圆形的布里干酪和三角形的切达干酪，我安慰他们正餐马上就到。

"亲爱的，你能从酒窖拿几瓶 2009 年的拉维利奥过来吗？"理查德隔着房间大声叫我，"我上周订了一箱。在葡萄酒柜的中间一层。"

我呆若木鸡，感觉所有人都在注视着我。希拉里也在吧台，好像就是她提出要喝这种酒的，这是她的最爱。

记得我当时走去地下室的时候就像电影中的慢镜头一样，我要拖延出现在他的朋友和商业伙伴面前的时间，因为我知道：酒窖里没有拉维利奥。

店里接着来了一位为参加同名人的受洗仪式来买衣服的老奶奶，还有一个准备坐邮轮去阿拉斯加的女人，她们又帮我打发掉差不多一个小时的时间。我感觉自己像一堆湿透的沙子，就要散了。南希走后才点燃的希望的火苗又熄灭了。

这一次，希拉里的人比声音先到。

我正在挂裙子，她走过来。

"瓦妮莎！"她喊着，"真高兴你还在这儿。请问你有没有看到……"

她的目光落在我的手腕上，声音断在空中。

我赶紧把镯子摘下来。"我没有……我，我担心把它放在失物招领处……我想你会回来找的，否则我会给你打电话。"

阴影从她的眼里消散。她相信我，至少她愿意相信我。

"你女儿没事了？"

她点点头。"我猜这个小骗子就是想逃数学课。"她咯咯笑着，费力地把一块死沉的白金套在手腕上，"你真是救了我的命。这是乔治送我的生日礼物。如果我告诉他丢了，你能想象后果吗？他肯定要和我离……"

她望向别处，满脸通红。我知道她是个善良的人。以前，她总能逗我笑。

"乔治怎么样？"

"忙，特别忙！你知道的。"

又是一阵沉默。

"你最近见到理查德了吗？"我本想轻松地打探他的消息，但事与愿违，我的渴望暴露无遗。

"嗯，偶尔见到。"

我期待着她说下去，但显然她不想多说。

"嘿！还要试试那件阿拉亚吗？"

"我该走了。我会再来的，亲爱的。"但我感觉她不会来了。眼前的情景——两年前的香奈儿和带划痕的衣扣，小理发店打理的发型，这一切都是她避犹不及的。

她匆匆忙忙地拥抱我，准备离开，但是突然转身。

"如果我是你……"她的眉头皱了一下，显然在做思想斗争，最后下定决心说，"好吧，我会想知道的。"

我仿佛在等待一列呼啸而来的火车。

"理查德订婚了。"她的声音似乎从遥远的地方飘过来，"抱歉……我想可能没人告诉你，好像是在……"

嗡嗡的响声盖过了她的话，我点着头向后退。

理查德订婚了，我的丈夫真的要娶她了。

我退进试衣间，靠着墙。人开始往下滑，裙子缩了上去，地毯灼烧着我的膝盖。我把头埋在手里，呜咽不止。

3

　　阶梯学习幼儿园在一座古老的尖顶教堂里。教堂的一边伫立着三块几乎有一百年历史的墓碑，尽管躲避在茂密的树冠之下，依然抵挡不住岁月的侵蚀。另一边是一个小游乐场，有沙地和蓝黄相间的攀爬设施。教堂连接着生和死，见证了无数仪式，既有对生命的赞颂，也有对死亡的敬意。

　　一块墓碑上刻着"伊丽莎白·克纳普"（她去世的时候只有二十几岁），和其他的墓碑隔着一段距离。内莉为了绕开这块小墓地，总是习惯兜个大大的圈。她每次都情不自禁地想起这个小妇人。

　　她的生命可能是因疾病或生子而终止的，也可能是意外。

　　她结婚了吗？有孩子吗？

　　树林里的风沙沙作响，内莉放下书包，打开围着游乐场的篱笆门，门上有儿童安全锁。伊丽莎白应该二十六或者二十七岁了，她突然纠结起她的年龄。

她想走回墓地核实清楚，可是教堂的大钟敲了八下，空气中回荡着低沉忧郁的钟声，提醒她还有十五分钟就要开会了。一片云遮住太阳，天气突然间变冷了。

内莉穿过小门，顺手关上，然后去收盖在沙地上的油布，为孩子们出来玩耍做准备。突然一阵狂风掀起了油布，她顶着风拉过来一个大花盆，压在边上。

然后她迅速跑进教堂，直奔地下室的幼儿园。浓郁的带有泥土芳香的咖啡味证明院长琳达已经到了。通常，内莉先布置教室，再去问候琳达。但是今天，她迫切需要见到一张熟悉的面孔，于是走过空无一人的教室，直接朝着琳达办公室的黄色灯光走去。

办公室里不仅有咖啡，还有一盘甜点，旁边放着一沓摊开的餐巾纸和一摞塑料杯。琳达的短发乌黑油亮，灰褐色的西服裙搭配巧克力色的腰带，一副出席董事会的样子。她不是为了见家长才这样打扮的，即使是活动日，她也可以随时出镜。

"告诉我那些不是巧克力牛角包。"

"迪安和德卢卡①的，"琳达强调，"自己拿。"

内莉叹了口气。今天早上她刚刚称过，结婚前还要减掉五磅②。不，是八磅。

---

① Dean and DeLuca，国际高端食品连锁店。——译者注
② 1 磅约等于 0.45 千克。——编者注

"吃吧，"琳达催她，"为了招待家长，我买了很多。"

"他们可都是从上东区来的，"内莉开玩笑地说，"没人会吃含糖的碳水化合物。"她又看了一眼盘子，"就吃一半。"然后用塑料刀切下一块。

她一边吃一边往教室走。教室虽然不够精致，但是很宽敞，阳光从高挑的窗户倾泻而下。四周铺着印有字母的软毯，老师们盘腿坐在上面讲故事；孩子们可以在厨房区戴着迷你厨师帽演奏锅碗瓢盆奏鸣曲，也可以在化妆角穿上医生的白衣、芭蕾舞演员的短裙，或者戴上宇航员的头盔。这里应有尽有。

内莉的母亲不知道内莉为什么不想成为"真正"的教师，也不知道她为什么对这个问题那么反感，所以只问过一次。

被一双双胖乎乎的、充满信任的小手抚摸的时候；听到孩子们第一次念出一个字母的时候；看到孩子们仰起头，露出好奇的神情的时候；听到孩子们带着新鲜感解读这个世界的时候，这些心动的感觉该如何解释？

她只知道自己想要教书，就像好多孩子认定自己一定要当作家或者艺术家一样。

内莉舔掉粘在指尖上的奶油，然后从包里掏出计划书和一摞成绩单。孩子们每天在这里度过几个小时，父母为此每年要支付三万两千美元，不是只有发送帐篷购买链接的波特夫妇希望所有的事情都有条不紊。每周，她都会收到很多邮件，比如，最近莱文夫妇就要求为天才的小里斯安排额外的学习。学校公布教师电话的目的是方便家长紧急联络，但是有些家长却毫无顾忌。内莉曾经在早上五点的时候接过一个电话，因为班尼特吐了，他妈妈想知道前一天他在学校吃了什么。

那天，整理壁橱和碗柜已经消耗掉她所有的肾上腺素，黑暗中尖锐的电话铃声响起的时候，她打开房间里所有的灯之后才意识到这是一个没有危险的电话。

"你真是圣人啊，"她拿起电话的时候，同屋的萨曼莎说，"你为什么不在睡觉的时候关掉手机呢？""好主意。"内莉敷衍地回答。她从来不随波逐流：在上班的路上和慢跑的时候不听吵闹的音乐；不在深夜单独走路回家。

如果有危险靠近，她希望尽早发现。

内莉正趴在桌子上写最后几条备忘录，这时她听见敲门声，抬头一看是波特夫妇。男人穿着条纹西服，女人穿着玫瑰色的连衣裙，就像要去听音乐会。

"欢迎，"他们走进来和她握手，"请坐。"内莉忍住笑看着他们挤进餐桌旁的儿童座椅里，自己也坐过来，她已经很习惯坐小椅子了。

"大家都知道乔纳是一个出色的孩子。"所有的会议，她都用"乌比冈湖"①式的开场白，但是这次是真心的。她卧室的墙上挂着

① 社会心理学借用乌比冈湖效应一词，指代人渴望高出平均水平的心理倾向。——译者注

几张心仪的图画作业，其中一幅是乔纳把她画成了棉花糖人。

"你注意到他的握笔器了吗？"波特夫人一边问一边从包里掏出笔记本和钢笔。

"嗯，我没有……"

"它可以转动，"波特先生打断她，然后握着他妻子的笔做示范，"看到了吗？他的手这样弯着，你觉得我们需要带他看医生吗？"

"没关系，他才三岁半。"

"三岁零九个月。"波特夫人纠正。

"好的，"内莉说，"精细动作的完成，很多孩子要到……"

"你来自佛罗里达，对吗？"波特先生问。

内莉眨眨眼："你怎么……抱歉，为什么问这个？"她从来没告诉过他们自己是哪里人，而且一直谨慎地不过多透露个人信息。

如果你掌握了技巧，回避问题也不是什么难事。比如，有人问起你的童年，你可以告诉他爸爸给你盖过一个树屋；你有一只像狗一样的黑猫，它会坐着，而且会讨好主人。如果问你大学的生活，你可以提足球队全胜的赛季，或者在食堂打工，烤面包的时候差点着了火，还有收拾餐桌的经历。如果你不想和对方分享事实，就用生动冗长的故事分散他的注意力，避免突出你个人的细节，比如，模糊毕业时间。可以撒谎，但只能在迫不得已的情况下。

"哦，这是纽约，不一样。"波特先生说。内莉仔细打量他：至少比自己大十五岁，听口音是曼哈顿人，以前不可能有任何交集。他是怎么知道的呢？

"我们不想让乔纳落后。"波特先生一边说一边向后靠，接着一阵手舞足蹈，才没让自己从椅子上翻过去。

"我丈夫要说的是，"波特夫人接过话茬儿继续说，"明年秋天，我们会申请去学前班。我们的目标是顶级学校。"

"我理解。"内莉收回思绪，"这是你们自己的决定，但是还要等一年。"她知道乔纳已经在上中文课、空手道和音乐课。她这周有两次看见他打哈欠、揉眼睛，一副睡不醒的样子。如果待在这儿，他至少还有时间盖沙子城堡或者在塔里搭积木。

"我想告诉你们一件事，有一天，他的同学忘记带午饭，"内莉开始讲，"他主动分享了自己的午饭，那么友善，那么富有同情心……"

波特先生的电话打断了她。

"是。"他说。他注视着她的眼睛，牢牢地拴住她的眼神。

她之前和他只见过两次，一次是在"父母之夜"，一次是在秋季家长会。他从来没有盯着她看过，也没有什么特别的举动。

波特先生的手画了一个圈，示意她继续。什么人打来的电话？

"你给孩子们留作业吗？"波特夫人问。

"什么？"

波特夫人笑了，内莉注意到她的唇膏和衣服特别搭。"史密斯学校就会留作业，每个季度都留，学术启蒙、多样化小组阅读、初级乘法等。"

乘法？"我当然留作业。"内莉挺直了腰板。

"开玩笑。"波特先生对着电话说。她感觉自己的目光又被他拉过去了。

"没有乘法……是，呃，更多的是基本技能，比如，数数和认识字母，"内莉说，"如果你翻过来看一下成绩单的背面，就会发现，哦，我分类了。"

屋子里安静下来。波特夫人在看成绩单。

"让桑迪接手，不要丢了客户。"波特先生挂了电话，摇摇头说，"可以结束了吗？"

"好的。"波特夫人对内莉说，"我知道你很忙。"

内莉保持着含蓄的微笑。她想说："是的。我很忙。昨天，我刚清洗了地毯，因为有个孩子把巧克力奶洒在了上面。我买了一块软毯子铺在安静的角落里，让你累坏了的儿子睡觉。这周我在餐馆上了三个晚班，因为在这里挣的钱不够生活费——尽管如此，为了你们的孩子，我还是每天早上八点就生机勃勃地走进来。"

她回到琳达的办公室要剩下的半个牛角包，突然听到波特先生低沉的声音："我忘了拿夹克。"他回到教室，从小椅子上拿起自己的衣服。

"你为什么说我是佛罗里达人？"内莉不假思索地问道。

他耸耸肩说："我侄女在那里上学，格兰特大学。我记得好像有人提过你也在那里上学。"

学校网站上公布的个人简历里没有这条信息，她也没有任何一件和大学相关的东西——运动衫、钥匙链或者三角旗。

一定是琳达把我的成绩单给了他们——他们看起来就像那种刨根问底的父母，内莉心想。

她更加仔细地端详他，努力想象他年轻时在少女眼中的模样。她对这个姓氏毫无印象。难道他侄女是某个曾经坐在她身后的同学？或者他是那些试图冲进女生互助会的男生之一？

"哦，我马上要进行下一场见面会，所以……"

他看了一眼空旷的走廊，然后对她说："毕业典礼上见。"他边走边吹起口哨。内莉一直看着他消失在门外。

理查德很少提起前妻，所以内莉只知道几件有关她的事：她还住在纽约城；他们离婚不久，理查德就认识了内莉；她很漂亮，长长的黑发，瘦瘦的脸——内莉曾经在谷歌上搜索过她的照片，碰巧搜到一张模糊的小照。

还有就是理查德最不能容忍她的迟到。

内莉全速跑过最后一个街区，冲进意大利餐馆，开始后悔和其他老师一起庆祝"会后余生"的时候喝了那两杯灰皮诺葡萄酒。

当时他们在交换战绩：隔壁教室的玛尔妮是公认的胜利者，因为有一对父母把家里的保姆派来参加会议，而且保姆的英语还不怎么样。

内莉在上厕所的时候看了一眼手机才想起时间，冲出来的时候差点和一个女人撞上，她脱口而出"对不起！"，并且闪到一旁，可是包掉在地上，东西撒了一地。那个女人一句话也没说，跨过地上的东西走了进去。（"注意礼貌！"，幼儿园老师内莉蹲在地上捡钱包和化妆品的时候在心里教训着她。）

她迟到了十一分钟。她推开厚重的玻璃门，气喘吁吁地说："我的未婚夫已经到了。"领位低头在皮质的预订簿上查找。

内莉巡视了一下就餐区，看见理查德从角落里站起来。他的眼周有些细纹，太阳穴旁边的黑发里夹杂着几根银丝。他注视着她走过来，坐下，然后幽默地眨了一下眼。她不知道自己是不是这辈子看见他永远都会这样心神荡漾。

"抱歉。"她说。他一边为她摆椅子，一边吻她。她闻到清爽的柑橘味道。

"一切都好吗？"

这简直就是一道程序，没人真的期待答案，但是内莉从理查德投过来的目光中知道他在意她的回答。

"疯狂的一天。"她叹着气坐下，"家长会。有一天，我们为小理查德去开家长会的时候，提醒我对老师说声谢谢。"

她把腿上的裙子捋平，理查德从冰桶里拿起维迪奇诺（葡萄酒）。低矮的蜡烛为乳黄色的桌布印上一个金色的光环。

"我只要半杯。家长会后和其他老师干了两杯，琳达开玩笑说这是我们的庆功酒。"

理查德的眉头皱到一起："早知道我就不点一整瓶了。"他伸出食指优雅地叫来服务生，要了一瓶圣培露（矿泉水）。"有时候，白天喝酒你会头疼。"

她笑了。这是她最早告诉他的事情之一。

内莉大学一毕业就搬到曼哈顿，把这里作为全新的起点。如果不是母亲一直住在南佛罗里达，她是永远不会回去的。那一次探望完母亲，在飞机上和一个军人并排而坐。起飞之前，乘务员走过来说："头等舱有一位绅士愿意和你换座位。"年轻的军人站起来道："太棒了！"

这时，理查德已经站在走廊里，领带松松垮垮地套在脖子上，一副筋疲力尽的样子，手里拿着酒和皮质公文包。他们四目相对的时候，他露出一个温暖的微笑。

"你真是个大好人。"

"不是什么大事。"理查德边说边坐在她的旁边。

安全广播开始了，几分钟后飞机冲向斜上方。

遇到气流的时候，内莉使劲抓住颤抖的扶手。

她的耳边意外地响起理查德低沉的声音："这就好比你的车子

轧过一个小水坑，绝对安全。"

"我知道这个道理。"

"道理不管用。也许这个有用。"

他把自己的酒递过来，她注意到他没有戴婚戒。她有些迟疑："有时候，白天喝酒我会头疼。"

机器轰鸣，她吞下去一大口。

"喝完，我再要一杯。哦，还是你想要一杯红酒？"他询问似的挑起眉毛，她注意到在他的右侧太阳穴旁边有一块银白色的新月形疤痕。

她点头："谢谢。"往常，她一个人在飞机颠簸的恐慌中挣扎的时候，邻座不会给予任何安慰，他们要么东张西望，要么翻阅杂志。

"你知道吗？我也有同感，"他说，"我看见鲜血的时候就会这样。"

"是吗？"飞机轻微地抖了一下，机翼转向左侧。她闭上眼睛，使劲地咽口水。

"我可以讲给你听，但你要保证不笑话我。"

她又点点头，希望他抚慰人心的声音不要停下来。

"几年前，我同事在开会的时候突然晕倒，头撞在会议桌上……我猜可能是低血压，或者是会议太烦人，总之，他昏过去了。"

内莉瞪大眼睛，轻轻笑出来。她不记得自己在飞机上笑过。

"我让大家都往后撤，自己拎过一把椅子，把那家伙放上去，喊人去拿水。突然我看见很多血，我开始头晕，感觉自己也要昏过去了。我跌坐在椅子里，差点把那个受伤的家伙挤下去。刹那间所有人扔下他，开始帮我。"

飞机开始水平飞行，机舱里响起柔和的音乐，乘务员在走廊里发放耳机。内莉松开扶手，望着理查德。他咧着嘴对她笑。

"你得救了。我们刚刚穿过云层，从现在起应该平稳了。"

"感谢你的酒和故事。即使晕倒，你也保持了绅士风度。"

此后的两个小时，理查德介绍说自己是一位对冲基金经理，并且告诉内莉，从教他发音的老师开始，他就对教师情有独钟："如果不是她，我就不能告诉你我真正的名字了。"她问他的家是否在纽约，他摇摇头："只有一个姐姐住在波士顿，父母在几年前都去世了。"他把两只手对撑在一起，低下头说，"因为车祸。"

"我父亲也去世了。"内莉说，他抬起头看着她，听她继续说道，"他留给我这件旧毛衫……有时候，我还会穿。"

两个人都陷入沉默。这时乘务员要求乘客收起小桌板，系紧安全带。

"着陆没问题吧？"

"要不你再讲一个故事帮我熬过去。"内莉说。

"嗯，一时想不起来。不如你把电话告诉我，万一我想起来了呢。"

他从西服口袋里掏出一支钢笔，她歪着头在餐巾纸上写下号码，长长的金发从肩膀垂下来。

理查德的手温柔地顺着她的头发滑到发梢，然后把它们别到她的耳后："太美了，永远不要剪。"

4

我坐在试衣间的地板上，弥漫在空气中的玫瑰花香让我联想起婚礼。我的替代品将成为美丽的新娘。我想象着她和理查德目光交融，承诺爱他、敬他，就像当初我做的那样。

我几乎能听见她的声音。

我知道她的声音。我给她打过几次电话，不过用的是不显示号码的一次性电话。

"嘿，"她的留言这样开始，声音清脆，无忧无虑，"很抱歉不能接听你的电话！"

真的抱歉吗，还是扬扬得意？现在，她和理查德的关系已经公布于众，虽然我们还没有离婚他们就好上了。我们是有问题。但难道不是所有的夫妻经历过蜜月的激情之后都要冷淡下来吗？还有，我从来没想到他会那么急不可耐地赶我出来，要把我们的关系清理得一干二净。

他好像要假装我们从来没有结过婚，假装我从来没有存在过。

她想过我吗？她对自己的行为感到愧疚吗？

每天晚上，我都被这些问题折磨着。有时候，睁着眼睛好几个小时都睡不着，床单被揉搓得一塌糊涂。有时候，闭上眼，好不容易要睡着的时候，她的脸就会突然蹦出来。我只能直挺挺地坐起来翻腾床头柜，找出一片药嚼碎，而非一口吞下去，好让药快一点起效。

我无法从语音留言里了解她的情绪。

但是有一天晚上，我看见和理查德在一起的她光彩照人。

我一直习惯走到上东区，去我们最喜欢的一家餐馆。一本心理自助书上说，故地重游，让自己麻木，可以重新定义一座城市，让它只属于自己，所以我不辞辛劳地改道，先去了一家咖啡馆。周日，我曾和理查德一人一杯拿铁，在那里同看一份《纽约时报》；接着游荡到他的办公楼，每年十二月他们都要在那里举行盛大的节日聚会；然后穿过中央公园成排的玉兰树和丁香树。走过的每一步都让我感到无比痛苦，这个建议真是糟透了，难怪那本书冷冷清清地躺在打折的架子上。

不过，我还是坚持按计划行事，最后一站是在我们最后几年庆祝结婚纪念日的饭馆里喝一杯。就是在那里，我看见了他们。

也许，他也在努力重新定义这座城市。

如果我走得快一点，我们就会同时到达饭店门口。现在，我停在一家商店前面，偷偷地用余光观察他们。晒成棕褐色的腿、性感的曲线和理查德为她开门时抛出的笑容。

我丈夫自然想要她。哪个男人不想呢？她就像一枚成熟的桃子，让人垂涎三尺。

我小心翼翼地移动，隔着落地窗看见理查德给他的女朋友点了一杯饮品，看起来好像是香槟，她用吸管啜着金黄色的液体。

不能让理查德看见我，他肯定不相信这是巧合。当然，我曾经跟踪过他，更准确地说是跟踪过他们。

但是，我的脚拒绝移动。她跷起二郎腿，裙子缩上去，露出大腿，我被深深地吸引。

他靠上去，斜着身子，弯起一只胳膊圈住她的椅子。他的头发变长了，蹭着西服的领子，这样更适合他。我认出他像狮子一样的神态，那是他追了好几个月的大买卖到手时的表情。

他说了什么，然后她仰着头哈哈大笑。

我的指甲扎进掌心的肉里。在理查德之前，我从来没有爱过任何人。在那一刻，我意识到在此之前我也从来没有恨过任何人。

"瓦妮莎？"

试衣间外的声音把我从回忆中惊醒。这个英国口音来自我的老板露西尔，一个缺乏耐心的女人。

睫毛膏汇流成河，我用手指使劲地擦，然后回答："我在收拾。"声音有些嘶哑。

"顾客在挑选斯特拉·麦卡特尼[①]的时装，需要你的帮助，等会儿再收拾。"

她在等我。我需要补妆掩盖悲伤，可是没有时间了。更何况，我的包还在员工休息室。

我打开门，她向后退了一步。"你不舒服吗？"她挑起弯弯的眉毛问道。

我抓住时机说："我也不知道，就是……有点恶心……"

"还能坚持到下班吗？"她的语气里没有半点同情，不知道这是不是最后通牒。我还没来得及回答，她就说："算了，有可能是传染病，你还是走吧。"

我点点头，赶紧去取包。我可不希望她改变主意。

乘电梯下楼的途中，我看到自己狼狈的样子在镜子里一闪一闪地出现。

理查德订婚了。我的脑海中不停地重复着这句话。

我穿着运动鞋一路疾行，急匆匆地接受保安的检查，然后冲出员工出口，靠着商场的墙根蹲下去。要不要打车？希拉里的话是对的。理查德留下了我们在韦斯切斯特的大房子。他在曼哈顿

---

① 斯特拉·麦卡特尼（Stella McCartney），英国时装设计师，其设计年轻前卫，充满时尚气息。——编者注

还有一套公寓，是他单身的时候住的地方，是他加班开会的时候过夜的地方，也是他养着她的地方，他有车、有股票、有存款。我竟然没有抗争。结婚的时候我一无所有。后来没有工作，也没有为他生儿育女。我是一个骗子。

我不是一个合格的妻子。

尽管如此，我现在还是想知道为什么我要接受他一次性支付的那点小钱？他的新娘即将用我挑选的瓷器布置桌子；在我挑选的羊皮沙发上依偎着他；坐在我们的梅赛德斯里，把手搭在他的腿上，看着他挂上四挡，亢奋地欢呼。

一辆公交车缓慢地启动，喷出热乎乎的尾气，灰色的烟雾好像要把我团团围住。我扶着墙站起来，朝第五大道走去。两个拎着大购物袋的女人差点把我撞到马路上；一个商人大步流星地从我身边走过，手机紧紧地贴在耳朵上，表情严肃；过马路的时候，一辆自行车心急火燎地和我擦身而过，骑车人意识到的时候大喊了一声。

这个城市把我勒得紧紧的，我需要空间。于是，我穿过 59 号大街，走进中央公园。

一个梳着马尾辫的小女孩，惊喜地看着拴在手腕上的动物气球，我的目光追随着她。她应该是我的孩子。如果我曾经怀孕的话，现在也许还和理查德在一起，他可能就不想离开我了。我会带着女儿来这里等爸爸一起吃饭。

我深吸一口气，用双手护住胃，挺直腰板，命令自己目视前方，坚定地向北走。运动鞋有节奏地拍打着地面，我开始计数，并且设置一些小小的目标。一百步。现在再加一百步。

最后，我从 86 号大街的西门走出公园，准备回夏洛特姨妈家。我渴望睡眠，渴望被淹没。只剩下六片药了，上次我要求医生开药的时候，她犹豫不决。

"你不能依赖药物，"她说，"每天锻炼一下，下午不要喝咖啡，上床之前洗个热水澡，看看能不能奏效。"

那都是治疗普通失眠的方法，对我不管用。

快到家的时候我才想起来忘了买酒。可是我不想再多走了，便决定去旁边的酒水商店买。夏洛特姨妈要四瓶红葡萄酒、两瓶白葡萄酒，所以我拿了梅鹿辄和霞多丽放在购物篮里。

我紧紧地握着酒瓶，光滑、压手。自从理查德让我离开的那天起，我就再也没有喝过红酒，但我一直渴望被那醇香的水果香味唤醒味蕾。稍稍迟疑了一下，我在篮子里放进第七瓶和第八瓶，然后去结账。篮子的提手凹陷在我的臂弯里。

收银的小伙子扫码时一言不发，也许他已经习惯了穿着名牌时装的邋遢女人在大中午的时候来买酒。我以前总是让人把酒送到我和理查德的大房子里，只有在他不让我喝的时候，才会避开熟人，开车半个小时，亲自到美食市场去买。然后在废品回收日早早地溜出去，把空瓶子放进邻居的垃圾里。

"就这些？"收银员问。

"对。"我拿出信用卡。如果酒钱超过十五美元，我就力不从心了。

每个袋子里装着四瓶酒，我抱着它们只能用肩膀撞开店门。回姨妈家的路上，结结实实的重量压弯了我的胳膊。电梯也像得了关节炎，咯噔咯噔地响，仿佛它的生命已快到尽头，终于到达十二层。我的脑子里充满了对第一口酒的渴望：液体滑下喉咙，胃里一阵温热，钻心的痛苦变得不那么尖锐。

姨妈不在家。太好了。我在冰箱旁的日历上看到"下午三点，D"的记录，她可能去和朋友喝下午茶了。她的丈夫博是记者，几年前因心脏病突发去世。他是她这辈子唯一的爱人。据我所知，她再没有和任何人约会过。我把购物袋放在台子上，打开一瓶梅鹿辄，伸手拿起一个高脚杯，琢磨了一下，又换成马克杯，倒了半杯，等不及醒酒就送到嘴边。浓厚的樱桃味在嘴里蔓延。我闭上眼睛，咽下去，感觉它顺着喉咙向下流淌的时候，紧张也在身体里慢慢地消融。我不知道夏洛特姨妈什么时候回来，所以倒了更多的酒，然后拿着杯子和酒瓶回卧室。

我抖落衣服，让它们堆在地上。从上面跨过去之后，我又弯腰捡起来，挂在衣架上。然后换上柔软的灰色T恤和宽松的绒裤，爬上床。我刚来的时候，夏洛特姨妈搬进来一台小电视，我几乎没开过。可是现在，我渴望陪伴，哪怕是电器也好。我拿着遥控器换台，最后停在一个脱口秀节目上，双手捧着马克杯，又喝了一大口。

我试着让自己沉浸在电视节目里，但是当天的话题是"出轨"。

"它可以让婚姻更深刻。"一个中年妇女握着旁边男人的手强硬地说，而他一直低着头在椅子里蹭来蹭去。

也会毁了婚姻，我想。

我盯着那个男人想：她以前是什么样的？你们怎么相识的？出差的时候？在速食店排队买三明治的时候？她什么地方吸引你，促使你越过生死线？

紧握着杯子的手开始疼痛。真想砸过去。但是我没有，相反，我重新倒满酒。

那个男人盘上小腿，又把它们伸直，清清嗓子，又挠挠头。他的局促不安让我感到高兴。他健壮粗犷的样子不是我喜欢的类型，但我知道这对其他女人充满魅力。

"重新获取信任是一个艰苦的过程，但是如果双方都有意，这是非常可行的。"说话的这个女人看样子是婚姻咨询师。

相貌平平的妻子喋喋不休地讲他们如何成功地重建信任，他们现在多么看重婚姻关系，他们如何失去彼此又重新找回对方，听起来感觉像在念贴在墙上的提示稿。

咨询师转向丈夫："你觉得你们重新建立起信任了吗？"

他耸耸肩。笨蛋，我心想，真不知道他是怎么被选来的。"我努力了，但是挺难的。我的脑子里总是出现她和——"嘟嘟声切断了他的话。

我错了，我以为他是背叛者。线索摆在眼前，可是我总是错误地解读，这不是第一次了。

杯子磕到了我的牙。我往下躺了躺，真不该开电视。

怎样阻止一时的风流韵事发展到求婚呢？我以为理查德只是找个乐子，我期待着他们激烈地爆发之后迅速地自我了结。我假装一无所知、不理不睬。再说，谁能责备理查德呢？我已经不是多年前他娶的那个女人了。我体重增加，足不出户，疑神疑鬼，捕风捉影地猜测他对我产生了厌倦。

她就是理查德的梦中情人，就是我以前的样子。

仓促甚至有些简陋地正式结束了我们七年的婚姻之后，理查德马上卖掉了我们在韦斯切斯特的大房子，搬到公寓去住。但是他喜欢原来那个街区的安静和私密，所以，很有可能会在郊区为他的新娘再买一处房子。我想知道她会不会辞掉工作，全心全意地照顾理查德，不辞辛苦地生个宝宝，就像我那样。

我以为我的眼泪已经流尽了，可是倒酒的时候更多的泪水顺着脸颊淌下来。瓶子快空了，几滴酒溅到白床单上，像鲜血一样扎眼。

熟悉的水雾漫上来，就像老朋友的拥抱。我钻进被子里体会这种朦胧的感觉。也许这就是妈妈在熄灯日的感觉。如果我以前能够多理解她一些就好了。那时候我只觉得自己被遗弃，现在才知道有些痛苦是无法抗争的，只能把头埋起来，盼着暴风雨过去。但是，来不及告诉她了。我的父母都不在了。

"瓦妮莎？"我听见温柔的敲门声，夏洛特姨妈走进来。我看见她身后密密麻麻的玻璃杯。她夸张地瞪起淡褐色的眼睛："我好像听见电视的声音了。"

"我上班的时候不太舒服，你最好别离我太近。"床头柜上有两瓶酒，希望能被台灯挡住。

"你需要什么？"

"水。"我轻轻地吸溜了一下鼻子，必须赶紧把她支走。

她去厨房接水，门半开着。我立刻起床抓起两个瓶子，它们碰到一起发出"当"的一声，吓了我一跳。我扑向大衣柜，把它们放在里面，并且敏捷地扶稳一个即将倒地的瓶子。

我刚摆好原来的姿势，姨妈就端着托盘进来了。

"我拿了一些咸饼干和花草茶。"她声音里的关心让我于心不忍。她把托盘放在床尾就出去了。

我希望她没有闻到我身上的酒气。"我把酒放在厨房了。"

"谢谢你，亲爱的。有需要就叫我。"

门关上了，我躺在枕头上，头晕眼花。还有六片药……如果放一片略带苦味的白色药片在舌头上，也许能够一觉睡到天亮。

但是，我突然有了一个更好的想法，它拨开了我脑子里的迷雾：他们只是订婚。为时不晚！

我从包里翻出手机，理查德的号码还存在里面。电话响了两声，我听到他的声音。这种音色本应属于比我前夫更高大、更健壮的男人，对我充满诱惑。"我尽快和你联系。"这是来自语音留言的承诺。理查德从来、永远不会失信。

"理查德，"我脱口而出，"是我。我听说你订婚了，我只是想告诉你……"

一分钟以前的清醒像鱼一样摇摇摆摆地溜走，我找不到合适的词。

"请回电话……真的特别重要。"

我吐出最后一个字，按下"挂机"。

我抱着手机闭上眼。如果我再努力些，识别那些危险的信号，也许可以避免被吞噬。但是后悔于事无补，太晚了，我无法忍受理查德再婚。

我肯定是睡着了。一个小时以后，我被手机震醒，看到一条信息：

抱歉，该说的都说了。祝好。

理

那一刻，我清楚地看到现实。如果理查德已经和另一个女人在一起，那我就要靠自己打拼生活。我可以一直住在夏洛特姨妈家，直到有钱租房子为止；或者搬到一个陌生的、找不到任何回忆的城市，然后养一只宠物。也许到那时，再看到穿着得体的黑发企业家拐过街角，飞行员似的身材在阳光下闪闪发光的时候，我的心就不会突突乱跳误以为是他了。

　　但是只要他和她在一起，和那个在我假装不知道的时候，快活地爬上理查德·汤普森太太位置的女人在一起，我就一刻不得安宁。

5

内莉仔细地审视自己的生活，发现二十七年的人生分割给了不同的女人：独自在小区边的水湾里玩好几个小时的小姑娘；把保姆的钱藏在床头，驱赶黑夜里的魔兽的少女；经常睡觉不锁门的大学女生互助会"Chi Omega①"的社交部长；最后是今天的她——当恐怖电影中的女主角被逼入绝境的时候，会走出电影院的人；永远不会是吉布森酒吧午夜一点才催着客人结账，最后一个锁门离开的服务员。

幼儿园对内莉的印象是：穿牛仔裤，能讲出莫·威廉斯每一本《小象和小猪》故事的老师；给孩子们分发有机动物饼干和捣碎的葡萄的老师；带领孩子们用手印制作感恩节火鸡的老师。在吉布

---

① Chi Omega 是美国一个世界女性互助会，1895 年成立于阿肯色大学。——编者注

森同事的眼里，她是一个穿黑色迷你裙，涂大红唇膏，为了高额小费和一桌子吵闹的客人玩"一口闷"，或者轻松地端起一盘巨无霸的服务生。真实的内莉属于白天；晚上，她是另一个人。

显然，理查德更喜欢她幼儿园教师的角色，但仍然接受她在两个世界里挣扎。她计划一结婚就辞掉服务员的工作，等到怀孕（她和理查德希望越快越好），再放弃教师的工作。

可是订婚后不久，他便建议她去通知吉布森。

"你的意思是让我现在辞职？"内莉惊讶地看着他。

她需要钱，不过更重要的是她喜欢那里的同事。那里有一个充满活力的团队，是个激情四射、别开生面的小宇宙。他们就像飞蛾寻找光明一样，从四面八方聚集到纽约。乔茜和玛戈特以前是演员，现在正在努力进军戏剧界；领班本立志成为下一个杰瑞·宋飞，他总是在上长班的时候排练喜剧；接近两米高的酒保克里斯酷似詹森·斯坦森，他的任务就是吸引女性顾客以及每天上班前创作小说。

他们面对苦难的无畏和袒露心声追逐梦想的样子，正是内莉几年前在佛罗里达放弃的东西。内莉发现他们像孩子一样，拥有不可阻挡的乐观，感觉世界和机遇都在等待着他们。

"我每周只工作三个晚上。"内莉告诉理查德。

"你可以和我多待三个晚上。"

她挑挑眉毛，问道："哦，你打算减少出差吗？"

看完《公民凯恩》，他们正懒洋洋地躺在公寓的沙发上。这是理查德最喜欢的电影，他曾经开玩笑地说过，如果内莉不看，就不会娶她。他们点了外卖，寿司和天妇罗。"你不吃生鱼片真是太扫兴了。"他笑着说。她的腿搭在他身上，他温柔地捏着她的左脚。

"你不用再担心钱的问题。我的一切都是你的。"

"不要总是这么好，"内莉靠过去吻他，他准备用一个更深的吻回应，可是内莉推开他说，"但是，我喜欢。"

"喜欢什么？"理查德的手顺着她的腿摸上来。她看出他热切的表情和像大海一样深邃的双眼，他想要做爱的时候总是这样。

"我的工作。"

"宝贝儿，"他的手停下来，"我只是心疼你的脚，白天站了一整天，晚上还要跑来跑去给那些蠢货送酒。不如，你偶尔陪我出出差吧？上周我去波士顿的时候，你真该和我一起陪莫林吃顿晚饭。"

莫林是理查德的姐姐，比他大七岁，他们的关系一直非常好。父母过世后，他一直和她住在一起，从十几岁开始直到大学毕业。莫林现在住在剑桥，是女性研究专家，他们每周通话好几次。

"她特别想见你，我说你不能去的时候她失落极了。"

"我也想和你一起旅行，"内莉温存地说，"可是我的孩子们怎么办？"

"好吧好吧。那就考虑一下用绘画课代替端酒送水，你提过的。"

内莉有些不高兴。这不是想不想上绘画课的事。她重复说："我确实非常喜欢在吉布森工作。除了工作时间稍微有点长，其他都……"

两个人都沉默不语。理查德欲言又止，他俯身脱下一只白袜子，在空中晃着说："我投降。"他挠她的脚，她尖叫着，然后他抓住她的两只手举过头顶，趴下来。

"不要。"她喘息地说。

"不要什么？"他嬉皮笑脸地问着，但是没有停下来。

"严肃点，理查德。停！"他压在上面，她扭来扭去地想要躲开。

"看来我找到你的痒痒肉了。"

感觉要窒息了。他强壮的身体压在上面，遥控器在下面硌着她的后背。终于，她挣脱双手，在他准备继续吻下来的时候用力地推开了他。

能呼吸之后，她说："我讨厌被挠胳肢窝！"

她的声调高得连自己都被吓了一跳。他认真地看着她说："对不起，亲爱的。"

她整理好上衣，注视着他，知道自己有些过分。理查德只是开玩笑，但是被束缚的感觉使她恐慌，在拥挤的电梯或者地下通道里也是这样的感觉。理查德一直尽力避免这些情况的出现，不能要求他总能读懂她的心。这是如此美妙的夜晚：晚餐，电影，还有他的宽宏大量和体贴入微。

我得把一切拉回正轨。"不，是我不好。我乱发脾气……最近，我总觉得自己手忙脚乱的。无论什么时候打开窗户，外面都乱哄哄的，简直没法睡觉。你说得对，多放松有好处。这周我就和主管说。"

理查德笑了："他们能很快找到人吗？我们的一个新客户投资了很多百老汇好戏。无论你和萨曼莎想看什么，我都可以给你们留票。"

搬到纽约之后，内莉只看过三场演出。票价太贵了。每次她都是坐在楼厅里，一次坐在一个严重鼻塞的男人后面，另外两次被柱子挡住了一半的视线。

"太棒了！"她靠他更近一些。

也许有一天他们之间会爆发真正的战争，但是内莉不相信自己真的会对理查德大发雷霆。好像总是他被她的懒散惹怒：她把脏衣服扔在卧室的椅子上或者地上，而理查德每晚都会把整理好的西服挂在衣柜里。就连 T 恤也被他用一种透明的塑料隔开（那种东西也许在收纳店可以买到），像士兵列队似的摆放在抽屉里，居然还按照颜色分类：一排是黑色和灰色的，一排是彩色的，一排是白色的。

他的工作需要专注和细致，所以他必须井井有条。但幼儿园老师也不轻松，少不了担惊受怕——好在工作时间不长，唯一的旅游就是偶尔的户外运动课和去动物园参观。

理查德把自己的一切都安排得有条不紊——包括她的事。他不放心她从公寓到吉布森酒吧路上的安全，每天晚上都要打电话或者发短信确认她是否到家。他送了她最好的手机："无论什么时候出去，你都带着它，我会放心一些。"他提出买一根防身用的棍子，她回答会随时携带胡椒喷雾。"对，"他说，"那儿有很多讨厌鬼。"

我怎么不知道？想到此，内莉感到不寒而栗。感谢飞机，感谢年轻的军人，感谢自己的飞行焦虑，所有这些都促成了他们的第一次对话。

理查德伸出一只手搂着她："喜欢这个电影吗？"

"伤心。他得到了大房子和所有的钱，但是太孤独了。"

理查德点点头："的确，我也这么想。"

理查德喜欢给她惊喜。她也在学着制造惊喜。

他今天有行动，但是秘而不宣。可能是带她去打迷你高尔夫，也可能是带她去博物馆，万事皆有可能。他只说会早点下班来接她，让她最好穿件能应付各种场合的衣服。所以内莉决定穿最喜欢的蓝白条太阳裙和平底凉鞋。

她脱下去幼儿园穿的 T 恤和工装裤，对着干洗筐扔过去。然后走到衣橱旁边，把衣服扒拉到同一侧，翻找那条裙子，可是她怎么也找不到。

她走到萨曼莎的房间，一眼就看见它在床上。没什么可抱怨的，因为她的衣橱里至少有两件萨曼莎的上衣。她们分享书籍、衣服、食物等一切东西，除了化妆品和鞋子——内莉的脚大一些。萨曼莎是混血，长着黑色的头发和黑色的眼睛，而对于内莉，乔纳选了棉花糖代表她的肤色。

她轻轻在耳朵后面拍上香奈儿香水——这是理查德在情人节那天和卡地亚爱情系列的手镯一起送来的礼物，然后决定到外面去等，他随时有可能出现。

走出家门，顺着小走廊走到大门口，刚拉开门就有人走进来。她下意识地退后，打了一个趔趄。

是萨曼莎。"嘿！我不知道你在家！我在找钥匙。"萨曼莎伸出手握住她的胳膊，"我不是故意吓你的。"

内莉刚搬进来的时候，和萨曼莎花了整整一个周末的时间粉刷了这间陈旧的公寓。她们在并肩把橱柜刷成奶黄色的过程中天南海北地聊，比如，为了结交肌肉男，萨曼莎准备参加攀岩小组；幼儿园有个孩子的父亲总想和老师调情；萨曼莎做医生的妈妈一直想让她上医学院；内莉应该接受吉布森的工作，还是应该在服装店找一个周末的零工等。

后来天黑了，萨曼莎打开一瓶酒，她们开始聊更加私密的话题，一直聊到凌晨三点。

内莉觉得那天晚上是她们成为闺密的开始。

"漂亮，"萨曼莎说，"不过，打扮成这个样子照看孩子似乎太隆重了。"

"我要先出去一趟，但会在六点半到达科尔曼家。"

"科尔曼。谢谢你再次提醒我……真不敢相信我在同一时间安排了两件事。太不像我的风格了。"

"哦，我太吃惊了。"内莉大笑。这是萨曼莎想看到的。

"他的父母承诺十一点前回来，所以我可能得等到十二点。哄咬人虫汉尼巴尔睡觉的时候一定要小心，上一次我把他的彩泥拿走，他差点在我的手腕上咬一口。"

萨曼莎给她班里的每一个孩子起了外号：汉尼巴尔是咬人虫，尤达是小哲学家，达斯·维德是嘴巴呼吸机。但是哄孩子的本事没人能比得过她。而且，她成功说服了琳达使用摇摇椅帮助老师安抚有分离焦虑症的孩子。

内莉听见按喇叭的声音，抬头看见理查德的宝马车停在一辆白色的、前挡风玻璃上插着停车票的丰田旁边，车顶正在向上掀起。

"好酷的车！"萨曼莎喊道。

"是吗？"理查德大声回应，"你想开的时候告诉我。"

内莉看见萨曼莎的眼睛滴溜溜地转。她不止一次地想过，萨曼莎是不是也给理查德起了外号，但她从来没有问过萨曼莎。"行了。不能再让他等了。"

萨曼莎又斜眼看了看理查德。

内莉敷衍地和她拥抱，然后飞快地下了台阶，朝理查德的车走去，理查德下车拉开副驾驶的门。

他戴着飞行员太阳镜，穿着黑色衬衫和牛仔裤，是内莉喜欢的样子。"嘿，美女。"他给她一个深长的吻。

"你也很帅。"她坐好，扭身抓住安全带，发现萨曼莎还站在门厅，于是挥挥手，然后对着理查德说："现在你准备告诉我去哪儿了吗？"

"没有。"他启动车子，直接向东开上罗斯福快速路。

理查德安静地开车，内莉一直盯着他微微上扬的嘴角。

他们从哈琴森河公园大道的出口出来之后，理查德从仪表盘下面的储物箱里拿出一副眼罩，扔到内莉的腿上："到达之前不许偷看。"

"似乎有点变态。"她打趣地说。

"快点，戴上。"

她拉开橡皮筋套在脑后。太紧了，从边缝什么也看不到。

车子掉头，她撞到车门上。眼睛看不见，很难保持平衡。理查德喜欢开快车。

"要开多久？"

"五到十分钟。"

她感觉心跳加快。以前有一次坐飞机，她本来希望借助眼罩消除恐惧，结果适得其反，幽闭恐惧症更严重了。腋窝开始冒汗，她紧紧地抓住门把手，刚想问理查德不戴眼罩，闭着眼睛行不行，忽然想起他把眼罩扔过来时的笑——像个孩子似的咧着嘴笑。五分钟。"60×5=300。"她通过读秒分散注意力，幻想着分针转过一圈。理查德把手放在她的膝盖上的时候，她长出一口气。她知道这是示爱，但还是忍不住肌肉发紧，他的手指触到了她膝盖上的敏感部位。

"还有一分钟。"他说。

宝马一个急刹车，她听见发动机熄火的声音，准备摘掉眼罩，但是理查德阻止了她："现在还不行。"

她听见他开门，走过来让她下车，扶着她的胳膊走在坚硬的地面上。不是草坪。人行道？步行道？内莉已经习惯了城市里挥之不去的噪声，没有这些东西她有些惶恐。一只鸟在叫，可是它的歌声突然停止了。他们开了不过十分钟，但感觉就像到了另一个星球。

"到了。"她的耳朵感受到理查德暖暖的呼吸，"准备。"

她点头。只要能摘掉眼罩，她什么都愿意做。

理查德解下眼罩，强烈的阳光晃得她不停地眨眼。适应光线之后，她发现自己正对着一栋大砖房，前院立着一个"出售"的牌子。

"这是送你的结婚礼物，内莉。"她转身看着他。他满面笑容。

"你买了它？"她目瞪口呆。

这所房子远离大路，四周至少有四千多平方米。内莉对房屋没什么概念，她在南佛罗里达州的家是普通的平层砖房，只能用"长方形"来形容，而这个简直就是豪宅。房子的面积和细节奢华至极：无数扇镶嵌着彩色玻璃、带着铜把手的木门，草地四周修剪整齐的花木，道路旁像士兵一样高挑的路灯。所有东西都是崭新的。

"我……不知道说什么好。"

"不用说，我懂，"理查德笑着说，"我本来想婚礼以后再告诉你的，可是手续都办完了，我等不及了。"

他把钥匙递到她手里："我们进去吧。"

内莉迈上前面的台阶，把钥匙插进去，轻松地打开门，走进有两层楼的家，她听见光滑的地板上自己脚步的回音。左手是镶木板的书房，有一个煤气壁炉。右手是一个椭圆形的房间，窗台开阔得可以坐人。

"还有很多没完工，我希望你也参与进来。"理查德拉着她的手，"最棒的还在后面。来看看这间大屋子。"

内莉跟在理查德身后，指尖划过壁纸上的花花草草，当她意识到可能会弄脏墙壁的时候，猛地把手缩回来。

一个"大"字不足以形容这座房子。厨房里，白沙色的花岗岩台面上镶嵌着豪华的炉灶，还有一个红酒冷藏柜。用餐区和厨房相通，现代雕花玻璃的枝形吊灯悬挂在头顶。下沉式的客厅有木吊顶和石头壁炉，四周贴着护墙板。理查德打开后门，带她上了二楼。远处的树上挂着一张双人吊床。

理查德看着她，挑起眉毛问："喜欢吗？"

"这……难以置信，"她语无伦次地说，"我什么都不敢碰！"她笑出声来，"简直是完美！"

"我猜你想住在郊区，城里太吵闹、太紧张。"

我说过吗？内莉不确定。她抱怨过曼哈顿的嘈杂，但是不记得自己说过想搬家。也许提过，在讲述自己从小生活的居民区的时候；或者表示过希望他们的孩子能生活在这样的环境里。

"我的内莉，"他走过来搂住她，"别急，看了楼上再说。"

他牵着她的手，走上踏板楼梯。沿着走廊分布着几间小卧室。他指着一间说："我想把这间改成客房，给莫林住。"然后推开了主卧的门，走过双排衣柜的衣帽间，进入阳光充足的浴室。一排窗户下面有一个双人按摩浴缸，玻璃屋内是单独的花洒淋浴。

一个小时前，她还闻着邻居家炒洋葱的味道，踢到了萨曼莎丢在地上的健怡可乐瓶。她，一个得到百分之二十五的小费，或者在二手店淘到一条心仪的哈德森牛仔裤就会欣喜若狂的人，竟然无意中溜达进了另一种生活。

她透过浴室的窗户看向外面，郁郁葱葱的绿色屏障挡住了隔壁的房子。在纽约，她能听见暖气管的声响里混杂着楼上夫妻评论巨人队比赛的声音；但在这里，连自己的呼吸声都显得那么吵。

她打了一个冷战。

"你冷吗？"

她摇摇头："有人走过了我的坟墓。有点诡异，是不是？我爸爸总是这样说。"

"多么恬静，"理查德缓缓地深吸一口气，"多么安宁。"他温柔地扭转她的身体，"下周来装安保设施。"

"谢谢你。"理查德总是细致入微。

她张开双臂搂住他，如释重负地依偎在他结实的胸膛上。

"嗯……"他开始吻她的脖子，"你真香。想要试试按摩浴缸吗？"

"哦，亲爱的……"内莉缓慢地抽身，转着手指上的订婚戒指说，"我也想，但是我必须走了。你忘了，萨曼莎让我替她上班……很抱歉。"

理查德点点头，双手插进口袋里："那我只能等了。"

"太不可思议了，我不敢相信这即将成为我们的家。"

很快，他又伸出双手搂住她。他低头看着她的时候，一脸柔情："不用担心今晚。以后我们可以共度每个夜晚。"

6

头一跳一跳地疼，嘴里发酸。我拿起床头柜上的杯子，是空的。

太阳好像成心和我作对似的，明亮的阳光透过敞开的百叶窗刺痛我的双眼。快九点了。必须再请一天病假，再放弃一天的提成。昨天，我悲痛欲绝、声音沙哑，露西尔相信我真的病了。我躺在床上喝完两瓶酒，又扫荡了夏洛特姨妈聚会剩下的半瓶，可是，理查德和她缠绵的样子还是在我脑海里挥之不去，我只好又吃了一片药。

拿起电话，胃里一阵翻江倒海，我跌跌撞撞地跑进浴室，跪在地上却吐不出来。胃里空荡荡的，肚子似乎已经凹陷进去。

我撑着地站起来，拧开水龙头，贪婪地吞下带有金属味道的水，又甩了一些在脸上，然后看着镜子里的自己：黑色长发乱成麻，双眼浮肿，高高的颧骨下多出了两个新的凹陷，锁骨突出。我使劲地刷牙，想把嘴里残留的酒精刷掉，之后裹着浴袍回到床上。

我重新拿起电话，打到商场找露西尔。

"我是瓦妮莎，"我庆幸声音依然嘶哑，"很抱歉，我还是特别难受……"

"你什么时候能回来上班？"

"明天？"我试探地说，"后天肯定没问题。"

"好吧。"露西尔停顿了一下，"今天我们有一个预售活动，肯定特别忙。"

我明白这个暗示的意思。露西尔可能这辈子从来没有请过假。她羡慕我的鞋子、衣服和手表。每次我迟到的时候，她都嘴唇紧闭，自以为是地认为我把这份工作当儿戏。她每天期盼的顾客就是我这样的人。

"但是，我没发烧，"我马上说，"也许可以去试试？"

"好。"

我挂断电话，重新看了一遍理查德的短信，其实每一个字都已经刻在脑子里，然后强迫自己去洗澡。我把水开到最热，直挺挺地站着，一直冲到皮肤发红才擦干出来。吹干头发以后，为了隐藏发根，我编了个辫子，并且发誓今晚一定染发。我套上灰色的羊绒衫和黑色的裤子，穿上黑色的芭蕾舞平底鞋，涂上过量的遮瑕膏和腮红掩饰悲伤。

我没有在厨房看见夏洛特姨妈，只看见台子上她给我留的东西。就着咖啡咬了一口香蕉面包，我吃出来不是家里做的。没吃几口，胃就开始抗议，于是我用纸巾裹着剩下的扔进垃圾桶，希望她以为我吃了。

大门在我身后咣当一声关上。这两天好像要地震一样，天气突变。我一下子感觉穿多了，但没时间换衣服了，露西尔在等我。再说，过四个街区就到地铁站了。

走在步行道上，各种冲击从四面八方而来：潮湿闷热的空气里弥漫着华夫饼的味道；没有清理的垃圾堆里飘出阵阵烟味。我终于走到地铁站的楼梯口。

下楼梯的时候，阳光瞬间消失，湿气更重了。刷地铁卡，推十字转门，粗重的金属棍抵着我的腰把我送进去。

一列地铁轰鸣着进站，不是我等的那趟。人群蜂拥向前，挤到站台边缘，我仍然靠墙站着，远离那致命的带电轨道。有人曾经跳下去死在这里，有人被挤下去，有时候连警察都分不清楚是怎么回事。

一个年轻女人走过来站在我旁边。金发碧眼，身材娇小，挺着大肚子。她的手温柔、缓慢地绕着肚子画圈。我出神地看着，思绪被一股力量搅动，我像被洗衣机转筒甩回去一样想到了那天：走在浴室冰冷的瓷砖上，猜测早孕试纸上是一条蓝线还是两条。

理查德和我都想有孩子。他总是开玩笑地说十二个不够再搭一个。不过，我们商量好生三个。为此我辞去工作，并且请了保姆。虽然她每周只来一次。

刚开始，我担心自己潜移默化受到影响，成为妈妈那样的母亲。小时候放学回家，有时我看见妈妈用牙签抠餐椅缝隙里的碎渣；有时看到从门缝里塞进来的信躺在地上，餐具堆在水盆里。我很小的时候就知道在妈妈的熄灯日里不能敲她卧室的门。上完艺术课或者和同伴出去玩，她忘记来接我的时候，我习惯了编个理由打电话叫爸爸来。

我从三年级开始带饭上学。我看见有同学的保温桶里装着家里做的汤，有同学的特百惠饭盒里装着摆成五角形的意面，有些家长还会放进纸条，写着笑话或者关心的话。他们用勺子吃饭的时候，我只能啃三明治，而且要在支离破碎的面包被人发现之前迅速地吃完，因为我在凉面包上涂了花生酱。

随着时间的流逝，我对孩子的渴望超过了我的恐惧。我可以成为一个母亲，可以照顾孩子。晚上，躺在理查德身旁，我幻想着给一个长睫毛的小男孩朗读苏斯博士的童话书，或者和像理查德一样咧着嘴迷人地笑的女儿一起叮叮当当地敲茶杯。

我盯着试纸上出现的一条蓝线发呆，它像被刀子划出来的一样清晰笔直。理查德早上一直在卧室整理刚刚干洗回来的炭黑色羊毛套装，等着我出来。我知道他能从我的眼睛里读出结果，我也能从他的脸上看到失望。他会张开双臂，低声说："没事，宝贝儿，我爱你。"

这次阴性的结果（第六次显示阴性），预示着终于快轮到我了。我们商量好了，如果六个月都没有成功怀孕，理查德就去做个检查。我的妇科医生解释说测量精子数没有什么创伤，他只需要一边看着"寻欢作乐的人"一边把手伸进裤子里。理查德打趣说他十几岁的时候就已经练好了。我知道他在努力安慰我。如果他没有问题——我相信他没有，问题在我，那么就该轮到我了。

"亲爱的？"理查德在敲浴室的门。

我站起来，整理好无袖的浅粉色睡衣，打开门，一脸泪痕。

"对不起。"我把试纸藏在身后，好像在掩饰什么见不得人的东西。

他像往常那样紧紧地搂着我，说着各种好话，但是我感觉到能量在我们周围微妙地变化。我想起婚礼结束后不久，我们在离家不远的公园里散步时看到一对戴着扬基棒球帽、玩接球游戏的父子，儿子大概八九岁。

理查德停下脚步看着他们说："我也迫不及待地想和我儿子玩，希望他的臂力比我强。"

感觉到胸部轻微的变化时，我笑了。这可能是经期前的症状，也可能是怀孕的反应。我每天坚持服用产前维生素，坚持长时间的散步，买了初级瑜伽的课程，不再吃未经高温消毒的奶酪，喝酒不再超过一杯。凡是专家建议的,我全做了。

但是无济于事。

"我们继续努力,"理查德曾经说过,那时我们还满怀信心,"没有那么糟糕,对吗?"

我把第六张试纸扔进浴室的垃圾桶,用纸盖上,不想再看见它。

"我想——"理查德说,他离开我走到梳妆台前,对着镜子系领带,身后的床上放着一个打开的行李箱。他经常出差,不过通常是一两个晚上的短途旅行。我突然想,他可能要说"我们一起去吧"。想象着逃离我们美丽、空旷、环境宜人却没有朋友的大房子,我感觉黑暗正在消散。我渐渐忘记了刚经历的又一次打击。

但他说的却是:"也许你该戒酒了。"

孕妇从我身边走开,我使劲地眨眼想要回到现实。我看着她走向轨道,地铁轰鸣着进站,车轮尖叫着停下来,车门带着恼人的叹气声向两边滑开,人流拥挤着上了车。然后,我走过去,感觉有一点不舒服。

刚进车厢,关门的警报就响起来。"劳驾。"我对前面的男孩说,但是他一动不动。音乐从他的耳机里传出来,我能感觉到嗡嗡的震动。门关上了,但车子没有动。太热了,我的裤子贴在了腿上。

"要坐吗？"一位老人站起来给孕妇让座。她坐下，送出一个微笑，抬手撩起脖子后面的头发，然后摆着手给自己扇风。她穿着一条朴素又便宜的格子裙，单薄的布料勾勒出丰满的胸部。她的皮肤水嫩红润，整个人光芒四射。

理查德的新欢不会怀孕的，是不是？

我觉得不可能。但是，突然我仿佛看见理查德站在她的身后，双手搂着她圆鼓鼓的肚子。

我不能呼吸。一个穿着腋窝处泛黄的白汗衫的男人握着我头顶的栏杆，尽管我侧着头，但还是闻得到刺鼻的汗味。

车身抖动，我歪到一个正在看《时代周刊》的女人身上，她无动于衷。过了几站，我告诉自己过去十分钟了，也许有十五分钟了。

列车沿着轨道隆隆前行，咆哮着穿过漆黑的隧道。我感觉有人趴在我身上。太挤了，人人都挨得那么近。我的膝盖一弯，汗津津的手从扶栏上滑落，瘫靠在门上，头垂到膝盖。

"你还好吗？"有人问。

那个穿白汗衫的人靠过来。

"我可能生病了。"我喘息着。

我开始发抖，默数车轮有节奏地碾压铁轨的声音。一、二……十……二十……

"列车员！"一个女人喊。

"喂！有医生吗？"

……五十……六十四……

列车在我数到第七十九下的时候停下来，有人架起我，半拖半拽地把我弄下车。脚下是坚实的站台，有人把我领到旁边的椅子上。

"需要帮你打电话叫人吗？"有人问。

"不用。我得了流感……我……回家……"

我一直坐着，直到呼吸平稳，然后走十四个街区回家。我一边走一边大声数数，到我爬上床，一共走了一千八百四十八步。

7

内莉又迟到了。

最近几天她总感觉被人催来催去，整夜整夜的失眠让她头昏眼花，为了摆脱头昏眼花而多喝的咖啡又让她神经兮兮，百忙之中还要再加上一件其他的事才行。比如，理查德建议今天下午幼儿园一放学就马上开车去新家见工头，工人正在扩建英式地下室的天井。

"你来挑石头的颜色。"理查德说。

"背阴处不要用灰色就好。"

他笑笑，并没意识到她这话是认真的。

她对第一次去看新房子时提前回来的事感到愧疚，所以同意了他的提议，可这样就意味着要取消晚上和萨曼莎的约会，萨曼莎本来计划陪她准备"单身之夜"派对的。幼儿园和吉布森的朋友都会参加，这是她的多重世界为数不多的几次相交之一。"抱歉！"内莉发信息给萨曼莎，思量再三之后又加上，"准备婚礼的急事……"

她想不出一个好一些的解释，能够让她看起来不是重色轻友。

"我必须在六点之前回家准备派对的事情，"她对理查德说，"所有人七点钟在餐馆集合。"

"灰姑娘，记住宵禁的时间，"他吻着她的鼻尖说，"别着急，你不会迟到的。"

但是路上堵车，他们还是迟到了，内莉走回公寓的时候已经六点半，她敲了敲萨曼莎的门，发现萨曼莎已经走了。

她站在门口，看到萨曼莎缠在床头板上的白色圣诞灯，还有她们俩从第五大道高档公寓区的路边捡回来的蓝绿色地毯。"真的是被人扔掉的吗？"萨曼莎担心地问，"有钱人就是浪费。这上面还挂着价签呢！"她们把它扛回家，路上有一个英俊的男孩在路边等着过马路，萨曼莎对内莉使了一个眼色，然后突然一转，地毯卷撞在他的胸口上。后来，他们交往了两个月才分手，这是萨曼莎比较长的约会之一。

只有三十分钟的时间了。内莉放弃洗澡，听着碧昂丝的歌，给自己倒了半杯红酒——不是理查德买的那种昂贵的酒，她尝不出两者有什么区别。

她在脸上拍了一些凉水，然后抹上润色隔离乳，为绿色的眼睛描上烟灰色的眼线。浴室太小了。她要么贴着洗手池，要么靠着门，每次打开浴柜的时候，总会碰倒佳洁士牙膏或者发胶。淋浴间更小，她甚至不能弯腰刮腿毛，而且已经好多年没有泡过澡了。

新房子里，主卧浴室的花洒下有一个长凳，还有雨林喷雾和按摩浴缸。

内莉想象着漫长的一天之后，泡在里面的感觉。一整天干什么呢？在后花园里侍弄花草，还是为理查德准备晚饭？

她能浇死家里唯一的绿植，烹饪技能仅限于加热速冻食品，这些理查德知道吗？

他开车时，她欣赏窗外的风景。无可否认，这里的街区风景令人赏心悦目：豪华的洋房、葱茏的树木、干净的街道，平滑的路面上没有一点垃圾，就连草地也显得比城里的青翠。

经过保安亭出小区的时候，理查德对着保安摆了摆手。内莉看到一块拱形的牌子上面写着小区的名字，字体华丽醒目：横风。

当然，她可以每天和理查德一起回到曼哈顿上班。她有两件世界上最快乐的事要做：和萨曼莎约会放松；顺路去吉布森，在吧台拿一个汉堡，询问一下克里斯的小说进展。

她把头转回来，看着正前方。步行道上一个人都没有，路上也没有车。这里的景色就像一张明信片。

看着新小区越退越远，她心里想，如果婚后不久就怀孕的话，可能今年秋天就不能回幼儿园了，在年中离开孩子们是不负责任的。况且，理查德每隔一周或两周出差一次，自己一个人在家的时间太长了。

也许，可以过几个月再停避孕药。这样，她可以再教一年。

她迷恋地凝视着理查德的侧脸：笔直的鼻子，坚挺的下巴，右眼上有一道细长的银白色的疤。他说是八岁那年从自行车的车把上摔下去留下的。他一只手搭在方向盘靠下的位置上，另一只手在调收音机。

"啊，我——"她开口的时候，广播恰好停在他最喜欢的纽约古典音乐台。

"拉威尔的这首曲子精彩极了，"他一边说，一边调大音量，"你知道吗？他的作品比大多数同时代的作品都短，但还是有很多人尊他为法国最伟大的作曲家。"

她点点头。她的话淹没在音符中，不过这样也好，现在不是讨论这个话题的时候。

钢琴声渐起，正好赶上红灯，理查德看着她问："喜欢吗？"

"喜欢。它……令人愉快。"她下定决心要了解古典乐和葡萄酒。理查德对这两样有独特的鉴赏力，她希望自己能够和他进行深入讨论。

"拉威尔坚信音乐应该情感在先，理智在后。"他说，"你觉得呢？"

她的手正在包里摸索，寻找最喜欢的那支情碧浅粉色润唇膏，最终她放弃了，上次要用的时候也没找到，只好改用桃子色的。从理智上讲，她知道自己面临的改变是极好的，甚至是引人嫉妒的。但是从情感上讲，似乎总有一些压抑。她意识到这就是问题所在。

她想起班里那间乔纳的父母想用圆锥形帐篷替换的游戏室。孩子们喜欢布置小巧的房间，把玩偶搬来搬去，让它们坐在虚设的炉火旁、蜷缩在桌边的椅子里，或者躺在自己的小木床上睡觉。

一个想法闯进她的脑子，就像一个恶霸冲进操场：玩偶内莉。

内莉喝了一大口酒，打开衣柜。把原本想穿的裹身裙推到一边，扯出一条紧身的黑色皮裤。这是第一次来纽约时，在布卢明代尔百货公司买的打折商品。她收紧肚子把拉链拉上，安慰自己说，过一会儿就松了。为了方便解开最上面的扣子，她配了一件宽松的低胸背心。

她不知道以后还有没有机会再穿这两件衣服中的任何一件。她想象着玩偶内莉穿着悬挂着饰品的卡其裤、绞花羊绒衫和棕色翻毛懒人拖，端出一盘纸杯蛋糕的样子。

永远不，她发誓。然后她又翻腾了半天，从床下找出黑色的高跟鞋。她和理查德会有一屋子的孩子，温馨的房间里将充满笑声，枕头和小鞋子堆在门口的筐子里。他们会守着壁炉玩"糖果世界"和"大富翁"。全家去滑雪——内莉没有滑过，但是理查德承诺会教她。几十年之后，她和理查德并肩坐在门廊的秋千上，共同回忆这些美好的时光。

到时候她的墙上肯定挂满了艺术作品。幼儿园的孩子已经给了她最初的支持，比如，乔纳把她画成棉花糖人的肖像，泰勒恰如其分地命名为《白纸上的蓝色》的写实画。

比预计出发的时间晚了十分钟。一只脚刚迈出家门，她突然转身，从门口的挂钩上摘下两串彩色珠子。几年前，她和萨曼莎在街头集市上一人买了一串，并称之为她们的幸福珠。

她在脖子上挂了一串，然后在马路上寻找出租车。

"抱歉抱歉！"内莉一边朝长条桌旁的女人们跑过去，一边喊着。幼儿园的同事和吉布森的同事分坐两边。她看见一堆烈酒杯，而且每人面前还有一个红酒杯，她们看起来个个都逍遥自在。她围着桌子转了一圈，拥抱每一个人。

走到萨曼莎身旁时，她把珠子挂在萨曼莎的脖子上。萨曼莎性感十足，一定是自己出去放纵了。

"先喝一口再说。"她的服务生同事乔茜命令着，递上一杯龙舌兰。

她熟练地一饮而尽，赢得一阵喝彩。

"现在轮到我了。"萨曼莎拿出一把顶着闪光的网眼面纱的梳子，插在她的头顶，笑着说："精致。"

"让一个幼儿园老师戴着面纱上课，你怎么想的？"玛尔妮问。

"你今天急着去干什么？"萨曼莎问。

内莉欲言又止，环顾四周。她们是一群在以碳烤比萨著称的餐馆里挥霍的低收入女人。内莉看到墙边的空椅子上堆放着很多礼物。她知道萨曼莎在寻找新室友，因为她一个人付不起房租。此时，内莉最不想说的就是新房子里的浴室，况且这毕竟不是筹备婚礼的事，也许不让她知道更好。

"没什么新鲜的，"内莉轻描淡写地说，"再干一个？"

萨曼莎笑着招呼服务生。

"他告诉你去哪里度蜜月了吗？"玛尔妮问。

内莉摇头，盼着服务生快点把新一轮的龙舌兰端上来。理查德想给她一个惊喜，她每次软磨硬泡地想套出一点信息时，他都只说"买一件新的比基尼"。如果去泰国怎么办？她不能忍受十二个小时的飞行，想想都心跳加速。

过去几周，她有两次梦见被困在颠簸的飞机上，惊心动魄。最近的那次，她梦到恐慌的乘务员在过道里奔来奔去，大声喊着让每个人做好防冲击姿势。乘务员瞪大的眼睛、弹跳式的飞行、小窗口外翻滚的积云，那活灵活现的场景让内莉气喘吁吁地惊醒。

"紧张导致的。"第二天早上萨曼莎在小浴室里涂睫毛膏的时候说，内莉把手伸过她的头顶，够到身体乳。萨曼莎时刻不忘自己是医生的女儿，总爱帮朋友做诊断。"你担心什么？"

"没什么。嗯，很明显，是飞机。"

"不是婚礼吗？我觉得飞机就是一个隐喻。"

"对不起，西格蒙德，这根香烟就是一根香烟。"

新的酒摆在内莉面前，她像抓住救命稻草似的一饮而尽。

萨曼莎隔着桌子盯着她，微笑着说："龙舌兰，这就是答案。"

内莉习惯性地脱口而出："有没有问题都一样。"

"让我也来摸摸石头。"乔茜抓住内莉的手，"理查德有热情又富有的兄弟吗？你懂的，介绍一下嘛。"

内莉把戴着三克拉钻戒的手抽回来，藏在桌子下面，每次朋友拿它开玩笑的时候，她都感觉很尴尬，然后笑着说："很遗憾，他只有一个姐姐。"

最近几年，莫林每到夏天就来纽约，在哥伦比亚大学教六周课。再过几天，内莉就可以见到她了。

一小时后，服务员收拾了桌面，内莉开始拆礼物。

"这是玛尔妮和我的。"四岁班的助教唐娜说着，递给她一个系着鲜红的蝴蝶结的银盒子。内莉拿出一只黑色的丝绸泰迪熊，乔茜色迷迷地吹了一声口哨。内莉把它抱在怀里试了试。

"这是给她的，还是给理查德的？"萨曼莎问。

"太棒了。姑娘们，我感受到了一个浪漫的夜晚。"内莉把它放下，旁边还有祖·玛珑香水、《每天一个姿势》的纸牌和已经拆开的熏香蜡烛。

"好戏压轴。"萨曼莎递给内莉一个装着银画框的礼品袋。画框里是一张淡褐色的厚纸，上面印着斜体字。"你可以把纸取出来，换上婚纱照。"

内莉开始读上面的文字：

我记得我们相遇的那一天，我记得你赢得我心的那件事

在阶梯学习幼儿园你给了宿醉的我一粒药，我们从此结缘

你在纽约的第一份工作，我领你上路

我带你看最好的舞蹈室和最近的药店

我给你指点迷津，教你和琳达和平共处

告诉你秘密储藏室，以备不时之需

我们很快成为室友，和一堆虫子共处一室

化妆品、杂志，还有孩子们画的马克杯无处可放

你的房租总是晚交——承认吧，你不擅长和钱打交道

我又有点乱——乱扔杯子和蜂蜜

一年又一年，你教会孩子写字和数数

他们打架的时候，你教他们用嘴，不是动手

我们每天不辞辛苦——可是家长视而不见

偶尔被指责，偶尔会流泪

神奇的五年啊，我们在一起

我们彼此相知——无论希望还是恐惧

你订婚了，琳达买了花式蛋糕，卡路里超标了

价格也可笑地超过了我们的薪水总和

你要走了，我如此难过

但至少我可以大醉一场（嗯，还有更多）

当你走上圣坛，着新装或穿旧衣

请记住，你是我最好的朋友

我真心爱你，直到永远

内莉哽咽地把它读完，思绪回到刚来这座城市最初的几天，她义无反顾地用距离阻断了自己和佛罗里达州的一切。她用棕榈树换来了人行道，用嘈杂混乱的女生互助会换来了没有人情味的公寓。一切都不一样了。只有甩不掉的记忆，像个沉重的斗篷时刻罩着她。

如果不是萨曼莎，她不会留下，也许还在四处奔波，寻找一处感觉安全的地方。内莉探身紧紧抱住室友，擦了擦眼睛："谢谢，萨曼莎，我喜欢。"她停顿了一下，"感谢你们所有人。我会想你们的，而且……"

"嘿，停，别搞得湿漉漉的。你不过是坐火车出去旅行，我们随时可以见。不过现在，你结账吧。"乔茜说。

内莉挤出一个微笑。

"行了，咱们走吧。"萨曼莎推开椅子，"天使杀手正在律路街表演，咱们去跳舞吧。"

从大学最后一年开始，内莉再也没有抽过烟。但是现在，三支特醇万宝路、三杯龙舌兰和两瓶红酒之后，她已经跳了好几个小时的舞，汗水顺着后背流淌，皮裤不是明智的选择。对面，一个酒保戴着萨曼莎的面纱正在和玛尔妮调情。

"我差点忘了我有多爱跳舞。"内莉在震耳欲聋的音乐里喊。

"我也差点忘了你的舞跳得有多差劲。"乔茜喊道。

内莉大笑着反驳："我那是激情四射！"她抬起胳膊举过头顶，疯狂地跳起西迷舞，旋转，转到一半的时候，她突然僵住了。

"嘿嘿，尼克。"乔茜对走过来的男孩喊道。他瘦高个，穿着褪色的 1979 年滚石音乐会纪念 T 恤和黑色水洗牛仔裤。

"你怎么在这里？"内莉问，迟迟没有意识到自己还举着胳膊。她发现潮湿的背心已经贴在身上，所以把胳膊放下，抱在胸前。

"乔茜请我来的。几周前我搬回来了。"

内莉看了一眼她的朋友，乔茜做出一个无辜的表情，然后耸耸肩，消失在人海中。

尼克曾经围着内莉转了一年，然后跟着自己的乐队搬去了西雅图。人们都叫他"狡猾的尼克"，但是有几个伤心的女人在他醒来的时候会叫他"笨蛋尼克"。他是内莉约会过的男孩中最热情的一个。"约会"其实并不准确，因为他们大部分时间在卧室里见面。

尼克的长发变短了，颧骨更加突出。他的塌鼻子、粗眉毛、大宽嘴单独看都有些夸张，但组合在一起还是很搭配的，而且比内莉记忆中的更好看了。

"真不敢相信你订婚了，感觉我们刚刚约会……"他靠过来，轻轻地抚摸她裸露的胳膊。

她迅速把胳膊移开，退后一步。

显而易见，尼克又重新对她产生了兴趣。他离开这座城市不到两分钟就掐断了和她的短信联系。他喜欢挑战。

"我已经幸福地订婚了，婚礼在下个月。"

尼克露出促狭的神情："你不像是一个准备结婚的人呢。"

"什么意思？"

有人在背后撞了她一下，她离尼克更近了。他伸手揽住她的腰，低声说："你看起来很火辣。"他的嘴巴贴着她的耳朵，漆黑的胡茬让她的皮肤痒痒的，"西雅图的姑娘和你没法比。"

她感觉小腹抽动了一下。

"我想你，想我们两个。"他的手指溜进内莉的衣服里，抵在她的腰上，"还记得那个下雨的星期日吗？我们一整天都在床上。"

他的气味就像威士忌，隔着 T 恤也能感觉到他紧致的肌肉散发出的热量。

躁动的音乐和拥挤的空间让她眩晕。一绺头发挡住了眼睛，尼克帮她挑开。

他慢慢地低下头，目不转睛地盯着她："最后一个吻，看在往日的情分上。"

内莉弓背、抬头，送上自己的脸颊。

他捧着她的脸，扶正，对着她的嘴温柔地吻下来。他的舌尖掠过她开启的双唇，用力地搂紧她，她情不自禁地发出一声呻吟。

即使面对自己，她也不愿意承认，和理查德做爱是美好的，但和尼克做爱是心醉。

"我不能。"她推开他，比跳舞时喘得还厉害。

"来吧，宝贝儿。"

她摇头，钻进人海，朝吧台走去。一个男人的胳膊肘碰到她右边的太阳穴，吓了她一跳，跌跌绊绊地踩到别人的脚。

终于找到玛尔妮，她一把搂住内莉的肩膀："龙舌兰？"

内莉退缩了。中午吃了沙拉，晚餐一直忙着聊天，只吃了一角比萨，现在感觉恶心和脚疼，这是穿高跟鞋跳舞的结果。"先来杯水。"她用一只手扇着火辣辣的脸。酒保点点头，拿了一个大杯子去接水。

"理查德找到你了吗？"玛尔妮问。

"什么？"

"他来了，我告诉他你在跳舞。"

内莉猛地转身环顾四周，扫过每一张脸，终于在屋子的另一头看到了他。

"马上回来。"她说，玛尔妮靠在吧台上，对着酒保敲着龙舌兰的杯子。

"理查德！"内莉喊着冲过去，快到他面前的时候脚下一滑。

"哇哦，"他一把抓住她的胳膊，"某人喝多了。"

"你来干什么？"

乐队换上一首新歌，一束紫色的光柱扫过他的脸。内莉看不清他的表情。

"我要走了，"理查德说，她把胳膊从他手中挣脱出来，"你跟我一起吗？"他看见了。她知道他在克制；他的身体僵硬，但她感觉到他的能量蓄势待发。

"好吧。我去说声再见……"刚才她看见萨曼莎和乔茜在舞池里，现在却怎么也找不到她们的踪影。

她回头看了一眼理查德，发现他已经朝门口走去，便赶紧追过去。

走到外面，他没有说话，直到上了出租车告诉司机地址。

"那家伙——我们曾经一起工作。"

理查德目视前方，只给她一个侧脸，就像几个小时前她在车上看到的那样。但是那时他的手放在她的大腿上，现在却双臂交叉抱在胸前。

"你和以前的同事见面都这么热情吗？"理查德的语气这么正

常，她吓了一跳。

一走一停的出租车让她的胃里翻江倒海，她用一只手捂住肚子，摇下车窗。长发迎风飞舞，打在她的脸上。

"理查德，我推开他了……我没……"

他转头看着她："你没什么？"他问，然后又一字一顿地重复了一遍。

"我没想——"她小声说。她错了：他没有暴跳如雷，他受伤了。"我真的很抱歉。我推开他了，我正要给你打电话。"

这是谎言，但理查德永远不会知道。

终于，他的表情柔和下来，说："我可以原谅你任何事。"她去摸他的手，可是他接下来的话让她停下了动作，"但是永远不要骗我。"

这么直截了当，即使是在工作电话里和别人争论，她也从来没听他这样说过话。

"我保证。"她怯怯地说，眼泪夺眶而出。理查德为她挑选了一套精致的房子；上午早些时候发邮件询问她，婚礼当天仪式和晚宴之间为客人准备餐前小点还是鸡尾酒自助，或者两者兼而有之。没有收到回信，他担心了——他知道夜深人静的时候她不敢一个人回漆黑的公寓。他特意找到这里来，确定她安然无恙。

作为回报，他看到她在吻尼克，一个几乎和吉布森一半的女人约会过，几乎不记得她名字的人。

她为什么这么大胆？

她想嫁给理查德，这需要勇气。

但是尼克一直是内莉未了的心结。除了诱人的手段，内莉也知道他内心的柔软。她在吉布森的角落擦银器的时候，曾经听到他在电话里和奶奶说一定给她买奶油煎饼卷，并且第二天晚上陪她看《幸运之轮》。

大学毕业以后，尼克是第一个和她睡在一起的男人。在遇到理查德之前，她其实已经不想他了。但是尼克在舞池里靠过来的瞬间，又唤醒了她迫切渴望的激动。她感觉能量在手心里汇聚。

她想归咎于那几杯龙舌兰，可事实并非如此。

简单说这是叛逆，是激情超越了理智。她希望在郊区定居之前最后感受一下城市的味道。

"真高兴你能来接我。"她说。理查德终于用胳膊搂住她。

她深深地吸了一口气。

她这辈子总在后悔自己的决定，但是选择理查德不在其中。

"谢谢你。"她把头靠在他的胸前，听到平稳的心跳声，当一切都无济于事的时候，只有这个声音能让自己入睡。

现在，她忽然有一种感觉，他过去受过深深的伤害，坚守着不与她分享。也许和他的前妻有关？也许是更早之前？

"我永远不会做伤害你的事。"她知道，这是比结婚宣言更郑重的承诺。

8

我转头，看见走廊里的亮光和站在门口的夏洛特姨妈的剪影。我不知道她站了多久，也不知道她是否注意到了我一直盯着天花板发呆。

"感觉好点了吗？"她走进来，打开百叶窗。阳光涌进来，我皱着眉头遮住眼睛。

我说自己得了流感，但是夏洛特姨妈知道情感和身体的相互纠缠——前者可以诱骗后者，像密密麻麻的葡萄藤一样吞噬它。毕竟，她不但照顾我，还照顾了妈妈。

"好一点了。"但是我没有要起来的意思。

"需要我帮忙吗？"她半开玩笑半认真地说。这个语气我很熟悉，记得她帮助妈妈起床去洗澡的时候就是这个样子。"就一小会儿。"她连哄带骗地架起妈妈，"我要换床单。"

夏洛特姨妈应该是一个出色的母亲，可惜她没有孩子。我怀疑和那些年她照顾我和妈妈有关。

"不用，我准备去上班。"

"我一整天都会在工作室。我收了一幅私人画的定金，有个女人准备把裸体像挂在壁炉上方送给老公。"

"真的吗?"我坐起来的时候努力给舌头注入能量。想起理查德的新娘左右着我生活的方方面面，我不由得怒火中烧。

"你知道的。我甚至连 Y 的公共化妆区都不喜欢。"

她准备走的时候，我挤出一个微笑。她的屁股撞在门口的梳妆台上，"哎哟"叫了一声。

我从床上一跃而起。托着她的腰，搀扶她坐到椅子上。

夏洛特姨妈挥着手打消我的顾虑："没事，老人总是跌跌撞撞的。"

我突然被现实打醒：她老了。

我不顾她的反对给她敷上冰块，然后给两个人做了切达奶酪和葱花蛋。洗完餐具，收拾好灶台，准备去上班之前，我紧紧地拥抱夏洛特姨妈，又一次触景生情：除了她，我在这个世界上什么都没有了。

看见露西尔，我有点胆战心惊。但是出乎意料，她竟然体贴地说："昨天我真不该鼓励你来。"

她的目光停留在我的包上。这个华伦天奴的包是理查德去旧金山出差的前一天晚上送我的。四年了，背包带周围的皮子都有一点磨损。露西尔是那种能注意到这种细节的女人，我知道她看见了。然后她扫了一眼我的旧耐克鞋和光秃秃的无名指。她的目光很犀利，好像我们是第一次见面。

我在地铁晕倒之后给她打了电话，我不记得自己到底说了什么，但是记得我哭了。

"如果你需要早走，告诉我。"她说。

"谢谢。"我难堪地低下头。

这一天都没有空闲，尤其是赶上周日，不过倒也没有忙得四脚朝天。我以为工作可以分散注意力，可满脑子还是她。我想象着她把手放在她隆起的肚子上；理查德把手放在她隆起的肚子上。他提醒她吃维生素，催她多睡觉，夜里搂着她。倘若她怀孕了，他很可能会买一张婴儿床，里面再放一只泰迪熊。

在我努力怀孕的时候，一个柔软、微笑的泰迪熊已经躺在卧室里等着我们的孩子了。理查德早早地给它取好了名字，"我们的幸运熊"。

"早晚会有的。"理查德安慰我说。

六个月的失败之后，他去做了精子检测，一切正常。"医生说我这儿全是像迈克尔·菲尔普斯一样的游泳运动员。"他开玩笑地说，我只能强作欢颜。

我预约了妇科专家，理查德说会尽力安排时间同去。

"没必要，"我故作轻松地说，"我可以回来给你讲。"

"你确定吗，宝贝儿？如果我的客户走得早，我们一起吃午饭，反正你也在城里，我让戴安娜订位。"

"太棒了。"

但是一个小时后，我上车就接到他的电话："我把客户推掉了，这事儿更重要。"他要和我一起去见医生。

真庆幸他看不到我的表情。

妇科医生会问一些问题，一些我不想当着理查德的面回答的问题。

列车朝着中央车站飞奔，我看着窗外：光秃秃的树木、乱糟糟的涂鸦和被封死的窗户。我可以编个谎话，或者想办法一个人见医生。总之不能把真相告诉他。

我一直在撕手上的倒刺，尖锐的疼痛让我回过神来，低头把流血的手指放进嘴里。

列车呼啸着进站的时候，我还是一筹莫展。出租车把我送到花园大道上一座精致的建筑前，速度快得出乎意料。

理查德和我在大厅见面的时候，没有注意到我的焦虑，或许他注意到了，但以为我在担心时间。他在电梯里按下十四，我感觉自己像在梦游。我要第一个出去，所以守在门口。

理查德的泌尿科医生建议我们去找霍夫曼医生。我们登记后不久，一位身材苗条、举止优雅的女士走出来，微笑着带我们去她的诊室。她五十多岁，穿着七厘米高的高跟鞋，白大褂映出里面的紫红色，跟着她下楼，我几乎一路小跑。

理查德和我面向她整洁的办公桌，并排坐在铺着软垫的长沙发里。我十指交叉，搭在腿上，局促不安地拨弄着手指上的金戒指。一开始，为了消除我们的顾虑，她谨慎地解释了很多夫妻都是半年以后才成功受孕的，她安慰我们说："百分之八十五的夫妻在一年内怀孕。"

我勉强笑着说："好吧，那么……"

理查德抢过去说："我们对数字不感兴趣。"他抓住我的手，"我们现在就要。"

我早该知道没那么容易。

霍夫曼医生点点头："你们可以接受治疗，但是这个既花时间又费钱，而且有副作用。"

"请再一次恕我直言，那些对于我们都不是问题。"理查德说。我似乎能够看到他工作时的样子——威严、果断、不容置疑。

我怎么敢奢望在他面前瞒天过海？

"亲爱的，你的手很凉。"理查德摩挲着我的手。

霍夫曼医生转头直视着我。她的皮肤光滑没有皱纹，头发按照当下流行的发式松散地编在一起。我后悔不应该简单地穿一条黑裤子和乳白色的高领衫，再精致些就好了。我突然看见自己的袖口有一个小血点，赶紧用刚才受伤的手指挡住，然后努力地扬起嘴角。

"好吧。那么，我要先问瓦妮莎几个问题。理查德，你愿意到休息室坐一会儿吗？"

理查德看着我："亲爱的，你想让我出去吗？"

我犹豫不决，我知道他希望我说什么。他放下工作来陪我，如果我让他出去之后，他发现了什么，岂不是更大的背叛？或许出于道德，霍夫曼医生会告诉他；或许某一天，哪个护士无意中看见我的病例会说漏嘴。

太难决定了。

"亲爱的？"理查德催促着。

"不好意思，你留下当然没问题。"

提问开始了。她的声音低缓平和，但是每一个问题都像射过来的子弹：你的月经周期是怎样的？持续多久？你采取哪种避孕方式？

我的胃好像挨了一拳。我知道这些引子过后是什么。

然后，她问道："你怀过孕吗？"

我低头看着厚实的灰地毯上粉色的小方块，开始数数。

我能感觉到理查德火辣辣的眼神。"她从来没有怀过孕。"他说。这是一个肯定句。

我还在回想那个时刻，但是记忆仿佛被锁住了。

这事关重大。

我不能撒谎，无论如何也不能。

我抬头看着霍夫曼医生。"有过。"我的声音听起来那么刺耳，我清了清喉咙，"那时我只有二十一岁。"

我意识到"只有"是针对理查德的辩解。

"你堕过胎？"我分辨不出理查德的语气。

我又看向我的丈夫。

我知道，我不可能讲出全部实情。

"我，啊，我流产了。"我又清了一下喉咙，避开他的眼神，"只有几周。"至少这是真的，六周。

"你为什么没有告诉过我？"理查德靠在沙发上。震惊从他的脸上一闪而过，然后是其他的情绪：被人背叛的愤怒？

"我想……我只是，我当时不知道如何是好。"这个回答太含糊。我一直愚蠢地希望他永远不会知道。

"你想过要告诉我吗？"

"听我说，"霍夫曼医生打断我们，"这样的对话令人情绪激动。你们需要点时间冷静一下吗？"

她的声音很冷静，记笔记用的银色钢笔停在半空，就像正常的停顿一样。但是，我不敢想象会有多少妻子和我一样向丈夫隐瞒了同样的秘密。我知道早晚我要对霍夫曼医生吐露全部实情。

"不，不，我们很好。我们继续吗？"理查德说。他对我笑笑，但是马上他双腿交叉，松开了我的手。

所有的问题终于都结束了。霍夫曼医生带我去做身体和血液检查，理查德坐在休息区，拿着黑莓手机翻阅邮件。出门之前，霍夫曼医生轻轻地捏了捏我的肩膀。这个充满母爱的动作让我喉咙发紧，热泪盈眶。我真希望还能和理查德共进午餐，但是他说客户会议改到了下午一点，所以必须回办公室。电梯里还有其他人，所有人都沉默不语，目视前方。

到了外面，我抬头看着理查德："对不起。我应该……"

见医生的时候，他把手机调成了静音，现在手机嗡嗡地响起来。他看了一眼号码，亲了亲我的脸："我必须接这个电话。家里见，亲爱的。"

他先走了。我望着他的背影，希望他能转身，给我一个微笑，或者朝我摆摆手，但是他拐了一个弯，消失了。

这不是我第一次背叛理查德，也不是最后一次，更不是最坏的一次——还差得远。

我从来不是他想象中的妻子。

在没有客人的空当，我躲进休息室喝咖啡。胃里已经平静了，但是太阳穴还顽固地作痛。卖鞋的丽莎坐在长沙发上吃三明治。她二十多岁，金发碧眼，白皙动人。

我强迫自己看向别处。

我收听的心理广播曾介绍过巴德尔－迈因霍夫现象：当你注意到一个东西之后，比如，某个无名的乐队，或者一款新式意面，它好像就变得到处都是。这种现象也叫频率错觉。

现在，我似乎已被金发碧眼的年轻女人团团围住。

早上我来上班的时候，看到一个女人在罗拉·玛斯亚试口红；一个女人在拉夫·劳伦抚摸衣服。丽莎举着三明治的左手上有一枚戒指闪闪发光。

理查德和他的新娘这么快就要结婚了。她不可能有了身孕，不可能吧？我又开始琢磨，并且感觉到熟悉的呼吸障碍和身体里升起的寒意。我强迫自己不要乱了方寸。

今天必须见到她。必须确定。

她住的地方距离我现在站的位置不远。

有时候，你可以在网上查到一个人的诸多信息——事无巨细，从午饭的玉米煎饼是否加了酸奶油到婚礼日期。当然有些人比较难追踪，但是只要你有毅力，至少可以找到一些基本信息：住址、电话、工作单位。

观察对方则可以获得其他细节。

有一天晚上，那时我们还没离婚，我尾随理查德到了她的公寓。他捧着一大束白玫瑰和一瓶红酒。

我应该跟在他后面砸门，闯进去，对着理查德大喊大叫，责令他回家。

但是我没有。我回到我们的家，几个小时之后，理查德回来时，我微笑着迎接他："给你留了晚饭，要热一下吗？"

他们总说男人有事的话妻子是最后一个知道的，可我不是。我选择了另一种应对方式，但是我做梦也没想到他们会继续。

悔恨是无法愈合的伤口。

丽莎，那个年轻漂亮的销售正忙着收拾。她把没吃完的三明治扔进垃圾桶的时候瞟了我一眼，皱起眉头。

我不知道自己盯着她看了多久。

我走出休息室继续工作，热情地问候顾客、找衣服，在他们试衣服征求意见时，点头或者给出建议。

与此同时，我等待着，我知道很快就可以满足自己如火如荼的需求了。

终于，可以走了。我不知不觉地来到她的公寓。

她的。

9

内莉趴在马桶上呕吐，然后跌坐在理查德浴室的大理石地面上。

昨晚的情景浮现在她脑海里：好几杯龙舌兰，香烟，那个吻，回公寓的出租车上理查德的表情。她不敢想象自己竟几乎断送了和他的未来。

她从对面的落地镜里看到自己：被睫毛膏染脏的双眼，沾着面纱上掉下来的亮片的头发，身上穿着一件干净的纽约马拉松纪念 T 恤，是理查德的。

她挣扎着站起来，伸手拽起一条毛巾擦嘴，突然，她停下了。毛巾的颜色是雪白加皇室蓝，就像理查德公寓里其他的东西一样典雅——除了她。内莉想着，放下毛巾，换了一张纸巾，用过之后扔进马桶里。理查德的垃圾桶总是干干净净的，她也不想留下自己的垃圾。

她用冷水洗脸刷牙，苍白的脸上被激出红色的斑点。虽然渴望躺在理查德舒适的鸭绒被里，但她还是准备去找他，并且做好了承受一切的准备。

她没有看见自己的未婚夫，却在厨房亮闪闪的花岗岩灶台上发现了一瓶依云矿泉水和一瓶止痛药，旁边有一张淡褐色的便笺，写着：**我不想吵醒你。我去亚特兰大，明天回来。我感觉好多了。爱你，理。**他名字的缩写是以浮雕的形式印在纸上的。

烤箱上的时间显示现在是十一点四十三分。怎么睡到这么晚？

怎么能忘了理查德出差的时间？她不记得理查德提过亚特兰大。

她倒出两片药，用还没有回温的冰水送下去。仔细端详信纸上的字体——整齐的印刷体，希望能以此猜出理查德的心情。关于昨晚的记忆断断续续不完整，她只记得他把她放进被子里，然后离开房间，关上了门。至于他有没有回来，躺在身边，她不知道。

内莉拿起灶台上的无绳电话拨通了他的号码，直接进入语音留言："我会尽快给你回电话。"这是他的承诺。

听见他的声音，她开始疯狂地想他。

"嘿，亲爱的，"她语无伦次地说，"嗯……我想说，我爱你。"

她往卧室走，走廊里挂着几个大相框。她最喜欢理查德小时候的那一张，他和莫林手拉手站在大海边，莫林比他高出一大截。他告诉内莉，他在十六岁那年一下子长到现在的一米八。旁边是他们俩和父母的合影。内莉看得出来，理查德敏锐的眼神来自母亲，丰满的嘴唇来自父亲。最后一张黑白照片是他父母的婚礼。

这一墙的家庭照充分说明理查德想每天都见到他们。虽然父母已经去世了，但至少他还有个姐姐。明天，她就要和莫林在理查德最喜欢的餐馆共进晚餐了。

电话打断了她的思绪。是理查德，她一阵喜悦，跑回厨房，抓起听筒。

听筒中传来一个娇柔的声音："理查德在吗？"

"嗯，没有。"内莉犹豫了一下，问道，"是莫林吗？"

沉默。那个女人回答："不是。我再打给他。"然后话筒里传来一长串单调的待机的声音。

谁会在周日给理查德打电话又不留信息呢？

内莉琢磨不透，于是检查了来电号码。是空号。

她来过理查德的公寓许多次了，但这是第一次一个人待在这里。

她身后是客厅，整面墙都是窗户，可以看见中央公园宜人的景色和几栋居民楼。她走到窗边向外看，视线扫过公寓楼。很多窗子挂着窗帘或关着百叶窗，一片漆黑；其他的窗子玻璃明亮，毫无遮挡。

她想，从某个角度应该可以看到里面的家具和人的影子。

这意味着那些人也可以看见理查德公寓里的情况。

她看见理查德在天黑之前关闭百叶窗——墙上有一个复杂的电子系统，控制灯光和百叶窗。她点了一下按钮，头顶的射灯关上了。天气阴沉，公寓被拉进了阴影里。

再按一下，灯泡忽闪忽闪地亮了。她长舒一口气，接着试其他的按钮。这次总算成功了，百叶窗滑下来。虽然大堂里有门卫，但她还是跑到门口检查了门锁。门锁着。她想理查德永远不会不采取保护措施，无论多么生气。

她用理查德柑橘味的欧舒丹浴皂洗澡，然后仰起头，闭着眼，冲掉洗发水，让泡沫带走浸在头发里的烟味儿。裹着理查德的浴袍，她又想起电话里那个温柔的声音。

那个女人没有口音，也听不出她的年龄。

内莉从浴柜里拿出发胶，在湿漉漉的头发上抹了几下，梳起一个马尾辫，换上留在这里的运动衣——大楼里有健身房，偶尔用得上。这时她才发现床尾有一个帆布袋，上面整齐地摆放着叠好的皮裤和她褶皱的上衣。她把自己的东西塞进包里，走出去。转了转门把手，确认锁好了。

在通往电梯的楼道里，内莉遇见了这层唯一的邻居基恩太太，她牵着比熊走出来。每次在大堂偶遇的时候，理查德都假装取信或者编个其他借口避开。"你要是让她开了口,她会一直唠叨个没完。"理查德提醒过她。

内莉猜她很孤独,所以按电梯的时候冲她笑了笑。

"我一直想最近你怎么没露面呢,亲爱的!"

"哦,几天前我来过。"内莉说。

"下一次,去我家,我请你喝茶。"

"你的狗很可爱。"内莉抚摸着它的白毛,心想这个女人和她的狗好像用的是同一个发型师。

"怪兽先生也喜欢你。你的情人去哪儿了?"

"理查德去亚特兰大出差了。"

"出差?周日?"狗在闻内莉的鞋子。"他一直特别忙,是吧?总是匆匆忙忙地赶飞机。我曾经提出他不在的时候我可以帮他看家,可是他说不想麻烦我……嗯,你现在去哪儿?"

孤独加话痨,内莉心想。电梯来了,内莉伸手帮她和她的狗挡住门。

"我也是去上班。我在幼儿园教课,年底的时候要收拾教室。"

明天就是毕业典礼。通常老师们会在学生离开之后的几天里打扫教室,像是过节一样,最后以红酒收场。内莉下周末要去佛罗里达,所以必须现在干。

基恩太太满意地点点头:"好极了。真高兴理查德找到一个年轻可爱的姑娘,上一个可不太友善。"

"哦？"

基恩太太靠过来，说道："我看见她和迈克说话，门卫，就在上周。情绪特别激动。"

"她来过？"理查德没提过。

基恩太太的眼睛一亮，内莉捕获到她传递这种消息时的快乐。"哦，对。她递给迈克一个包——蒂芙尼的包，我认出了它特有的蓝色，她让他还给理查德。"

电梯门再一次打开，基恩太太的狗扑向一只刚刚跟随主人走进大堂的哈巴狗。

内莉走出来。大堂被布置成一个小型的画廊：两个低背沙发中间的玻璃桌上摆放着一大盆优雅的兰花；乳白色墙壁上的抽象画活泼生动。周日的门卫弗兰克操着浓重的布朗克斯口音和她打招呼。这个戴白手套的人守护着上东区的居民，很招她喜欢。

"嘿，弗兰克。"看到他咧着嘴露出大牙缝的微笑，内莉高兴地回答。她回头瞥了一眼基恩太太，她正和另一个邻居绘声绘色地交谈，好像在说理查德的前妻过来归还他以前送给她的东西，可是两人没有见面。谁知道包里装的是什么呢？不过显然他俩离婚闹得沸沸扬扬。

很多人都是这样的，内莉告诫自己，但是仍然惴惴不安。

弗兰克对她挤挤眼，指着外面说："看起来好像要下雨呢。你有伞吗？美女。"

"有三把，在房间里。"

他哈哈大笑："这里有，借你一把。"他走到门口的铜架子边。

"你最好了。"她伸出左手去接，"我保证会还的。"

她发现他看到她的戒指时愣住了，然后突然醒悟过来，转头看向别处。他早知道他们订婚了。理查德建议她走在外面的时候把钻石转到手心藏起来，他说谨慎点没有错。她照办了。

"谢谢。"她说。弗兰克的脸红了。戴着这个可能要花掉弗兰克一年薪水的东西——也是她一年的收入，似乎有点卖弄。

理查德的前妻住在附近吗？内莉琢磨着，也许她们曾经在街上擦肩而过。

她下意识地摆弄雨伞的开关，伞砰的一声弹开了。爸爸的声音在耳边回响：不要在屋里打开雨伞，它会带来霉运。

外面的天空灰蒙蒙的，内莉走出去的时候弗兰克说："还没开始下。"

萨曼莎穿着一件正面用手写体写着"美丽的困境"的长睡衣。

内莉把装有罂粟籽百吉饼、鸡蛋、切达干酪、培根和番茄酱的纸袋揉搓得沙沙响，这是她们宿醉后最喜欢的补品，她说道："下午好，阳光。"

萨曼莎昨晚踢掉的凉鞋躺在门口，接着是她的包，再走几步是她的迷你裙，内莉打趣地说："萨曼莎的尾巴露出来了。"

"嘿。"萨曼莎把咖啡倒进马克杯，没有转身看她，"昨晚上你怎么了？"

"我去理查德那里了。龙舌兰喝多了。"

"是，玛尔妮说看见他了。"她简单地说，"你还记得说再见，真好。"

萨曼莎也对她失望了。"我——"内莉的眼泪夺眶而出。

她一下子转过来："喂，怎么了？"

内莉甩甩头，"很抱歉，"她抽泣地说，"我特别难过没有告诉你我要走……"

"谢谢你这么说。我必须承认我很生气，尤其是吃饭的时候你迟到了。"

"我不想走，但是，萨曼莎……我吻了尼克。"

"我知道，我看见了。"

"是，理查德也看见了。"内莉用纸巾擦了擦眼睛，"他特别失望……"

"解决了吗？"

"算是吧。他上午必须去亚特兰大，所以我们没怎么聊……但是，萨曼莎，上午我一个人在那边的时候，有个女人打来电话。她没有说名字。然后，理查德的邻居告诉我，上周他的前妻来过。"

"什么？他还见她？"

"不是，"内莉马上说，"她只是来还东西，她交给门卫了。"

萨曼莎耸耸肩："听起来没什么啊。"

内莉犹豫不决："但是他们几个月前就结束了，为什么她现在回来？"她不知道自己为什么没有告诉萨曼莎，她怀疑那些东西是以前理查德送给他前妻的礼物。如果包包真的是蒂芙尼的，肯定很贵。

萨曼莎抿了一口咖啡，然后把杯子递给内莉，她也抿了一口。

"你为什么不问问理查德？"

"我猜……我觉得我不应该为这事烦恼。"

萨曼莎咬了一口百吉饼，嚼着说："嗯。"内莉打开一个三明治，胃绞在一起，完全没有食欲。

"我以为她完全出局了。这只是一个偶然，对吗？但是我接到一些莫名其妙的电话……"

"是她吗？"

"我不知道。"内莉咕哝着，"但电话是从我和理查德订婚后开始的，你不觉得太巧了吗？"

萨曼莎好像也找不出答案。

"今天上午，当我说完'你好'的时候，我只能听到呼吸声，除此之外什么都没有，就像之前的电话一样。然后，这个女人要理查德接电话，所以……我必须把这件事讲出来，我简直要疯了。"

萨曼莎马上放下百吉饼，紧紧地抱住内莉："你没有疯，但是你得和理查德谈一谈。他们在一起很长时间了，是不是？难道你不应该了解他的那部分生活吗？"

"我试过。"

"他这样把你排除在外不公平。"

"他是个男人，萨曼莎。他不会像我们那样喋喋不休的。"

就像你，内莉心里想。

"听起来好像你根本没有提过这件事。"

内莉没有接话。她和萨曼莎几乎没有吵过嘴，她不想破例。"他说他们越来越疏远。这种事情很普遍，不是吗？"

但是理查德说过一句话，现在想起来寓意很深。

"她不是我想象中的样子。"

这是理查德的原话，他说话时厌恶扭曲的表情让内莉大吃一惊。

她的室友对这件事肯定会有很多看法。

于是内莉告诉她理查德买了新房，但萨曼莎还是表现出一副不可思议的表情。内莉戴着订婚戒指回来的那天她也是这个表情。

"你说得对，"内莉轻声地说，"我会再问问他。"

她知道萨曼莎心里在想什么，但是她要维护理查德。她想让萨曼莎帮助她消除对理查德前妻的疑虑，而不是分析他们之间的裂痕。

内莉从冰箱和墙之间的缝隙里拿出几个包装袋："我得跑着去学校了。我已经开始收拾教室了，你要一起吗？"

"我很累，想睡觉。"

看来她还在耿耿于怀。

"我再一次为爽约道歉。那真是一个重要的聚会。"内莉用肩膀蹭她最好的朋友，"嘿，你今晚会在家吗？我们敷着面膜看《诺丁山》吧。订中餐外卖，我请客……"

萨曼莎还是那副表情，但是已经接受了这份没有直接说出口的停战协议："当然。听起来不错。"

理查德的前妻长什么样？

苗条？迷人？内莉在去幼儿园的路上边走边想。也许他的前妻喜爱古典音乐，能够鉴定出红酒的味道。而且内莉打赌她可以轻松地念出法语的"熟肉"，可自己只能用手指着菜单。

内莉认识理查德之后不久，出于对在她之前和他共同生活的女人的好奇，曾经提到过她。那是一个慵懒的周日上午，他们做爱、洗澡，然后一起看《时代周刊》。内莉用着理查德特意给她买的牙刷，穿着上次来留下的 T 恤。她奇怪他们在一起那么多年，为什么这里没有他前妻的一点痕迹：浴室的水盆下找不到一根橡皮筋，储藏室里找不到一瓶过期的花草茶，甚至没有可爱的靠垫遮挡羊皮沙发上明显的接缝。

这个公寓充满百分百的男人味道，好像他的前妻从来没在这里生活过。

"我在想……我们没有聊过你的前……为什么分开？"

"没有具体的事。"理查德耸耸肩，翻到财经版，"我们只是越来越疏远……"

然后他就说出那句：她不是我想象中的样子。那句话直到现在还萦绕在内莉的心头。

"好吧，你们怎么认识的？"内莉调皮地敲着他的报纸问。

"行了，宝贝儿，我和你在一起，最不想提的就是她。"他用词虽然温和，但语气有点严肃。

"对不起……我就是好奇。"

内莉再也没有提过她。毕竟，她也有不想让他知道的过去。

她打开游乐场的大门，走进幼儿园的时候想着：理查德应该到亚特兰大了。他也许在开会，也许一个人在酒店。他会不会也渴望知道内莉前男友的样子，就像她渴望知道他的前妻一样？

她不敢设想自己看见理查德吻其他女人会有多么痛彻心扉，但是她想知道，理查德会不会认为她也不是他想象中的那个人。

她拿起手机准备打给他，可是又放弃了。之前已经发过信息，她不想质问他关于他前妻来过的事情。他值得信任，可是她动摇了他对她的信任。

"嘿，你来了。"

内莉抬头看见教堂的年轻主事拉着门，便说道："谢谢。"内莉忘了他的名字，所以跑过去，给了他一个灿烂的微笑作为补偿。

"我正准备锁门呢。我以为周日没有老师来。"

"我准备收拾一下我的教室。"

他点点头，望了望天。乌云密布，翻滚的云团挡住了太阳。"看起来你比雨跑得快。"他开玩笑地说。

内莉一头扎进地下室，打开走廊里的灯。她后悔没直接从理查德的公寓过来，早点到的话，教堂里还聚集着教区的居民，就不会像现在这样空荡荡的了。

她走进教室，差点踩在一个纸皇冠上。她弯腰捡起来，抚平，上面歪歪斜斜地写着布里安娜的名字，是她教的。"记住，B 有两个挺着的大肚子。"一开始小姑娘总是把方向写反，内莉就这样告诉她，终于学会的时候，她又兴奋又自豪。

孩子们在毕业典礼上戴着自己做的皇冠。他们在窗帘后面站成一条七扭八歪的线，内莉挨个拍着他们的肩膀，轻声说："出发！"然后他们走上布置好的阅兵道，父母起立、欢呼、拍照。

布里安娜的皇冠丢了，她肯定会不高兴；她花了很长时间粘贴纸，又用掉半瓶的胶水，在皇冠的每个角上都粘了不同颜色的绒球。应该打电话告诉布里安娜的父母，她找到了皇冠。

她把皇冠装进购物袋。这份宁静让她有些无所适从。

她的教室大小适中，玩具比孩子们家里的简陋。但是每天早上，学生们还是蹦蹦跳跳地走进来，把饭盒放进格子里，把小夹克和小外衣挂在衣架上。内莉最喜欢每天的"展示和讲解",那简直是值得期待的意外惊喜。有一次,安妮带来了从药品柜里找到的避孕用品,内莉在放学的时候还给了她妈妈。"幸好不是其他东西。"她妈妈开玩笑地说,这立刻赢得了内莉的好感。还有一次,卢卡斯刚打开饭盒,一只仓鼠就露出头,它立刻抓住逃生的机会跳了出来,害得内莉找了两天。

内莉从来不知道离开这里会令人这么伤心。

她撕下墙上孩子们折的纸蝴蝶,叠好,准备分别寄给他们。一张纸划破了她娇嫩的指尖,她赶紧把手收回来。

"可恶。"上次她骂人的时候把小大卫·康奈利吓坏了,费了好大劲才让他相信她是在和玩具卡车生气,从那以后很多年,她都不说脏话了。她把食指放进嘴里,然后从储物柜里拿出一个创可贴。

粘创可贴的时候,她听到楼道里有声音。

"谁?"她大声问。

没有人回答。

她走到门口,朝走廊里张望,空无一人,油毡地板反射着顶灯的光亮。其他教室漆黑一片,门都关着。教堂的老地板有时候会发出咯吱咯吱的声音,肯定是有人在加固地板。

缺少欢笑和吵闹的校园此时失去了平衡。

内莉从包里掏出手机。理查德还没有来电话。她犹豫再三,还是发了短信：*我在幼儿园……如果方便请回电话。我一个人在这里。*

萨曼莎知道她在这儿，但是她应该已经睡觉了。如果理查德也知道，她会感觉好一点。

她本来想把手机放回包里，结果还是插进了莱卡裤的裤兜里。她又探头看了看走廊，仔细听了很长时间。

然后，她飞速清空墙上的艺术品，摘下画架上醒目的课程表，撕掉布告栏上的大日历，上面有用魔术贴标出的一周的日期和天气。笑眯眯的太阳标志一般停在周五那天。

她看了一眼窗外。雨滴开始轻快地落下来。

高大的攀爬设施有些碍事，她只能辨认出一件黄褐色的雨衣，绿色的雨伞挡住了那个人的脸，长长的金发在风中飘扬。

也许是在遛狗。

内莉伸长脖子，换了一个角度，没有看到狗。

难道是未来的家长来视察学校？

但是，没有理由在周日学校关门的时候来啊？

或者是教友……不过礼拜在几个小时前已经结束了。

内莉从兜里掏出手机，把脸贴在玻璃上。一个女人突然急匆匆地走进树林里，内莉看见她在三块墓碑的地方转弯。

那是教堂另一边的入口。

偶尔，晚上有活动的时候，比如举办嗜酒者互诫会，大门口就会挡一块砖头让门一直开着。

那个人突然离开，那么快、那么慌张，让内莉想起家长会那天让她冲出浴室去翻包的人。

再也不能多待一分钟。她撇下一桌子的纸，不管不顾地抓起包，直奔大门。手里的手机嗡嗡作响，她吓了一跳。是理查德。

"太高兴了，是你。"她喘息着说。

"你还好吗？你的声音听起来有些慌乱。"

"我一个人在学校。"

"哦，你在短信里告诉我了。教堂的门都锁了吗？"

"我不知道，我现在就走。"内莉跑上楼梯，"感觉有点毛骨悚然。"

"宝贝儿，别吓唬自己。我在电话中陪你。"

走出教堂之后，她回头看了一眼身后，才慢慢地平静下来。她打着伞，穿过街区，朝热闹的十字路口走去。现在，她走出来了，她知道自己过度紧张了。

"我特别想你。昨晚的事，我感觉糟透了。"

"我想过了，我看见你推开了他。我知道你爱我。"他真的好得让人不敢相信。

"我希望今天能和你在一起。"她不想让理查德知道她忘了他要出差，"毕业典礼之后，我就完全属于你了。"

"你不知道我有多高兴。"他的声音让人感觉踏实。

就在这一刻，她下定决心不再教课了。她打算秋天和理查德一起旅行。她还会有一群孩子——他们自己的孩子。

"我必须回去见客户了，现在感觉好点了吗？"

"好多了。"

然后，理查德说了一句她一辈子都不会忘记的话：

"即使我不在你身边，我也永远陪着你。"

10

她住在一条热闹的街道上。纽约有无数个这样的社区——不豪华，但也不贫穷，属于为数众多的中档小区。

这让我想起第一次见到理查德时的地方。

倾盆大雨一停，人们就纷纷出动，所以我并不显眼。拐角处有一个公交车站，旁边是速食店，和她家隔开两个门有一个小理发店。一个推婴儿车的父亲和一对手挽手的情侣正在过马路。一个女人拎着三个装满杂物的袋子。一个送中餐的小伙子骑着自行车轧过水坑，有几滴水花溅到我身上，车座上飘出的饭香尾随其后。换作以前，我的胃早就抵挡不住鸡肉炒饭或蜜汁大虾那诱人的味道了。

我想知道她对邻居的了解有多深。

她可能会把错放在她家的快递盒子送到楼上，敲开人家的门。

也许她在速食店买了水果和百吉饼，店主会一边收钱一边称呼着她的名字问好。

她如果消失了，有谁会想她？

我做好了长时间等待的准备。没有食欲，身体不冷也不热，什么也不需要。但是很久之前——至少，我等不了这么久，我感觉心跳加速，呼吸紧张，她在街角出现了。

她提着一个口袋。我瞥了一眼，看见上面的牌子，是一家外卖沙拉的店名。袋子随着她的步伐摇摆，和高处甩来甩去的马尾辫遥相呼应。

一只可卡从她身边飞奔而过，她停了一下，绕过绳子。主人紧了紧狗链，我看见她点头，并且说了什么，然后低头抚摸可卡的头。

她知道理查德对狗的态度吗？

我把手机举到耳边，侧身躲开她，并且斜着雨伞挡住自己的脸。她继续靠近我，我可以看得一清二楚。她穿着瑜伽裤和宽松的白上衣，腰上系着一件防风夹克。沙拉和锻炼——一定是为了穿婚纱的时候体形处于最佳状态。她在公寓前停下，翻包，过了一会儿走进大门不见了。

我放下雨伞，揉着额头，努力集中精神。我告诉自己这是疯狂的。即使她怀孕了（我相信这绝不可能），现在也不可能看得出来。

那我为什么来这儿？

我看见她关门。如果我敲门，她开了，我能说什么？我要求她取消婚礼，警告她她会后悔？我可以告诉她理查德骗了我，也同样会骗她——但她会关上门，然后打电话给他。

我永远不想让他知道我跟踪她。

她认为现在安全了。我想象着她倒干净盛沙拉的塑料碗，然后扔进可回收的垃圾桶，敷上泥浆面膜，也许会给父母打电话，最后讨论一下婚礼的细节。

还有时间，我不能冲动。

我准备一路走回家。我沿着她的足迹拐弯，走过一个街区后到了沙拉店，走进去，拿着菜单猜她买了什么，我想要一份一模一样的。

服务员把装在塑料碗里的沙拉和一把叉子，还有餐巾纸放进一个白色的纸袋里递过来，她的手指碰到了我，我微笑着说谢谢，心想：她是否也会等我的替代品呢？

就在即将迈出门的时候，我突然感到剧烈的饥饿。睡过晚饭，跳过早饭，之后我又把午饭扔进了垃圾桶——现在饥饿感袭来，激起了我渴望填饱肚子的贪婪的欲望。

我走到摆着几把椅子的餐桌边，迫不及待地坐下。

我颤抖着打开沙拉，把碗端到嘴边，这样食物一点都不会掉在外面。我用叉子风卷残云般把刺鼻的绿叶、零散的鸡蛋、黏在碗边的滑溜溜的西红柿一下接一下地填进嘴里。

吞下最后一口的时候，我的胃里满满地往上漾。可是我仍然感到空虚。

扔掉空碗，我继续朝家走。

一进门，我看见夏洛特姨妈仰头枕着靠垫，四肢舒展地躺在沙发上，眼睛上盖着一块毛巾。通常周日的晚上，她在贝尔维尤教授艺术疗法。据我所知，她从来没有落过课。

我也从来没见过她打盹儿。

我突然开始害怕。

我关门的声音惊动了她，她抬起头看门，毛巾滑下来。不戴眼镜时，她显得更慈祥。

"你还好吗？"我有点好笑，这句话像是她的回声。自从出租车停在她的公寓外面，我拎着三个箱子走出来之后，她就不断地说这句话。

"该死的头疼，"她扶着沙发站起来，"今天太累了。去客厅看看，我有二十年没画真人了，这次把所有的破烂都折腾出来了。"

她还穿着画画时的工作服——牛仔裤配姨父的蓝色牛津衬衫。现在，这件衬衫已经被岁月磨软，被溅上的颜料装饰成了一件艺术品，见证着她的创意生活。

"你生病了。"我脱口而出，响亮又吓人。

夏洛特姨妈走了两步，把手放在我的肩膀上。我们几乎一般高，她直直地看着我的眼睛。她淡褐色的眼睛随着年龄的增长变得暗淡了，但仍然像以前一样炯炯有神。

"我没有生病。"

夏洛特姨妈从来不回避任何话题。我小的时候，她用我听得懂的话简单但诚实地讲解了妈妈的精神问题。

虽然我相信她，但还是问道："你确定？"我有些哽咽。我不能失去夏洛特姨妈。她也不能失去我。

"我确定。死不了，瓦妮莎。"

她抱住我，我闻到了从小就熟悉的味道：颜料里的亚麻籽油和她点在手腕上的薰衣草精油。

"你吃饭了吗？我准备做个大拌菜……"

"没有，"我撒谎，"我来做晚饭吧，我想做饭了。"

也许是我误以为她太累了，也许是我从她这里索取得太多了，我急着要做点什么。

她揉揉眼睛说："太好了。"

她和我一起走进厨房，坐在椅子上。我看见冰箱里有鸡肉、黄油和蘑菇，于是先煎肉。

"你的画像怎么样？"我倒了两杯气泡水。

"我画的时候她睡着了。"

"真的吗？光着？"

"不足为奇，纽约人很懂得放松。"

我在锅里加了一点柠檬酱，夏洛特姨妈探着身子闻了闻，说："真香，你做饭比你妈利落。"

我转手去刷切菜板。

带着微笑和夏洛特姨妈聊天是我惯用的掩饰情感的方式，但却总能触景生情。我在调味汁里加了白葡萄酒，把做沙拉的蔬菜放到一边，去冰箱里拿蘑菇。轻松的话题漂浮在我纷乱的心思之上，就像天鹅在水面上滑翔，你看不到它扑腾的双脚一样。

"妈妈是龙卷风，"我装模作样地笑着，"还记得吗？水池里总是堆满了锅碗瓢盆，灶台上永远残留着橄榄油或者面包屑。对了，还有地板！我的袜子可够受的。她从来不接受应该随手收拾干净的理论。"我从灶台的瓷碗里拿出一个洋葱，"不过，她做的饭特别好吃。"

妈妈心情好的日子会做三道精致的菜。我家的书架上摆着朱莉娅·查尔德、马塞拉·哈赞和皮埃尔·弗雷尼的烹饪书，她百看不厌，就像我痴迷朱迪·布鲁姆一样。

"你可能勉强够五级吧，可以在家做勃艮第牛肉，平日里周二的晚上可以做个柠檬蛋糕。"夏洛特姨妈说。

我把鸡胸肉翻了一个面，热锅里发出噼里啪啦的声音。我看见妈妈了：炉灶的热气吹乱了她的头发，她叮叮当当地把锅放在灶眼上，扑哧扑哧地压蒜，大声地唱歌。"过来，瓦妮莎！"她看见我时会抱着我转个圈，然后摇着盐瓶，先用手接住再倒进锅里。"永远不要完全照着菜谱做，"妈妈常说，"要发挥自己的天分。"

在那样的夜晚，妈妈把精力完全释放出来之后，我知道很快就是天崩地裂。虽然作为一个孩子，我经常被吓到，但是在她的随性中有一些东西是极其美好的，比如，她率真的、来势汹汹的喜悦。

"她还有另外一面。"夏洛特姨妈把胳膊撑在灶台的蓝色瓷砖上，用手托着下巴说。

"是的。"我很高兴，我结婚的时候妈妈还活着。同时，我也很高兴她没看到我的婚姻是怎么走到头的。

"你现在也喜欢做饭了？"夏洛特姨妈仔细端详着我，近乎审视地问，"你和她长得太像了，声音也像，有时候我以为她还在……"

我怀疑她的心里有一个不曾问出来的疑问。妈妈的症状是在三十多岁的时候加重的，我现在也三十多岁了。

结婚以后，我和夏洛特姨妈断了联系。是我的错，我比妈妈还麻烦，但我知道夏洛特姨妈会随时空降过来帮助我。可是，我走得太远了。现在的我，已经不认识嫁给理查德的那个意气风发、欢快年轻的女人了。

"她成灾区了。"希拉里说得对。

我不知道妈妈发病的时候是不是也这么偏执。当她被带上床的时候，我一直以为她的脑子里一片空白——麻木。现在永远也得不到答案了。

我选择回答那个简单些的问题："我不介意做饭。"

我恨做饭，我的刀子落在洋葱上。

刚结婚的时候，我在厨房里无所适从。单身的时候，晚饭无非是中餐外卖，或者对身材不满意的时候吃减肥食品。有时候，干脆不吃晚餐，嚼着小麦脆和乳酪，喝一瓶红酒。

一结婚，我就辞去工作，好像顺理成章地就该为他做晚饭。我不停地变换花样：鸡肉、牛排、羊肉、鱼肉，也没什么新鲜的，每餐都是蛋白质、高碳水化合物和蔬菜，但是理查德很赞赏我的努力。

我们第一次去看霍夫曼医生的那天——理查德知道我在大学怀过孕的那天，我第一次尝试做些与众不同的食物，试图化解紧张的气氛。我知道他喜欢印度餐，所以从医院出来，我查了咖喱羊肉的食谱，选了一个最容易的。

这么多细节卡在记忆里，真是好笑。我竟然记得自己还曾调整购物车的轮子，每次转弯进入一个新通道的时候，它都吱吱地叫。我在超市里转来转去，寻找小茴香和香菜，努力忘记理查德听说我和另一个男人在一起过并且怀孕了时的表情。

我给他打过电话，告诉他我爱他，可是他没有回答。他的失望，或者说幻想的破灭，比吵架更让人难受。他从来不大喊大叫，生气的时候，会把自己裹得更紧，直到恢复理智。通常时间不长，但是这一次，我恐怕把他推得太远了。

我记得我们开着他为我新买的奔驰回家时，那安静的街道和嗡嗡的马达声。我们路过了富丽堂皇的殖民地式建筑，它和我们的房子属于同一个开发商。我还记得在我还没有和邻居交上朋友的时候，偶然遇见的祖孙俩。

做晚饭的时候，我满怀希望。按照菜谱的要求，把羊肉切成大小一样的方块。我记得，当时绚丽的阳光透过飘窗照进客厅，一天快要结束了。我拿出 iPod，找到披头士乐队，扬声器里传来《回到苏联》的旋律。披头士乐队是我的兴奋剂，妈妈的病情发作不严重，不需要夏洛特姨妈照顾的那一两天，爸爸会带我去买冰激凌或者看电影，我家的破车里总是回响着约翰、保罗、乔治和林戈的歌声。

我放纵自己想象着伺候他吃完他喜欢的晚餐之后，我们依偎在床上聊天的情景。我不能告诉他所有的事，但是可以承认几个细节。也许我的坦白能够重新拉近我们的关系。我要让他知道我有多抱歉，多希望能抹掉过去，重新开始。

精致的厨房里配备着德国的三叉牌刀具和卡福莱锅具，我在给我的丈夫做饭。我想：我是幸福的，但是我又怀疑是记忆在捉弄我。它恩赐给我们幻觉，所以幻觉总是盖过记忆，带我们进入梦想的生活。

我想完全照着菜谱做，可是我忘了买香豆子，因为我不知道它是什么。到了该加茴香的时候，却找不到，我明明放在购物车里了。费心建立起来的平和开始脆弱地坍塌下去，我，一个已经付出一切的人，竟然不能做出一顿像样的晚饭。

把椰奶放回冰箱的时候，我看见半瓶夏布利酒，我愣住了，目不转睛地看着它。

虽然我答应理查德戒酒，但少喝一点也无妨。我给自己倒了半杯。我已经忘了舌头沾上清冽的矿石味是一种多么美妙的感觉了。

我从餐厅的大橡木橱柜里拿出压箱底的蓝色亚麻餐垫和配套的餐巾，摆上希拉里和乔治在我们结婚时送的精美瓷器。我们刚结婚的时候，我在礼仪网站上学过标准的餐桌布置方式。虽然妈妈做饭颇为讲究，但她对情调却毫不上心：没有干净餐具可用的时候，我们就用一次性的餐盘。

我把蜡烛放在餐桌正中间，把音乐换成理查德最喜欢的作曲家瓦格纳的古典音乐，然后端着红酒杯坐进沙发。现在，我们的房子里有了很多新家具：客厅里有几组沙发，墙上点缀着若干艺术品，包括夏洛特姨妈画的小时候的我，还有壁炉前鲜艳的蓝红相间的东方地毯，但是，家里还是缺少人气。如果在餐厅放一把高椅，地毯上再散落着几个毛绒玩具……我听见指甲在玻璃杯上弹出轻快的节奏，赶紧稳住杯子。

理查德通常八点半到家，但直到九点多，我才听见他开门的声音和公文包砸在地上的声音。

"亲爱的，"我喊道，但是没有人回应，"老公？"

"等会儿。"

我听见他上楼，不知道是不是应该跟过去，只好坐在沙发上。听见他下楼我才想起酒杯，赶紧跑到水池边，快速地冲洗了一下，带着水放进橱柜，生怕被他看见。

他的心情难以揣测，也许还在生气，也许工作太累。他总是紧绷着工作的弦，我知道他遇到了一个难缠的客户。吃饭的时候，我没话找话，用轻松的语气掩盖内心的惶恐。

"这个不错。"

"我记得你说过最爱吃咖喱羊肉。"

"我说过吗？"理查德低头吃了一口米饭。

没有吗？我糊涂了。

"对不起，没有告诉你……"我说不出口。

理查德点点头。"我已经忘了。"他平静地说。

我已经下定决心，有问必答，可是他的话显然是拒绝继续谈论这件事。或许，我本来是愿意和他分享那段经历的。

"好。"我只说了这个字。

我收拾桌子的时候，他只吃了一半。洗完餐具的时候，他已经睡了。我蜷缩在他的身边，倾听他均匀的呼吸声，渐渐地睡着了。

第二天早上，他很早就去上班了。中午，我在美发店做挑染的时候，收到一封邮件，是一家法国烹饪学校发来的。

邮件用法语写着：**亲爱的，我爱你**。附件是十节烹饪课程的优惠券。

"宝贝儿？"夏洛特姨妈担心地叫我。

我擦擦眼睛，指着切菜板说："这个葱头。"不知道她信不信。

晚饭后，夏洛特姨妈早早地上床睡觉，留下我收拾厨房。回到卧室里，我又听见老公寓里每天播放的夜晚之声——楼下嗡嗡的冰箱声，砰砰的关门声。现在睡眠已经远离我，经过几个月的积累，我成功地控制了自己的生物节奏。

我一直在思考最近从广播里听到的那个话题：强迫症。

主播一直强调"基因不是命运"，但是他承认"执念"具有遗传性。

我想起妈妈的破坏力，想起妈妈紧张时指甲抠进手掌里的样子。

我一如既往地想念她。

一个计划逐渐成形。也许这个计划早已在我心里，只等着我去实施，等我足够强大。

我又看见她了，看见她在回家的路上弯腰抚摸小狗的头；看见她在酒吧里（我们的酒吧），盘着修长的大腿依偎着理查德；离婚前，为了制造惊喜，我去办公室约他吃午饭的那天见到了她。他们俩一起走出大楼。她穿着红色的连衣裙，出门的时候，他温柔地把手放在她纤巧的后背上，让她先走，那手势仿佛在说，她是我的。

他以前是那样对我的。我曾经告诉过他，我喜欢他把手指放在我的后背时那种细腻性感的感觉。

我坐起来，在黑暗中轻手轻脚地从梳妆台抽屉最里面摸出一次性电话和笔记本。

理查德不能再结一次婚。

我开始准备。

下一次见到她，一定万事俱备。

11

内莉躺在黑暗中倾听着从护栏外传来的城市的躁动：汽车喇叭声、一个人扯着嗓子唱《基督教青年会》的声音、远处一辆车的警报声。

郊区应该万籁俱寂吧。

萨曼莎几个小时前就走了，内莉一直躺在床上，希望在公寓里等到理查德的电话，在过去的二十四小时，她已经筋疲力尽。

从幼儿园回家以后，她和萨曼莎敷着青蓝色的海藻面膜等中餐外卖——小排骨、猪肉馅饺子和糖醋鸡，为了响应内莉婚礼的节食需求，她们点了糙米饭。

"你看起来像冒牌的蓝人乐队成员。"萨曼莎给内莉敷面膜时说。

"你就像迷人的蓝精灵。"

上午在家里的剑拔弩张和学校里不可名状的恐慌，让内莉觉得此刻和萨曼莎在一起说说笑笑实在是太美好了。

内莉拉开洗手池旁的抽屉，里面塞满了小包装的辣椒酱、芥末和各种餐巾纸，她挑出两把塑料叉子。"我今晚要用银器。"萨曼莎开玩笑地说。她被刺了一下，这可能是她结婚前和萨曼莎的最后一顿晚餐了。

食物送到以后，她们洗掉面膜。萨曼莎摸着自己的脸宣布："浪费了十块钱。"然后她们一屁股坐进沙发里，天南海北地聊起来，除了内莉心里真正想的事。

"去年，斯特劳布毕业以后送给芭芭拉一个蔻驰的包，"萨曼莎说，"你觉得我会得到什么好东西？"

"如你所愿。"上周，理查德看到她平时背的包上有一个墨点，就马上送来一个华伦天奴的包，现在还套着防尘袋放在床底下，绝不能冒险沾上某个孩子的手印。她没和萨曼莎提过这件事。

"你当真不和我去吗？"萨曼莎扭动着穿上内莉的牛仔裤问。

"我还没从昨晚的聚会中缓过来。"

内莉本来希望萨曼莎留下来和她一起看电影，但是她理解，萨曼莎也要和别人保持友谊，毕竟，再过一周她就要搬走了。

内莉也想给妈妈打电话，但是她总让内莉紧张。妈妈只见过理查德一次，就马上指出了他们之间年龄的差距："他已经放荡过、游戏过、经历过，难道你不想做完这些事再结婚吗？"内莉回答说她希望和理查德一起游戏和经历的时候，妈妈耸耸肩说："好吧，宝贝儿。"听起来有些无可奈何。

现在已经过了十二点，萨曼莎还没有回来。她也许和新的男朋友在一起，也许是某个旧相识。

内莉已经筋疲力尽，而且按部就班履行了睡前仪式——喝甘菊茶、听喜欢的冥想音乐，可还是一直竖着耳朵等萨曼莎的钥匙插进锁眼的声音。她搞不明白，为什么困意总是在晚上最渴望睡眠的时候不见踪影呢？

她发现自己又开始想理查德的前妻。她在药店买面膜的时候，站在一个打电话约人吃饭的女人后面。那个女人身材娇小，像个练瑜伽的人，她的笑声像银铃声一样清脆。这是理查德喜欢的类型吗？

手机在床头柜触手可及的地方。她一直盯着，时刻准备接起一个来自空号的来电。夜幕越陷越深，寂静好像有意捉弄她似的，越来越诡异。最后，她终于起床，走到梳妆台旁边。姆吉，她小时候的毛绒狗靠在一侧，棕白相间的毛已经磨损了，但依然柔软。虽然觉得有点傻气，但她还是抱起它回到床上。

她成功地睡了一会儿，但早上六点外面的电钻声又把她从床上拽起来。虽然关上了窗户，但内莉依旧挡不住那刺耳的嗞嗞声。

"把那该死的东西关掉！"暖气片里传来邻居的咆哮。

她用枕头捂住头，根本不管用。

于是，她决定洗澡。一边冲水，一边转动酸痛的脖子，直到洗得酣畅淋漓才擦干身体，穿上浴袍。她在衣柜里找一件淡蓝色带小黄花的连衣裙——毕业典礼上穿最合适不过了，却忽然想起来衣服还在干洗店，和其他六件衣服一起等着她去取。

她已经把这件事写在了动感单车课表的背面，和其他急待处理的事件排在一起：把书装进理查德送来的储物箱里、买比基尼、到邮局更改地址。还有，这个月一定要坚持上动感单车课。

七点整，电话响起来。

"我拿到了一个体香剂的广告！我是'汗津津三姐妹'！"

"乔茜？"

"对不起，对不起。我也不想这么早打电话，可是我给其他人都打过了。玛戈特可以替我前半个小时，我还需要一个人在两点的时候来替我。"

"哦，我——"

"这是我的机会！拍完这个广告，我就可以成为美国演员工会的会员了！"

内莉有一百个拒绝她的理由：毕业典礼一点才能结束；要收拾东西；今晚要和理查德、莫林共进晚餐……

但是，乔茜的机会那么难得，她为了成为美国演员工会会员已经努力了两年。

"好吧，好吧。祝你成功。真的要汗流浃背吗？"

乔茜哈哈大笑。"爱你！"她大声说。

内莉揉了揉太阳穴，隐隐有些头疼。

她打开笔记本，给自己发了一封主题是"必须完成!!!"的邮件：干洗、打包书籍、两点吉布森、七点莫林。

叮的一声，她收到新消息：琳达提醒诸位老师早一点到学校布置会场。女生互助会的老朋友、一直住在佛罗里达州的莱斯利祝贺她订婚。内莉犹豫了一下，决定删除而不是回信。姨妈问是否需要帮忙筹备婚礼。每个月的捐款自动划账成功的回执。婚礼摄影师的邮件：**退订金给你还是你重新安排时间？**

内莉皱起眉头，不知道他在说什么，于是按照邮件下面的号码拨通了电话。

铃声响到第三声，摄影师半睡半醒地接起电话。

"等一下，"内莉问他邮件内容的时候他说，"我去办公室。"

内莉听到脚步声和纸张抖动的声音。

"啊，在这儿。上周我们接到电话，说婚礼推迟了。"

"什么？"内莉开始在小卧室里踱步，走不了几步就碰到婚纱，"谁打的电话？"

"我助手接的，她说是你。"

"我没有！我们没有改变日期！"内莉申辩着，一屁股坐到床上。

"抱歉，但是她在我这儿工作快两年了，从来没有发生过类似的事。"

她和理查德只想在小范围内办一场温馨的婚礼。"如果在纽约办，我必须请所有的同事。"理查德说。他在佛罗里达州离她妈妈家不远的地方找到了一个绝妙的度假村——白色的圆柱形建筑，面朝大海，四面环绕着棕榈树和红黄两色的芙蓉花，并且付了全款，包括客房、食物和酒水，甚至买好了萨曼莎、乔茜和玛尔妮的机票。

他们浏览这个摄影师的网站时，理查德对他的摄影风格大加赞赏："别人都是僵硬的摆拍，可这家伙拍出了真情。"

她攒了好几个星期的钱，希望请他来拍照片，当作送给理查德的结婚礼物。

"看……"她的声音断了线，每次要哭的时候，她都这样。也许度假村还有其他摄影师，但是那不一样啊。"我不是故意刁难，但一定是你们搞错了。"

"我现在正在看那条信息。等一下，让我查查。仪式几点开始？"

"四点，但是，开始之前我们也需要拍照。"

"哦，我三点有一个预约。不过可以解决。是订婚照，我相信他们不会介意差个一小时半小时的。"

"谢谢。"内莉长出一口气。

"嘿，没事，这是你结婚的日子，一切都应该完美。"

挂断电话的时候，她双手颤抖。一定是助理的失误，摄影师在替她掩饰，她可能把她的仪式和别人的搞混了。如果不是摄影师发来邮件，妈妈廉价相机里模糊的照片将成为他们唯一的留念。

摄影师说得对，她想，一切都应该完美。

一切都将是完美的。除了……内莉从放上衣的抽屉里拿出一个小绸布口袋，里面有一条淡蓝色的有押字提花的手绢。这是爸爸的，既然他不能陪她走上圣坛，就让它代替吧。内莉希望在那段象征性的旅途中，能够感觉到他的存在。

父亲一直是一个坚忍的人，即使在告诉她他被确诊为直肠癌的时候也没有哭。但是，内莉高中毕业的时候，她看见他热泪盈眶。"我以为我看不到了。"他说。他亲吻她的头顶，然后眼睛里的水雾像晨雾在阳光中蒸发一样消失了。六个月以后，他走了。

内莉抚平光滑的手绢，绕在手指上。她希望父亲见到理查德，相信父亲会满意地说："你很好，你很好。"

她把手绢贴在脸上，然后放回口袋里。

她看了一眼厨房炉灶上的表，干洗店八点开门，毕业典礼九点。如果现在出门，有足够的时间取回太阳花的裙子，到学校换上。

内莉斜靠在吧台上，看着克里斯为三十一桌的律师们准备庆祝生日喝的马丁尼。她的手腕上戴着乔纳在毕业典礼上送的新手链，珠子又大又亮，笨拙地打着结。

这是第三次翻台，快到六点了——她准备走了。她没有告诉理查德今天来替班，见莫林是不能迟到的。

从一开始她就在餐馆耽误了。她向一对来自俄亥俄州的白发老夫妻推荐了最火的百吉饼店，又建议他们去大都会艺术博物馆参观最新的展览。然后，他们拿出五个孙子的合影，提到最小的一个阅读习惯不太好，内莉又给他们写了一份书单。

"你真贴心。"老太太说着把纸放进包里。内莉看着她左手上的金戒指，想知道几十年以后，她拿着自己孙辈的照片给刚认识的陌生人看的时候是什么感觉。那时，订婚戒指应该已经和她融为一体，严丝合缝地嵌在皮肤里，不像现在这样格格不入地箍在手指上。

在她准备走的时候，酒吧里突然热闹起来，乌泱泱地进来二三十人。

"你能不能帮我收桌？"内莉问路过吧台的服务员吉姆。

"还剩几桌？"

"四桌。他们不吃东西，只是待一会儿。"

"天哪，我已经忙得四脚朝天了。还给我加活？"

她又看了看表，本来打算回家洗个澡，换上黑色的网眼裙的。每次离开吉布森的时候她都是一身炸薯条的味道。现在，只能穿着参加毕业典礼的太阳裙去吃晚饭了。

她正准备端着托盘去给律师们送马丁尼，有人搂住了她的肩膀。她转身看见一个高个男孩，大概只有二十一岁，被几个朋友簇拥着，挤到她旁边，浑身散发着运动员在大赛前那股跃跃欲试的活力。通常，这样一群年轻人是受欢迎的，他们不像女人那样单独结账，而且小费给得很高。

"你管哪桌？我们要坐你的桌子。"一个 T 恤上写着希腊字母的小伙子凑上前问，字母几乎贴到了她脸上。

她躲避着说："抱歉，还有几分钟我就下班了。"她从他的胳膊下面钻出来。

她端着酒转身离开，听见一个人说："如果我不能坐她的桌子，怎么让她坐我的腿？"

她被绊了一下，盘子掀翻在地，酒和橄榄汁洒在身上，一地碎玻璃，那群家伙暴发出一阵欢呼声。

"可恶！"内莉叫着，用袖子擦脸。

"湿衣比赛！"一个男孩吵嚷着。

"安静，小伙子们，"吉姆说，"你还好吧？我是过来告诉你，我替你。"

"我没事。"她扯着浸湿的衬衫急匆匆地朝休息区走，一个服务员拿着笤帚过来。她拎着运动包走进卫生间，脱掉衣服，先用纸巾擦干，再用湿纸巾擦，几乎擦遍全身之后，才换上包里的花裙子。虽然有点褶皱，但至少是干净的。

她对着镜子检查自己的妆容，没注意到自己泛红的双颊和凌乱的头发。

她看见的是在一切彻底改变之后的第二天早上，在互助宿舍醒来时喉咙刺痛、穿着厚睡衣在被子里瑟瑟发抖的二十一岁的自己。

从卫生间出来，她决定和那些垃圾人保持安全的距离。

他们围坐在吧台边，举着啤酒瓶肆无忌惮地狂笑着。

"喂，我们可不想让你走，"一个家伙说，"亲一下，道个歉。"他伸出手。他们都背对着吧台，也许是方便和餐馆里的女人调情。

内莉瞪着他，想对着他的脸砸一瓶酒。为什么不呢？她不担心被炒鱿鱼。

她走过去，走近之后注意到他身后的吧台上放着一样东西。"好啊，"她甜甜地说，"让我抱抱你。"

内莉把运动包摔在吧台上，靠过去，忍受着他的身体贴在自己身上。

"晚间愉快，小伙子们。"说着，她抄起自己的东西。

她迅速拦下一辆出租车，在后座坐稳之后，她打开拿包时顺手牵羊带过来的皮夹子，信用卡的边露在外面。

过了一个街区，等红灯的时候，她随手把它扔到车窗外拥挤的十字路口。

12

"你去上班了？"我进门的时候夏洛特姨妈问，"我以为你请了一天假……对了，有你的联邦快递，我放在你的房间里了。"

"真的吗？"为了回避她的问题，我装出一副惊喜的样子，其实我今天没去上班，"我没订什么东西啊。"

夏洛特姨妈正站在厨房的椅子上收拾橱柜。灶台上整齐地摆放着碗和杯子，她走出来说："是理查德寄的。我签收的时候看见退货地址上写着他的名字。"她等着看我的反应。

我不动声色地说："也许就是我落下的东西。"她不知道我对理查德的感觉，也不知道我听到他订婚的消息时的心情。我不想让她自责没有给予我足够的帮助。

"晚餐的沙拉。"我举起一个白色的纸袋，上面印着黑色的字和跳舞的蔬菜。我发誓要多替她分担，再说，买沙拉也是顺路。

"我把它放冰箱里，去换衣服。"我迫不及待地想打开快递。

快递盒子在我的床上。看到规范的打印数字和大写的字母，我的手开始颤抖。理查德几乎每天上班之前都会给我写留言：你是一个睡美人。或者，今晚我们要共度良宵，我真是一分钟也等不了。

随着时间的流逝，留言的主题变了：亲爱的，今天做些运动，这会让你感觉更好。在我们的婚姻即将走到头的时候，邮件代替了留言：我刚才打电话，你没有接。又睡觉了吗？今晚，我们需要谈一谈。

我用剪刀剪断密封条，揭开自己的过去。

最上面的是我们的婚礼相册。移开这个沉重的缎子面的纪念品，我看见自己的衣服，叠得整整齐齐。我离开的时候，带走的大部分都是保暖外套，后来理查德寄来了我夏天所有的衣服，他挑的都是最适合我的。

最下面是一个有衬底的黑色首饰盒，里面放着一条钻石短项链。我从来没敢戴过，因为这是我们第一次大吵之后他送我的礼物。

当然，这不是我留在那里的全部东西。他可能把其他的都捐了。

他知道我从来不在意服饰。他最想还给我的是相册和项链。为什么？

盒子里没有纸条。

但是这些东西都是信息，我知道。

我翻开相册，痴痴地看着一个穿着蕾丝婚纱的女人，微笑地仰视着理查德。我简直认不出自己，仿佛在看另一个人。

我想知道他新的新娘是否会改姓汤普森，这也是我的姓。

我看见牧师宣布他们结婚的时候，她仰起脸看着他。在他清理干净记忆之前，会有那么一刹那想起我、想起我当时的样子吗？他曾经对着她叫过我的名字吗？他们，他们两个，依偎在床上的时候，谈论过我吗？

我拿起相册，狠狠地扔出去。它撞到墙，然后咚的一声砸在地上，墙上留下一道痕迹，我全身颤抖。

我一直在夏洛特姨妈面前演戏，但我的行为出卖了我。

我想起楼下的酒水超市。应该买一瓶，或者两瓶。酒可以浇灭我内心的愤怒。

我把盒子塞进衣橱，想象着理查德托起她的下巴，把钻石项链戴在她的脖子上，然后俯身亲吻她的样子。他的唇吻着她的唇，他的手握着她的手。我想不下去了。

时间正在飞速地流逝。

必须见到她。今天，我在她的公寓外面等了好几个小时，但是她没有出现。

她害怕了？还是觉察到了？

我决定放纵自己喝最后一瓶酒，边喝边过一遍计划。买酒之前还要做一件事，正是因为这件小事，意想不到的机会竟然奇迹般地降临在我身上。

我要给莫林打电话。这么多年以来，她是理查德最亲近的人。

我们有段时间没联系了。起初，我们的关系很融洽，可是我嫁给她弟弟之后，她的态度就变了，开始疏远我。我知道理查德什么都告诉她，所以也难怪她总是提防我。

我从一开始就努力地和她建立私交，理查德似乎很看重这一点。所以我每隔一两周给她打一次电话，只不过可聊的话题不多。莫林是博士，每年春天参加波士顿马拉松赛；她几乎不喝酒，只在特殊场合喝一杯香槟；每天早上五点起床练钢琴，这是她成年以后才开始学的。

结婚后不久，在她生日的时候，我加入了理查德和她每年一次的滑雪旅行。他们轻松地驰骋，我费尽力气也只能站稳脚跟。午饭的时候，我离开坡道，拿着棕榈酒蜷缩在壁炉前等他们。他们来接我吃晚饭的时候，面颊通红，激动不已。每次他们都邀请我，但是后来我再也没去过。他们去阿斯本、范尔，甚至去瑞士一周时，我都待在家里。

现在，我拨通了她的号码。

电话响了三声，她说："稍等。"然后我听见她捂住话筒说："列克星敦 92 号，谢谢。"

她已经来了，在哥伦比亚大学教暑期班。

"瓦妮莎？你好吗？"她语调平淡，不带感情。

"还好。"我撒谎，"你怎么样？"

"不错。"

我曾经在广播里听过一个心理实验：实验员在投影仪上快速播放不同人的正面照，学生需要马上判断出他们的情绪。结果令人震惊，除了表情的细微变化，在没有任何提示的情况下，几乎所有人不到一秒钟就准确地分辨出厌恶、恐惧、惊讶和喜悦。我一直认为声音和表情一样具有感染力，大脑可以破解语调中不易察觉的细小差别，并且进行分析。

莫林对我无所求，所以希望尽快结束对话。

"我想……明天我们能不能一起吃午饭？或者喝咖啡？"

莫林叹了一口气："我现在有点事。"

"我可以去找你。我想……婚礼，理查德是不是——"

"瓦妮莎，理查德已经开始了新生活，你也应该这样。"

我又试着解释了一次："我只是想——"

"停，别说了。理查德告诉我你总是打电话给他……看，你不停地在为你们两个已经结束的事实烦心。他毕竟是我弟弟。"

"你见过她了吗？"我脱口而出，"他不能娶她，他不爱她——他不能——"

"我也觉得这有点突然，"莫林的声音变得友善，"我知道看见他和别的女人在一起，不管她是谁，只要不是你，你都很难受。但是，理查德已经走出来了。"

然后，我和理查德最后一丝微弱的联系也在挂机的声音里断掉了。

我麻木地站在原地。莫林总是保护理查德。我怀疑她无法对他新的新娘以礼相待，如果他们两个一起去吃午饭的话……

我混沌的大脑像被雨刷器扫过一样，突然一片豁亮。列克星敦92号，意式餐厅，理查德喜欢的餐厅。快七点了，正好是晚饭时间。

莫林一定是在告诉司机地址。餐厅离哥伦比亚大学很远，但是离理查德的公寓很近。她要在那里见他吗？还是他们？

我必须单独见她，不能让理查德看见。

如果现在走，我可以在街角等着她出现。如果没有等到，我可以要一个靠近女厕所的桌子，等她去厕所的时候跟进去。

两分钟足够了。

衣柜旁边有一个斜面的穿衣镜，我照了照自己。虽然必须尽快赶到，但还是要体面一些。我开始化妆：梳头、涂口红，这才意识到黑眼圈在白皮肤上那么显眼，我拍了一些遮瑕膏，又补了一点腮红。

找钥匙的时候，我大声告诉夏洛特姨妈需要马上去加班，没有等她回答，就冲出了大门。电梯太慢，我顺着楼梯跑，手里的包砰砰地撞着腿。所有必需品都在里面。

正是下班高峰时段，路上车水马龙。没有公交车的踪影。打车吗？东边有不少黄色的车，但好像都有人。走路需要二十分钟。我可以跑。

13

下出租车的时候，内莉已经摆脱掉刚才那家伙碰她时令人窒息的感觉。很久以前，她就学会了区别对待各种强加在她身上的感受的能力。尽管如此，她还是想先到餐厅的洗手间清静一会儿，涂一点唇彩，再喷一点香水。

但是刚进餐厅，服务员就告诉她有一位女士在等她："我可以帮您拿包吗？"

内莉摘下蓝黄色的耐克漆皮包，里面装着浸湿的工作服，她感觉自己像个乡巴佬，不知道是否应该付小费。真应该提前问问理查德。她熟悉的是那些老板娘亲自递上超大号的菜单和孩子的蜡笔的餐馆。

内莉跟着服务员穿过吧台，从一个穿着无尾礼服弹钢琴的银发男人身边走过，进入高挑的晚宴间。她屏住呼吸。莫林比她大十六岁，是大学教授，而她，只是个蓬头垢面、带着炸薯条味道的幼儿园老师。

没有比今晚更糟糕的见面了。

看见莫林的一瞬间，内莉松了一口气。她和理查德真是一个模子里刻出来的。她留着经典的短发，穿着简单的裤装，正戴着眼镜看《经济学人》，咬着下嘴唇的样子和理查德专注时一模一样。

"嘿！"内莉走过去拥抱莫林，"这是命运的安排吗？我突然感觉我们是姐妹……我从来没有姐姐。"

莫林微笑着把杂志装进包里："见到你真是太好了。"

"抱歉，我看起来一团糟，"内莉绕过莫林坐进椅子里，紧张在她的身体里发酵，必须不停地唠叨才行，"我刚下班。"

"幼儿园吗？"

内莉摇摇头："我也是服务员……哦，以前是。其实我已经辞职了。刚才是替一个朋友代班。我担心会迟到，所以来得匆忙，有点失礼。"

"没事，我看还好。"莫林一直在微笑，不过她后面的话让内莉措手不及，"你完全符合理查德的口味。"

难道理查德的前妻不是浅黑肤色吗？"什么意思？"内莉伸手去够面包。十小时前，她在去幼儿园的路上吃了一根香蕉，之后就再没吃过任何东西。桌子上有一碟橄榄油，上面漂着紫黑色的醋和一枝百里香。她掰下一小块面包，小心翼翼地蘸了一下，这一碗艺术品完好如初。

"哦，你知道的。可爱，漂亮。"莫林两只手握在一起，向前探着身子说。

理查德说过，莫林诚实得有点过分，但这是他最欣赏她的地方之一。莫林没有讽刺的意思，内莉告诉自己——谁也不能把可爱和漂亮当成侮辱。

"给我好好讲讲你自己吧。"莫林说，"理查德说你来自佛罗里达？"

"哦，嗯……我也想问你一些问题，比如，理查德年轻时什么样，给我讲讲他不愿意告诉我的事。"点缀着香草的面包热乎乎的，内莉又咬了一口。

"噢，从哪儿开始呢？"

没容莫林多说，内莉看见理查德走过来，他看见她了。从单身聚会回来，被他放在床上之后，她还没见过他。他没有任何迟疑地俯身吻在她的双唇上。太好了，她心想，他原谅我了。

"抱歉，"他轻吻了一下姐姐的脸说，"航班延误了。"

"其实，你来得太早了。莫林正准备向我全盘托出你不可告人的秘密。"内莉开玩笑地说。

刚说完，她就看见理查德的脸绷起来，然后瞬间又变回了微笑。她希望他绕过来坐在自己身边，可是他把椅子挪到莫林的右边，斜对着她坐下。

"好吧。那几年的夏天，在俱乐部高尔夫球场的事成了热议的话题。"理查德抖开餐巾，铺在腿上，"然后他们选我做裁决组的副主席。"

"可恶。"莫林说。她从理查德的西服翻领上摘下一个线头。这个颇具母性的动作感动了内莉。虽然理查德是个孤儿，但至少还有一个大姐这样宠爱他。

"我相信你穿着考究的高尔夫球衣一定特别迷人。"内莉说。

理查德没有接话，打手势叫来服务员："我饿了。先点些喝的吧。"

"苏打水加柠檬，谢谢。"莫林对服务员说。

"可以帮我的未婚妻拿一下酒水单吗？"理查德对内莉挤挤眼，"我知道你从来不拒绝。"

内莉笑笑，不知道莫林会怎么想。她一直担心自己身上的油烟味儿。问候理查德姐姐的时候有没有带着酒精味呢？

"一杯灰皮诺葡萄酒，谢谢。"为了掩饰自己的尴尬，她拿最后一块面包去蘸浓郁的橄榄油。

"我要加冰的高原骑士。"理查德说。

服务员走后，三个人都陷入了沉默。"我从吉布森直接过来的。有个傻瓜把酒洒在我身上。我的湿制服还在运动包里，所以……"她又开始喋喋不休了。

"我以为你已经辞职了。"理查德说。

"是的。我只是去给乔茜替一下班。她第一次接到商业广告，没有人可以替……"内莉欲言又止，不知道为什么非要在这里解释。

服务员拿来他们的酒水。理查德举杯对着莫林说："你的腿筋怎么样了？"

"好多了。接受了几次物理治疗，应该可以跑得长一点了。"

"你受伤了？"内莉问。

"只是肌肉拉伤。自从开始跑马拉松，总是时好时坏。"

"我永远也跑不下来！"内莉说，"顶多跑五公里。你能跑马拉松太让人佩服了。"

"不是每个人都适合的，"莫林打趣地说，"只适合我们 A 型血的人。"

内莉从面包筐里又拿起一个，发现他们都没吃，又放了回去，然后偷偷地擦盘子里的面包渣。

"我很欣赏你分析性别分层和交叉理论的那篇文章。"理查德对莫林说，"角度独特。有什么反响吗？"

他们交谈的时候，内莉点头，微笑，摩挲着乔纳送的手链上的珠子，就是找不到插嘴的机会。

她巡视周围的桌子，看见服务员拿起一张信用卡放进银托盘，闪过一道绿色。

这让她想起从车窗扔出去的信用卡。现在，最好有个小偷在拿着它逛商店，如果是一个贫穷的母亲拿它给孩子买吃的，就更好了。

鸡和蒸粗麦粉连同其他的菜一起送上来的时候，她终于解脱了，可以假装成只顾大吃的样子。

莫林似乎有所察觉，转向内莉："早期教育至关重要。你怎么干上幼教的？"莫林优雅地用叉子缠好意面，送进嘴里。

"我一直喜欢孩子。"

内莉感觉到理查德在桌子下面蹭她的腿。"准备好做姑姑了吗？"他问莫林。

"当然。"

内莉想知道莫林为什么不结婚，没有自己的孩子。理查德说因为她太聪明，把男人都吓跑了。内莉猜测，她充当了理查德母亲的角色。

莫林看着内莉说："理查德让我引以为傲。他从四岁就开始看书了。"

"不敢当，是她教我的。"

"哦，我们已经为你收拾好了客房，"内莉说，"你可以随时来。"

"好啊。你也一样。我可以带你逛逛，你去过波士顿吗？"

内莉刚放进嘴里一勺蒸粉，只能摇摇头，然后以最快的速度吞下去："我没怎么旅行过，只去过南部的几个州。"

她没说只是路过而已。从佛罗里达州到纽约一千多公里的车程，她只用了两天，越快离开越好。

莫林能讲一口流利的法语，内莉想起来，几年前，她是巴黎大学的客座教授。

"内莉第一次办护照，"理查德说，"我迫不及待地想带她去欧洲。"

内莉心怀感激，微笑地看着他。

他们聊了一点婚礼的事情，莫林说她喜欢游泳，急不可耐地要到大海里畅游。服务员收拾完餐盘之后，莫林和理查德拒绝了甜点，所以内莉也假装吃不下最渴望的血橙慕斯。她大叫着说："哦，莫林，我差点忘了，有礼物给你。"理查德起身去拉她的椅子。

上周，她在联合广场遛弯的时候，看到一个卖珠宝的小摊位，一条项链吸引了她的注意。淡紫色和蓝色的玻璃珠被蛛丝般的银线穿在一起，仿佛悬在半空，搭链好像一只蝴蝶。任何人把它戴在脖子上都会心花怒放的，于是她就冲动地买了下来。

理查德问过内莉，莫林是否可以做她的伴娘，虽然她更想让萨曼莎做，但还是同意了，因为婚礼很小，没有伴郎。莫林计划穿紫色的裙子，这条项链很般配。

工匠把项链放进带有棉垫的棕色纸盒里（她解释说这是环保

的），并用丝线打了一个蝴蝶结。内莉希望莫林喜欢，也希望理查德明白这不只是一条项链，这也是在向他姐姐示好。

她去拿自己的包，掏出一个小盒子。盒子有两个角翘了起来，蝴蝶结也塌了。

莫林小心翼翼地拆开包装，说："楚楚动人。"并举起来给理查德看。

理查德捏着内莉的手说："真可爱。"

但是内莉低下头，不想让他们看见爬上双颊的红晕。她心知肚明。上周，这条项链看起来风雅漂亮，可是，现在戴在莫林的脖子上显得很小气，还有一点幼稚。

14

我匆匆忙忙地赶往城市的另一端，一个男人塞过来一张广告，我视而不见。腿开始发抖，但是我义无反顾地走进中央公园。

红灯闪烁，我停在街角的人行道上，气喘吁吁。莫林可能已经到餐厅了，理查德应该点了一瓶好酒，可口的面包也该上桌了。也许他们三个正在举杯庆祝未来。桌子下面，理查德的手握着他未婚妻的手。他的手握着我的手时总是那么强劲有力。

绿灯了，我冲过马路。

这家餐厅我们去过无数次——包括我们彻底分手的那个晚上。

那晚的情景历历在目。那是一个雪天，去餐厅的路上，我对改变了城市容貌的鹅毛大雪赞叹不已：扫去街道的灰尘、抹去坚硬的棱角、掩盖城市的污秽。理查德从办公室直接过去。出租车外，一个戴着条纹帽的小男孩伸出舌头品尝冬天的味道，我忍不住笑了。我的心里涌动着渴望。霍夫曼医生还没有查出我不孕的原因，所以预约了另一轮的检查。

出租车停在餐厅门口，理查德的电话来了："我要晚几分钟。"

"好，你值得我等。"

我听见他窃笑的声音。付完钱，我下车，站在便道上呼吸新鲜空气。我总是期盼着和他在街头偶遇。

坐在吧台唯一的空椅子上，我一边喝矿泉水一边偷听周围人的谈话。

"他会打电话的。"我右边一个年轻女人在安慰她的朋友。

"如果他不打呢？"她的朋友问。

"好吧，你难道没听过吗？忘记一个人最好的方法就是爱上另一个人。"

两个人哈哈大笑。

我最近很少见朋友，还真有点想她们。她们都有正式的工作，周末她们出来或者对眼前的男人表示不满的时候，我都和理查德在一起。

几分钟之后，酒保在我面前放了一杯白葡萄酒："吧台那边的先生送的。"

我看过去，一个男人对着我举起鸡尾酒。我记得为了让他看见我的婚戒，我特意用左手端起酒杯抿了一口，然后把它推到一边。

"不喜欢灰皮诺？"几分钟之后一个人问。那家伙个子不高，但是很健壮，鬈发，和理查德完全相反。

"不，这酒不错……谢谢。我在等我丈夫。"为了不让我的拒绝太伤人，我又抿了一口。

"如果你是我老婆，我绝不会让你在酒吧里等。你永远不知道会遇见什么人。"

我笑了，仍然握着酒杯。

我向门口瞥了一眼，看见理查德走了进来。他把一切尽收眼底——那个男人、酒和我的傻笑，他朝我走过来。

"亲爱的！"我欢呼着站起来。

"我以为你在座位上等，希望我们的桌子还在。"

趁着理查德和老板娘打招呼的时候，鬈发男人溜走了。

"要把这杯酒给你送过去吗？"她问。

我沉默地摇摇头。

"我不是真的想喝那杯酒。"我们走向桌边时，我低声向理查德解释。理查德绷紧了下巴，一言不发。

我想得出神，居然不知不觉地走上了马路，幸亏有人拽着胳膊把我拉回来。一秒钟之后，一辆快递车按着喇叭飞驰而过。

我站在街角等绿灯，想象理查德正为他的新欢点墨鱼汁意面，劝她尝试。我看见他在她说要去洗手间的时候欠起身，不知道莫林会不会斜着身子对理查德点着头说："她比上一个好。"

那晚，陌生人送我一杯酒，我出于礼貌象征性地抿了几口之后，我们的晚饭就被毁了。餐厅有朴素的砖墙和私密的空间，令人陶醉，但是理查德几乎一言不发。我尝试了各种话题，评论饭菜，询问他的工作，但是很快我就放弃了。

我推开吃了一半的意面，他终于开口了，但是字字如芒。

"大学那小子，让你怀孕的那个，你们还有联系吗？"

"什么？"我倒吸一口气，"理查德，没有……我很多年没有和他说过话了。"

"你还有什么没告诉我的？"

"我没有——什么都没有！"我结结巴巴地说。

他的语气和优雅的环境很不协调，服务员微笑着呈上甜品单。"和你在吧台调情的男人是谁？"

这么直接的指控让我脸上一阵发烧。我意识到旁边桌的夫妻听到了他的话，现在正看着我们。

"我不认识他，他只是送我一杯酒，仅此而已。"

"你喝了。"理查德眯着眼睛，绷紧嘴唇，"你也不怕会伤害我们的孩子。"

"没有孩子！理查德，你为什么这么气势汹汹？"

"我们彼此了解得越来越多，你还有什么要坦白的吗？亲爱的。"

我使劲眨眼，不让眼泪掉下来，然后猛地推开椅子，椅子腿划过地板，发出刺耳的摩擦声，我抓起外套，冲进纷纷扬扬的大雪中。

站在外面，我泪流满面，不知道能去哪里。

接着他出现了。"对不起，亲爱的。"我知道他是真心的，"这一天糟透了，我不应该拿你出气。"

他张开双臂，我迟疑了一下，扑进他的怀里。

他抚摸我的头发。抽泣中的我突然很大声地打了一个嗝，他笑起来："宝贝儿。"他的语气不带一点怨恨，取而代之的是暖人的温柔。

"我也很抱歉。"我的头抵在他的胸口，声音闷闷的。

从那之后，我们再也没有去过这家餐厅。

马上就到了，穿过公园还有三个街区。我的胸口发紧，呼吸急促，我太想坐下了，一分钟也好。但是，我不能错失见她的机会。

我强迫自己跑得更快，躲过了绊脚的栏杆，绕过一个拿着拐杖的驼背老人。终于到了。

我唰地拉开门，冲进狭窄的入口，从老板娘身边走过。"你好！"那个年轻女人拿着菜单叫我，我不理不睬。我巡视了酒吧区里的每一张桌子，他们不在。还有一个比较安静的房间，那才是理查德喜欢的地方。

"有什么可以帮忙的？"她跟着我。

我闯进后面的房间，被台阶绊了一下，扶着墙才没有摔倒。

我反复查看了每一张桌子。

"这里有一个黑发男人和年轻的金发女郎在一起吗？"我上气不接下气地问，"还有一个女人和他们一起。"

老板娘眨眨眼，退后一步，躲开我："今晚，我们有很多客人。我不——"

"查查预订！"我几乎喊着说，"请查……理查德·汤普森！也许是他姐姐的名字——莫林·汤普森！"

有人靠近我。一个魁梧的穿藏蓝色西服的男人，五官皱在一起，和老板娘交换了一个眼色。

他抓住我的胳膊，说："我们为什么不出去说呢？不要打扰其他客人用餐。"

"求你了！我必须知道他们在哪儿。"

那个男人牢牢地抓着我一直朝出口走去。

我感觉自己浑身颤抖。理查德，求你不要娶她……

我喊出来了吗？餐厅里突然安静下来。所有人都目瞪口呆。

我去晚了。怎么可能呢？他们也需要时间吃饭啊。我努力回想莫林给出租司机的指示。难道她还说了别的什么？或者是我的大脑投其所好地给出了我想要的信息？

穿西服的男人把我扔在街角。我痛哭流涕，不能自已。这次，没有容纳我的胸膛，没有拨开头发的温柔的双手。

我彻头彻尾地变成一个人了。

15

内莉认为她在大学时代恋爱过。傍晚，他开车等在互助会宿舍的拐角处，她跃过栅栏去见他。脚下的草地软绵绵的，腿边的空气暖洋洋的。他从破旧的阿尔法·罗密欧的后备厢里拿出一条柔软的毛毯铺在沙滩上，喝一口波旁威士忌，然后把长颈瓶递给她，她张开嘴，感受琥珀色的液体燃烧着通过喉咙进入胃里。

太阳落山之后，他们脱光衣服跳进大海，然后裹在毛毯里躺在沙滩上。她喜欢他身上咸咸的味道。

他背诵诗句或对着夜空指点星座。他经常变脸：一天三个电话之后，整个周末都没有音信。

他从来没有更实际的行动。

他消失一两天，她并不在意。可是十月的那个晚上不一样。

她需要他，一遍一遍地给他打电话，不停地发短信，他一直没露面。

几天之后，他拿着一捧廉价的康乃馨出现了。她渴求他的安慰，痛恨他的冷落，更恨自己在他离开时掉下的眼泪。

下一次，必须长记性，她发誓。永远不和在她摔倒时，仍然左顾右盼的男人在一起。

理查德做得远比他好得多。

她刚意识到有跌倒的危险，理查德就已经伸手拉住了她。

"莫林简直太好了。"内莉说，他们手挽着手走回公寓。

"我看得出来她特别喜欢你。"理查德揉搓着她的手。

聊了一会儿之后，理查德指着街对面的冰激凌店说："我知道你馋甜品了。"

"我的心说是，但是节食计划说不。"内莉咕哝着。

"今天是你最后一天上班，对不对？我们要庆祝一下。毕业典礼怎么样？"

"琳达让我讲几句。可是我最后哽咽得说不出话来，乔纳以为我太紧张了，所以大声喊：'出声就好，你行的！'"

理查德大笑，俯身吻她。这时手机响起："阳光普照，我们一起闪亮。"——蕾哈娜的《雨伞》是内莉为萨曼莎设置的铃声。

"你不准备接吗？"气氛被破坏了，理查德似乎并不恼，于是内莉接起电话。

"嘿，你今晚回来吗？"萨曼莎问。

"还没想好。怎么了？"

"有个女人来看房。她说听说我在找新的室友。可是她走了之后我找不到钥匙了。"

"几周前，你把它忘在购物袋里，差点扔掉。"

"到处都找过了。我回来的时候，她在门口，我发誓，我把钥匙装进包里了。"

要不是理查德小声问："一切正常吗？"内莉都不会意识到自己停下了。

"她长什么样子？"内莉不假思索地问。

"完全正常。很瘦，黑发，比我们大一点，不过她说刚变成单身，正准备重新开始。我当时特别想上厕所，可是她不停地问，好像特别想留下。她只单独在厨房待了两秒钟。"

内莉打断她："你现在一个人吗？"

"是，不过我准备叫库珀过来。我会让他找个东西堵在门口。可恶，还得花钱换个锁……"

"什么？"理查德低声问。

"等会儿。"内莉对萨曼莎说。

内莉还没复述完，理查德就拿出手机。"戴安娜？"内莉知道这个名字，这是一直跟随他的秘书，一个能干的六十多岁的女人，她们见过几次面。"抱歉这个时间打扰你……我知道，我知道，你一直对我说……是，一个人——你能不能马上找一个锁匠重置公寓的密码，今晚，尽快……不，不是我……当然，我告诉你地址……无论多少钱。谢谢。你明天可以晚一点上班。"

挂断电话，他把手机装回兜里。

"萨曼莎？"内莉对着手机说。

"我听见他的话了。哇……太好了！替我谢谢他。"

"我会的。锁匠到了给我打电话。"内莉挂断电话。

"纽约有很多疯子。"理查德说。

"我知道。"内莉小声说。

"但很可能是萨曼莎又放错了地方。"理查德的语调就像他们第一次在飞机上相遇时那样宽慰人心，"为什么她拿走了钥匙而不是钱包呢？"

"说得对。"内莉心神不定，"但是，理查德……我接到的那些电话呢？"

"只有三个。"

"还有一个。不完全一样，有一个女人在你去亚特兰大之后打电话到你的公寓。我以为是你，所以没多想就拿起电话……她没留名字，而且我——"

"宝贝儿，是艾伦从办公室打来的。她也打我手机了。"

"哦。"内莉放松下来，"我以为——我的意思是，那是周日，所以……"

理查德亲吻她的鼻尖:"冰激凌。一会儿萨曼莎很可能打电话告诉你钥匙在冰箱里。"

"说得对。"内莉笑着说。

理查德走到靠近马路的一侧,像往常那样挡在她和车流中间,搂着她继续走。

接到萨曼莎的电话说锁匠干完活走了之后,内莉到浴室换上轻薄的无袖睡衣,刷完牙出来的时候看见理查德穿着平角裤躺在床上。她靠在旁边,发现床头柜上的银相框对着墙,里面是她穿着牛仔短裤和背心坐在中央公园长椅上的照片。理查德总说希望每天早上睁开眼就能够看见她,即使她不在的时候也一样。

理查德也注意到了,把照片转过来:"保洁来过了。"

他拿起遥控器关上灯,然后趴在她的身上。刚开始,她以为他的抚摸和往常钻进她的被子里是一个意思,但是,他放开她,自己躺了回去。

"我要告诉你一件事。"他严肃地说。

"好。"内莉轻轻地说。

"我直到二十多岁才开始打高尔夫。"

黑暗中看不清他的脸。内莉问:"所以……那些夏天,在俱乐部……?"

他长叹一口气："我是球童、服务生、救生员。负责拿球杆、收拾湿毛巾。一个小时的工钱只够他们买热狗。我为他们服务，我恨可恶的俱乐部……"

内莉用手抚摸他的胳膊，他的声音从来没有这么脆弱过。她说："我一直以为你是富人家的孩子。"

"我告诉你我爸爸是做财务的，其实他只是会计，为邻近的修理工们报税。"

她一言不发，不想打断他。

"莫林获得了大学的奖学金，然后开始资助我。"她感觉手指下理查德的身体变得僵硬，"为了省钱，我和她住在一起，并且申请了很多贷款，所以我拼命工作。"

她意识到理查德没有和太多人分享过这段经历。

沉默了几分钟，内莉慢慢地从理查德的表白中拼凑起一些零星的碎片。

他的言谈举止总像精心设计过一样无懈可击，任何时候都收放自如——无论是和出租司机聊天，还是在慈善活动上和小提琴家对话；他既能优雅地使用银质餐具，也能换汽车的机油；他的床头柜上摆着各类杂志，从体育杂志到纽约的人文报道，还有一摞人物传记。他就是一条变色龙，一个永远能如鱼得水、游刃有余的人。

但是，所有这些技能，他都是自学的——或者，莫林教过他一些。

"你妈妈，"内莉问，"我知道她是家庭主妇……"

"对，也是维珍妮牌女士香烟和肥皂剧的忠实拥趸。"他的回答听起来像是开玩笑，可语气里没有丝毫幽默感，"我妈妈没上过大学。莫林是唯一帮助我学习的人。她鼓励我，总说我特别聪明，只要下定决心就一定能成功。我会感激她一辈子。"

"但是你的父母——他们爱你。"内莉想起他挂在墙上的照片。她知道，他十五岁的时候，父母双双死于车祸，从那时起，他就和莫林住在一起，但是她从来不知道长姐在他的生活中起到了这么大的作用。

"当然。"他说。她本来想更多地了解他的父母，但是理查德打断了她："我累了，就说到这儿吧，好吗？"

内莉枕在他的胸口上。"谢谢你告诉我这些。"她知道他一定经历了激烈的思想斗争——他也做过服务生，也曾经缺乏自信，她有点心疼。

她以为他无声无息地睡着了，但是他突然翻身爬上来吻她，他吻着她的嘴唇，分开她的腿。

她毫无准备地接受了他的闯入。他把脸埋在她的颈窝，手臂环绕着她的头。他的动作很快，趴在她身上气喘吁吁。

"我爱你。"内莉轻轻地说。

她不确信他是否听见了，不过他抬起头，温柔地吻她。

"你知道第一眼看见你时我在想什么吗，我的内莉？"他抚摸着她的头发说。

她摇摇头。

"你当时微笑地看着一个小男孩，就像一个天使。我知道你能拯救我。"

"拯救你？"内莉重复道。

他喃喃地说："摆脱我自己。"

16

几年前，刚来纽约不久的时候，在上班的路上，我边走边欣赏风景：鳞次栉比的摩天大厦，漫天飞舞的各种语言，飞驰而过的黄色出租车，商贩此起彼伏的叫卖声，叫卖着从椒盐脆饼干到冒牌古驰包等各式东西。匆忙的脚步声戛然而止，透过拥挤的人流，我看见几个警察，一条灰色的毯子像个人形一样摊在便道上，救护车停在马路边。

"跳楼，"有人说，"肯定是刚跳的。"

我才意识到毯子下盖着一具破碎的身体。

我停在那里，觉得这样从他身边走过不够礼貌，但是警察催着我们赶紧过马路。我在路边看到一只亮蓝色的女士平底鞋，侧面着地，鞋底有轻微的磨损。这是一只女人上班穿的正装鞋，显然已经穿了很久。她也许是银行职员，也许是酒店的前台。一个警察弯腰捡起鞋，装进塑料袋里。

鞋和它的主人，那个女人萦绕在我的脑海里。她一定是早上起床以后，穿好衣服，然后从窗户跃到空中的。

第二天，我翻遍报纸却只看到事故的只言片语。我不知道她为什么做出如此决绝的举动——她是计划好的，还是心中的某些东西突然坍塌了呢？

这些年来，我想我找到答案了：是两者合二为一的结果。因为，我心里的某些东西被撬开了，我意识到其实我正在逐渐走近那个时刻。电话，跟踪，其他种种……我围着我的替代品打转，接近她，评判她。做着准备。

她和理查德的生活开始了，我的生活似乎结束了。

很快，她将穿上白色的礼服，在清爽娇嫩的皮肤上涂脂抹粉。穿着借来的东西，戴着蓝色的饰物①。当她缓缓走向圣坛，走向我永远的真爱的时候，乐师们拿起手里的乐器为她伴奏。一旦她和理查德四目相望，说出"我愿意"，事情就无可挽回了。

我必须阻止婚礼。

现在是凌晨四点，我一直醒着，盯着表，一遍遍地温习要做的事情，设想不同的场景。

她已经搬出自己的公寓。我核实过了。

---

① 西方婚礼的古老习俗。——译者注

166

今天要出击。

我想象着她睁大眼睛，挥舞着双手的样子。

"来不及了！"我对着她喊，声嘶力竭，"你早应该远离我的丈夫！"

窗外一片光明的时候，我走到衣柜前，毫不犹豫地拿出理查德最喜欢的翠绿色真丝套裙，他喜欢映在我眼睛里的绿色。以前紧裹在身上的衣服现在显得宽松了，我扣上一条金色的网眼腰带。接着使出多年没用的心思认真地化妆：细致地调和粉底、卷睫毛、刷两层睫毛膏，从包里拿出新的倩碧唇彩，并且画好了淡粉色的唇线。为了显出修长的大腿，我踩上最高的裸色高跟鞋。发短信向露西尔请假，我知道她的答复一定是我从此都不用去上班了。

去她的公寓之前还有最后一件事。我预约了上东区的发型师一大早过去做头发，这样我就有足够的时间赶到她的住所。

掌握她的行程不费吹灰之力，我清楚她一天的安排。我没有给夏洛特姨妈留字条，轻手轻脚地溜了出去。

到发廊的时候，调色师和我打招呼。她注意到我穿着之前从来没有穿过的高跟鞋："今天你要做什么？"

我递给她一张美丽的年轻少女的照片，告诉她要滋润的奶油色。

调色师从照片上移开眼睛看着我："是你吗？"

"是。"我说。

17

　　她捧着爸爸的蓝色手帕裹着的一大束白玫瑰走向圣坛的时候，乐队奏起帕赫贝尔·卡农的乐曲。牧师会说："和你结为一体……尊重你，保护你……直到离开世界。"

　　再过几个小时就要去机场了，内莉正在核对清单。两个箱子，新买的红色比基尼已经装进去了。度假村的门房已经收到了联邦快递送过去的婚纱。现在只剩化妆品没有收拾。

　　萨曼莎已经成功地哄骗普拉提教练成为新的室友，明天就搬来。内莉把床、梳妆台和台灯留在公寓，摘下照片，墙上留下灰白的印记。如果新室友不想要家具，她会安排人搬走。"我会一直付房租的，直到新人入住。"她认真地说。

　　她看得出来萨曼莎不想接受帮助，尤其是理查德替她买了去佛罗里达的机票、付了锁匠钱之后。

她也知道，萨曼莎没有能力一个人支付房租。"没关系，"她对坐在床上、看着自己打包的萨曼莎说，"这样才公平。"

"谢谢。"萨曼莎突然紧紧地抱住她，"我不想说再见。"

"我会经常来看你的。"内莉信誓旦旦地说。

"我不是这个意思。"

内莉点点头："我明白。"

过了一会儿，萨曼莎走了。

内莉填好那个月的租金支票，电话响了。她注视着自己的签名，意识到以后再也不能用这个姓了，她想，应该是汤普森先生和太太了，听起来太郑重其事了。

接电话之前，她先看了一眼来电显示："你好，妈妈。"

"嘿，小可爱，我就是想和你再确定一下航班。美航，对吗？"

"对，等一下。"内莉打开笔记本，在邮件中查到航班信息，然后大声念出来，"七点十五登机。"

"有晚饭吗？"

"如果你觉得一包花生可以算一顿饭的话。"

"我给你们做吧。"

"简单点。我们可以在回家的路上买一些带回去，怎么样？……还有，你选好水疗项目了吗？理查德给我们订了按摩和美容，但是如果你想要深度按摩或者瑞典式的，总之是其他的什么，需要提前通知我。你看他发的手册了吗？"

"他不需要为我安排这些。你知道我坐不住，受不了那些事。"

这是实情。内莉妈妈喜欢的放松方式是夕阳西下时在沙滩散步，而不是脸朝下趴在按摩床上。理查德对此一无所知，他只想有些新意。该怎么告诉他这些呢？

"试试吧。我保证比你预想的好。"

内莉知道，她唯一的女儿因为忍受不了她的冷嘲热讽而和她相隔万里。她最近一次唠叨是看见内莉吃光一包彩虹糖的时候："这么多被加工过的糖。"她不止一次地问内莉怎么能忍受曼哈顿的"幽闭"。

"求你至少在理查德面前装一下。"

"小可爱，好像你总是特别在意他的想法。"

"不是在意，是珍惜！他对我太好了。"

"他问过你是否愿意把婚礼的前一天都用来做美容吗？"

"什么？怎么了？"只有妈妈能让她对乏味的水疗大发雷霆。不，不是乏味！这是理查德的礼物。

"让我说几句。你告诉我面部护理让你发疯，你为什么不告诉理查德呢？他买了一栋你见都没见过的房子。你愿意住在郊区吗？"

内莉嘶嘶地吐着气，听妈妈继续说："抱歉，我不得不说，他的个性好像太强势了。"

"你只见过他一次。"内莉抗议道。

"你还是太年轻。我担心你会慢慢减……我知道你爱他，但是请保留对自己的坦承。"

内莉不想这样。她决定回避和妈妈的争论："我要赶紧收拾行李，过几个小时见。"让飞机上的酒滋养我吧。

内莉挂上电话，到浴室把化妆品、牙膏和乳液装进旅行包，对着洗手池上的镜子照了照。虽然睡眠不足，但是皮肤看起来还是蛮好的。

回到卧室，她拨通度假村的电话，准备取消美容："可以换成海藻身体护理吗？"

理查德会在婚礼之前飞过来，她有几天时间可以和妈妈单独相处，足以处理好一切。另外，萨曼莎和姨妈会提前一天过来帮忙。

她把洗漱包放进箱子里，可是怎么也拉不上拉锁。

"该死！"她使劲压箱子盖。

她还不知道去哪儿度蜜月。理查德让她买比基尼，所以她猜是热带的某个地方，但岛上白天暖和，晚上会转凉。她带了休闲的连衣裙、沙滩装、运动装和人字拖，考虑到可能出现的着装要求，所以又装了几件晚装和高跟鞋。

必须重新装箱。她把认真码好的东西从箱子里拿出来。四件迷人的晚装变成三件，留一双高跟鞋在壁橱旁边的棕色储物箱里。懒散的杰克鲁沙滩帽在宣传册上就那么惹人喜欢，永远不会打折的。

要尽快搞定才行。距离飞机起飞还有三个小时，理查德已经在来接她的路上。她把帽子放在梳妆台上，准备送给萨曼莎。重新叠好衣服，努力把其他的东西塞进箱子里。现在，需要核对一下有没有落东西，因为她不会再回来了。

还有爸爸的手帕。

她记得放在箱子里面的网袋里了，但是重新装箱子的时候没有看到。

拉开箱子的拉锁，她用手探寻着那个柔软的小口袋，动作越来越慌乱。

她扒拉开被揉皱的衣服，在网袋里摸索：找不到。袜子、内衣、短裤都在，没有小口袋。

她坐在床边，把头埋在手心里。几天前，她就把大部分东西收拾好了。她对那块蓝色方巾的布料很敏感，这是婚礼上不可替代的东西。

敞开的卧室门响起敲门声，她吓了一跳，猛地抬起头。

"内莉？"

只能是理查德。

她没听见他进来的声音，他肯定用了她给的新钥匙。

"我找不到爸爸的手帕了！"她哭喊着。

"你最后一次看见它是在什么地方？"

"箱子里，但是现在不在了。我都检查过了，咱们必须去机场了，但是如果我不能——"

理查德四处看看，然后搬起箱子，她看见一块蓝色。她闭上双眼："谢谢。我怎么没看见。我以为我看过下面了，竟然熟视无睹，我真……"

"现在好了，你要赶飞机了。"

理查德走到梳妆台前，用食指挑起沙滩帽，戴在她的头上："你准备戴这个上飞机吗？太迷人了。"

"马上。"她穿上牛仔裤、条纹 T 恤和简便易脱的匡威运动鞋。为了方便过安检，坐飞机的时候她总是这身打扮。

妈妈不明白，理查德能处理好所有事情。只要和他在一起，无论住在哪儿都让她感觉踏实。

他提着箱子往门口走："我知道你在这里度过了一段美好的时光。但是，我们要有新家了，更好的家。准备好了吗？"

她又紧张又疲惫，妈妈的话还让她的头隐隐作痛，还有七斤肉没有减掉。但是，她点点头，跟着他走出大门。理查德雇了搬家工人，把壁橱旁的棕色储物箱连同存在他公寓储存室里的东西一起运到新房子里。

"我的车在几个街区外，"理查德把箱子放在路边，"乖，我马上回来。"

他大步走开，内莉四处观望着街道。一辆厢式货车停在不远的门口，两个人正吃力地拖着一把超大的椅子。

除此之外，公交车站有一个背对着她的女人，整条街静悄悄的。

内莉闭上眼睛，仰起头，午后的阳光照在脸上。她等着有人呼唤她的名字，告诉她是时候离开了。

18

我的替代品没有看见我。

她感觉到我靠近的时候，眼睛里全是震惊，我离她太近了。

她东张西望，也许想找机会逃跑。

"瓦妮莎？"她的声音充满疑惑。

我有些吃惊她这么快就认出我："你好。"

她长得比我年轻，身材比我婀娜，现在我的头发颜色自然，我可以和她以姐妹相称了。

我期待这一时刻很久了，现在竟然没有惊慌失措。

我的手心是干的，呼吸平稳。

我终于做到了。

我和多年前跟理查德坠入爱河的那个人判若两人。

我所有的一切都变了模样。

二十七岁的时候，我是一个充满活力、叽叽喳喳的幼儿园老师；厌恶寿司，酷爱电影《诺丁山》。

业余时间，我到餐馆打工，端着托盘送汉堡；穿梭在二手服装店；和朋友出去跳舞。你不知道我有多快乐，多幸运。

我有那么多朋友。可是现在，一个也没有了，就连萨曼莎也失去了。

我离开了夏洛特姨妈。

以前，我有另一个名字。

我们第一次见面，理查德亲热地叫我内莉，从此他一直这样称呼我。

但是对其他人，我曾经是——现在也是，瓦妮莎。

理查德讲我们的故事时，深沉的嗓音犹在耳边。每当有人问起我们是怎么认识的，他都是这个样子。

"我在候机厅里看到她，"他说，"一只手拉着箱子，一只手挎着包，拿着水和巧克力饼干，吃力地往前走。"

那是我看完妈妈，刚从佛罗里达回来。一切顺利，只是回家总勾起我痛苦的回忆。老房子让我尤其想念爸爸。我也永远摆脱不掉大学生活的阴影。不过，幸好妈妈忽好忽坏的脾气在新药的安抚下趋于稳定。我一如既往地讨厌飞行，虽然那天蔚蓝色的天空中只有零星几片白花花的云朵，我却比以往更烦躁。

他穿着黑西服和雪白的衬衫，眉头紧皱地敲着电脑，立刻引起了我的注意。

"一个小孩开始撒泼耍赖，"理查德接过话茬说道，"他可怜的妈妈推着儿童车，已经无计可施。"

我有饼干，所以问那个妈妈是否可以给那个哭闹的孩子。她感激地点点头。我是幼儿园老师，擅长适时地贿赂小孩。我弯腰递给孩子，他的眼泪瞬间蒸发。然后，我朝理查德的方向看了一眼，他已经无影无踪。

登机的时候，我路过他，他在头等舱——我只是经过而已。他端着透明的酒杯，喝了一口。领带松散地挂在脖子上。小桌板上铺着一张报纸，他却在观察登机的乘客。他的目光停在我身上的时候，我感觉到一股强大的吸引力。

"我看见她费力地拖着箱子在过道里走，"理查德接着说，"不过一点都不难看。"

我拽着蓝箱子走到第二十排，坐好，开始起飞前惯有的胡思乱想。脱鞋、拉下遮光板、把自己裹在柔软的披肩里。

"她旁边坐着一个年轻的军人，"理查德朝我眨眨眼，"我心中升起强烈的爱国心。"

空乘走过来对我身边的士兵说头等舱的客人要和他换座位，他说："太棒了！"

莫名其妙地，我知道是他。

飞机笨重地飞向天空的时候，我抓住扶手，使劲咽口水。

他把他的酒递给我。他戴戒指的手指上空无一物。他是单身，我感到惊讶：他三十六岁了，后来我得知他曾经和一个黑发女人一起生活，现在离婚了，她很伤心。

理查德求婚之后，她总是出现在我的脑海中，我感觉她无处不在。我是对的——有人跟踪我。不是理查德的前妻。

"我让她稍微喝了点酒，"理查德对入神的听众说，"这样好骗她说出电话号码。"

我喝了一口他的伏特加，清晰地感觉到他身体的热量。

"我叫理查德。"

"瓦妮莎。"

故事讲到这儿，理查德从观众席上收回眼神，温柔地望着我说："她一点都不像瓦妮莎，是不是？"

那天在飞机上，理查德微笑着对我说："你如此甜美、温柔，这么严肃的名字不适合你。"

"那么我该叫什么呢？"

飞机遇到气流，颠簸了一下，我呼吸急促。

"就像过一个小水坑，绝对安全。"

我咕咚喝下一大口酒，他哈哈大笑。

"你太紧张了，内莉。"他的声音出乎意料的温柔，"我以后就这样称呼你：内莉。"

实际上，我一直不喜欢昵称，感觉很迂腐，但是从来没有告诉过理查德。他是唯一一个叫我内莉的人。

后来我们一直聊。

我不敢相信理查德这样的人会对我有这么大的兴趣。他脱掉外衣，飘出一股柑橘的味道，我希望他永远带着这种气息。飞机开始降落的时候，他问起我的电话号码。我写的时候，他伸手拨开我的头发。我的后背发凉。这个动作如同一个亲吻，过于亲密。

"太美了，"他说，"永远不要剪。"

从那天开始，我们一直在纽约谈恋爱，婚礼却在佛罗里达的度假村举行。理查德为我们的生活买的新房子在韦斯切斯特——我永远是他的内莉。

我曾经期待生活的画卷优美地展开，我以为他会一直给我安全感。我会成为一个母亲，等孩子们长大以后，我会重新回到学校。我梦想着在银婚纪念日轻歌曼舞。

当然，这些愿望一个也没有实现。

现在，内莉永远地消失了。

我只是瓦妮莎。

"你为什么在这里？"我的替代品问。

我看出她在盘算是否能够冲过我，跑下楼。

她穿着系带的高跟凉鞋和紧身裙。我知道她今天要去试婚礼上穿的衣服，获得她的日程安排对我来说轻而易举。

"只需要两分钟。"我摊开双手，让她相信我不会动粗。

她又一次迟疑地东张西望了一下。有几个路人，但是没人停下来。在这儿能看到什么？我们不过是两个衣着得体的女人，在繁华的街道上站在公寓门口，附近有一个速食店，离公交站一个街区的距离。

"理查德随时会出现，他在锁门。"

"理查德二十分钟前就走了。"我担心他会送她去试衣服，不过，他拦下一辆出租车。

"请你听我说，"我对这个长着圆脸和尖下巴、浑身散发着活力的漂亮小女人，也就是理查德抛弃我去追求的这个女人说，她有必要知道我是如何从一个充满活力、叽叽喳喳的内莉变成现在这副支离破碎的样子的，"我要让你知道他的本来面目。"

第二部分
寻找替身

19

她叫艾玛。

"我以前也是你这个样子。"我对着眼前的少妇开始说。

她看清我的容貌之后睁大了蓝色的眼睛。她审视着我刚做的头发，和瘦弱的身材不相称的松松垮垮的裙子。显然，她无法想象自己会变成我这个样子。

那么多个夜晚，我躺在床上翻来覆去地准备要对她说的话。她是理查德的助手，他们就是这么相识的。她接替戴安娜不到一年的工夫，他就为了她离开了我。

为了防止自己语无伦次，我的书包里放着打印好的台词。不过现在看来是不需要了。"如果你嫁给理查德，一定会后悔的。他会伤害你的。"

艾玛皱起眉头。"瓦妮莎，"她语调平和收敛，仿佛在和一个小孩子说话，我要求班里的孩子放下玩具或者收起零食的时候也是这个语气，"我明白，你很难接受离婚的事实。理查德也一样。我每天看见他，他都在殚精竭虑地工作。我知道你们有问题，但是他真的尽力了。"我在她的眼神中看到指责，她确信都是我的错。

"你以为你了解他，"我打断她，虽然偏离了剧本，但我仍在推进剧情，"你看见什么了？你服务的理查德不是真正的理查德。他很谨慎，艾玛，他从不向人敞开心扉。如果你们决定结婚——"

轮到她打断我了："真是太可怕了。我希望你明白，他一开始只是把我当作他的同事、他的朋友。我不是那种想和结过婚的男人有染的女人，我们从来没想谈恋爱。"

我相信。艾玛负责他的电话、信件和日常安排之后他们才擦出火花。

"就这样发生了，对不起。"艾玛的圆眼睛里满是真诚。她伸出手轻轻地抚摸我的胳膊。她的指尖碰到我的时候，我下意识地缩了一下。"我确实了解他。我每周和他在一起五天，每天十个小时。我看着他和客户打交道、和同事相处。我见过他的其他助理，也见过他婚后和你一起回家。他是一个好男人。"

艾玛停顿了一会儿，犹豫着是否继续。她一直盯着我颜色变浅的头发。我天生的金色发根和这个颜色完美地融为一体。"也许，是你从来没有了解过他。"她硬邦邦地说。

"你先听我说！"我开始发抖，拼命想要说服她，"是理查德造成的！他混淆视听，所以我们看不到真相！"

"他预见到你会做出类似的事。"她用蔑视代替了同情，她把手收回去，我知道没有机会合作了，"他告诉我你嫉妒，但现在你已经疯了。上周，我看见你在公寓外面徘徊。理查德说如果你继续这样，我们会申请对你的限制令。"

我汗流浃背，更多的汗珠从鼻尖滴落。今天，穿长袖裙子太热了。我自以为筹划得天衣无缝，可还是不知所措，大脑就像六月的天气一样浑浊得令人窒息。

"你在备孕吗？"我脱口而出，"他和你说过想要好几个孩子吗？"

艾玛退后一步，绕开我走到路边，伸手打车。

"够了。"她背对着我说。

"你去问问他上次鸡尾酒会的事，"悲伤让我声嘶力竭，"你当时也在，还记得服务人员迟到和找不到拉维利奥酒吗？都是理查德的错——他没有预订，根本没有送货！"

一辆出租车减速靠过来。艾玛转身对我说："我在，而且我知道酒送到了，我是他的助手。你以为酒是谁订的？"

这是我始料不及的。她拉开车门，我还在愣愣地发呆。

"他惩罚我，"我喊道，"酒会后变本加厉！"

"你确实需要帮助。"艾玛砰地关上车门。

我看着出租车载着艾玛离我而去。

我曾经很多次站在这里，在她公寓外面的便道上，但现在我才第一次想到理查德嘴里的我是不是真的。难道我真的疯了，像妈妈一样？她一辈子都在和精神病抗争，而且比其他人都成功。

我的指甲扎进掌心里。想到他们今晚会在一起，她会毫无保留地告诉他我说过的话，然后他会把她的腿搬到自己的腿上，为她按摩双脚，许诺一定会保护她不受我的伤害。我简直忍无可忍。

我希望她听进去了。这样，她就会相信我。

理查德竟然猜到我会走这一步，是他教给她这样做的。

我比任何人都更了解我的前夫。所以，早应该知道他也同样了解我才对。

我们举行婚礼的那天早上在下雨。

"这是好运。"爸爸一定会这样说。

在度假村，当妈妈和夏洛特姨妈一左一右地陪着我走上系满宝蓝色长丝带的大露台时，天空已经放晴，阳光亲吻着我裸露的手臂，海波微动，涛声阵阵。

我从萨曼莎、乔茜和玛尔妮系着白丝蝴蝶的椅子边走过，看到希拉里、乔治和理查德的几个搭档。正前方，是一道玫瑰拱门，莫林和理查德并排站在那里，她戴着我送的玻璃珠项链。

理查德注视着我一步步走近，我忍不住眉开眼笑。他的表情专注，眼睛乌黑发亮。我们的手握在一起，牧师宣布我们成为夫妻。他在低头吻我之前，我看见他的嘴唇因激动而颤抖。

摄影师记录了精彩的晚宴：理查德为我戴上戒指的瞬间、仪式结束时的拥抱和我们伴着"必须是你"的乐曲移动的舞步。我挑选的相册里包括莫林为理查德整理领结、萨曼莎端着香槟、傍晚妈妈光脚走在沙滩上、夏洛特姨妈抱着我说再见的照片。

我以前的生活充满未知和混乱——父母离婚、妈妈的抗争、爸爸的死亡，还有我离开家乡的原因。但是在那个晚上，当蓝丝带引领我走向理查德的时候，我的未来看起来一片坦途。

第二天，我们飞去安提瓜岛。在头等舱，飞机起飞之前，理查德点了两杯橘汁香槟酒。我的噩梦再也没出现过。

我需要担心的不是飞行。

我们没有蜜月相册，但是回想起来仍然历历在目。

理查德帮我撬开龙虾，我吸着钳子里面带有甜味的肉时，他咯咯地笑。

我们并排躺在沙滩上接受按摩。

我们租了游艇在大海上航行，他站在我的身后，把着我的手一起掌舵。

每天晚上，私人管家为我们准备好撒着玫瑰花瓣的芳香浴，并在四周点起蜡烛。我们曾经借着月色溜上沙滩，藏在茅屋遮阳用的卷帘里做爱。我们泡在按摩浴缸里，在无边泳池边喝朗姆酒，在双人吊床上午睡。

最后一天，理查德报名参加了水肺潜水。其实我们没有资格证，但是度假村的工作人员说如果我们在游泳池接受辅导，就可以在教练的带领下到浅水区潜水。

虽然在平静的氯水池里应对自如，但我根本不喜欢游泳。附近有几名游客，阳光照亮了我头顶不远处的水面，扑腾几下就能游到泳池边。

登上摩托艇的时候，我深吸了一口气，努力装出平静和随意的样子，问教练埃里克："我们要在下面待多久？"他是加州大学圣塔芭芭拉分校的学生，正在放暑假。

"四十五分钟。你的氧气瓶能撑更长的时间，如果你愿意，我们可以多待一会儿。"

我对他竖起大拇指。当时我背着沉重的氧气瓶，套着脚蹼。我们加速离开陆地，冲向隐藏的珊瑚礁，我感觉胸口越来越闷。

我看见理查德头上顶着的塑料面罩，同样的东西也正在牵扯着我两边的太阳穴。埃里克停船，周围一片寂静，像海水一样无边无际的寂静。

他站在船边，跳进大海。他浮出水面的时候，用手扒拉开贴在脸上的头发说："珊瑚礁距离这里大概二十米，跟着我。"

"准备好了吗，宝贝儿？"理查德迫不及待地想去看蓝黄相间的神仙鱼、七彩斑斓的鹦嘴鱼和没有攻击性的沙鲨。他拉下面罩。我强作镇定，学着他的动作，感觉橡胶垫吸住了眼睛周围的皮肤。

我开始顺着楼梯往下走，沉重的设备有助于下沉。可以随时浮上来，不会有麻烦的，我对自己说。

几分钟之后，我被冰凉咸涩的大海淹没，眼前一片模糊。

只能听见呼吸的声音。

什么也看不见。埃里克说过，如果雾气蒙住眼睛，翘起面罩放些水进去就好了。"如果有事，举起一只手，这是求救信号。"可是，我只会拼命踢打，想浮出水面。身上的装备压着我的身体，勒着我的胸口。面罩越来越模糊，我大口地吸氧。

噪声太可怕了。即使现在，我也能听见耳朵里充斥着参差不齐的喘息声，感受到胸口的沉闷。

看不见埃里克，也看不见理查德，我一个人在大海里打转、扑腾、尖叫。

有人抓住我一只胳膊，拖着我缓慢地移动。

我钻出水面，吐出呼吸管，用力地扯下面罩，有几根头发被绞下来，一阵刺痛。

我大口地喘气、咳嗽，我需要空气。

"船就在这儿，"埃里克说，"我抓住你了，咱们漂回去。"

我够到梯子，但是没有力气爬上去。埃里克撑着船舷上船，然后趴下，拉住我的手。我瘫坐在长凳上，头晕眼花，只能把头埋在两腿之间。

我听见下面传来理查德的声音："你安全了，看着我。"

耳朵里的压力让他的声音显得那么陌生。

我努力按照他说的做，看见他在水里上下蹿动，蓝色的波浪让我反胃。

埃里克跪在我身边，开始拆我身上的束缚："很快就会好了。害怕了，是不是？有时候会这样的，不只是你。"

"我只是看不见。"我小声说。

理查德顺着梯子爬上船，装备叮当作响："我来了。哦，亲爱的，你在发抖。对不起，内莉，我早应该想到的。"

面罩在他的眼睛周围压出一圈红印。

"我来照顾她，"他对埃里克说，埃里克卸掉我的氧气瓶之后，走到一边，"我们回去吧。"

快艇乘风破浪地返回度假村，理查德紧紧搂着我，一言不发。船停稳之后，他从冷藏箱里拿出一瓶水递给我："现在感觉怎么样了？"

我谎称："好多了。"但我还在发抖，手里的水瓶颤颤悠悠的，"理查德，你可以回去……"

他摇着头说："不行。"

"我送你们上岸。"埃里克说。他跳上甲板，理查德紧随其后。埃里克又一次向我伸出援手："这里。"我两腿发软，但努力伸出胳膊去够他。

理查德说："我照顾她。"他一把抓住我递上去的左臂，把我从船里拽上去。他握得太紧了，手指抠进我的肉里，我下意识地抗拒着。

"我要带她回房间，"理查德对埃里克说，"你帮我们还一下装备？"

"没问题。"埃里克显得有些不安，也许是因为理查德的声音有点急躁，我知道他是关心我，或许埃里克担心我们会投诉他。

"谢谢你帮我，"我说，"抱歉，我太慌乱了。"

理查德给我披上一条干毛巾，我们走下码头，踩着松软的沙子回到房间。

脱下滴水的比基尼，穿着柔软的白浴袍，我感觉好多了。理查德建议重返沙滩，我借口头疼，让他自己去。

"我休息一会儿就好。"我说。

太阳穴若有若无地突突跳，应该是潜水造成的，抑或是残余的紧张。理查德刚一从外面关上门，我就马上走进浴室，从洗漱包里翻出止痛药，紧挨着它的是应对长途飞行的处方药——装在橘黄色塑料瓶里的镇静剂。每次吃药的时候，我都会想起妈妈，犹豫再三，我倒出一片椭圆的白色药片，就着酒店每天送两次的矿泉水咽下去。然后拉上厚窗帘，挡住阳光，爬上床等药发挥作用。

我迷迷糊糊地听见门响，以为是服务员，于是喊道："晚点再来。"

"我是埃里克。捡到了你的太阳镜，我把它放在门口了。"

我知道应该起来感谢他，但是身体发沉："好的，非常感谢。"

过了一会儿，床头柜上的手机响了。我接起来说："你好。"

没人应答。

"理查德?"镇静剂让我的舌头发木。

还是没有声音。

不用看我也知道手机上显示的号码：空号。

我攥着手机，猛地起身，一下子清醒了。唯一能听到的是空调出风口呼呼的风声。

离家千万里还在被追踪。

我挂上电话，挣扎着下床，一把拉开窗帘，隔着阳台的滑门玻璃向外巡视。没有人。我又看了一遍房间，盯着紧闭的衣橱门：我们不在的时候，有人开过衣橱吗?

我走过去，握住把手，用力一拉。

什么都没有。

床上手机屏幕的蓝色晃得人睁不开眼。我冲过去，抄起手机，摔在瓷砖地上。手机碎掉一块，但屏幕还亮着。我捡起来，把它杵进冰桶里，一直往下插，直到冰冷的水刺痛我的手。

不能放在这里，服务员加冰的时候会发现的。我又把它从冰桶里拿出来，疯狂地满屋子找地方藏。终于看见装着晨报和餐巾纸的垃圾桶。我用体育版报纸包住手机，把它塞进垃圾桶。

保洁员会一股脑地把它们全带走。这个手机将和其他数百名游客的垃圾一起终结在巨大的垃圾车里。我可以告诉理查德手机丢了，一定是从沙滩包里滑落了。我们刚一订婚，他就买了这个手机，说想让我用最好的，我知道他会带回家个新的。我已经把这个假期毁得够呛，不用担心会更糟了。

我的呼吸慢下来，药片抑制了恐惧。套房宽敞通风，茶几上的矮瓶里插着紫色的兰花，蓝色的地砖呼应着雪白的墙壁。我走到衣柜边，搭配晚上的服装。把选中的直筒橘黄色太阳裙挂在柜门上，金色的高跟凉鞋摆在下面。然后，我把小冰箱里的香槟放进冰桶里，在桶边摆好两个细长的香槟杯。

眼皮越来越沉，我最后看了一圈，一切都那么美好，所有的东西都井井有条。我钻进被子里，朝左侧卧着，发现胳膊上有一块红色的擦伤，应该是理查德拽着我下船的时候捻破的。

太阳裙配薄衫可以遮住这块伤痕。

我翻了一个身，想睡一小会儿，等理查德回来的时候开香槟，然后我们一起去吃晚饭。

明天，我们就要飞回纽约了，蜜月就要结束了。必须把今天下午的记忆清除干净，回家之前，我想要一个更加浪漫的夜晚。

　　我看着酒保在我的杯子里注入清澈的伏特加，加上冒着气泡的汤力水，在杯子边别上一片柠檬，然后杯子顺着光滑的木头桌面来到我面前。空杯子被拿走了：

　　"要水吗？"

　　我摇摇头。感觉湿头发贴在脖子上，靠在塑料椅子上的大腿汗涔涔的，我脱掉了鞋子。

　　艾玛撇下我坐着出租车走了，我在街角站了好半天，不知道去哪里，也不知道找谁。没有人能够理解我败得有多么彻底。

　　除了走路，我别无选择。每走一步，我的悲愤就加深一分，像打哈欠一样不受控制。走过几个街区之后，我看见罗伯森酒店的酒吧。

　　酒保无声地又推过来一个杯子，是水。我抬起头，不知道自己是真的摇了头还是幻觉，但是她避开我的眼神，径直走向堆放着报纸的角落。

我从她身后的大镜子里看到了自己和排成一排的绝对伏特加、尊尼获加、亨利爵士金酒，以及龙舌兰。

现在，我看见了艾玛眼中的我。

我在照哈哈镜。我希望看见的画面——以前的我，理查德的内莉，被扭曲了。过度加工的头发不像滋润的奶油，更像干枯的稻草，眼窝深陷，脸庞消瘦，我精心打造的妆容一塌糊涂。难怪酒保希望我保持清醒，这里是五星级酒店的大堂，是全世界的商业人士迎来送往的地方，是一杯苏格兰威士忌就要二百美元的地方。

我感觉到手机又在震动，强迫自己从包里拿出来看。一共有五个未接电话，从上午十点开始，三个是萨克斯商场打来的，两个是夏洛特姨妈在半个小时内打来的。

只有一件事能阻止我沉入苦海：夏洛特姨妈的担心。于是我回电话。

"瓦妮莎？你还好吗？"

我不知道该如何回答。

"你在哪儿？"

"上班。"

"露西尔打电话说你没去上班。"姨妈是我的紧急联系人，登记表上填的是她的电话。

"我只是需要——我晚一点去。"

"你在哪儿?"她重复了一遍,语气严肃。

我应该告诉她我在回家的路上,流感还没好,我应该找个借口让她放心。但是她的声音——唯一能让我感觉到安全的东西,击垮了我,于是我说出了酒店的名字。

"等着我。"她说,然后挂断电话。

艾玛已经到服装店了。想到她有可能打电话告诉理查德我在路上拦住了她,还有她从同情变成嘲笑的眼神,我分不清哪个更让我难受。我回忆着她收起长腿,砰地关上车门,渐行渐远的情景。

理查德会不会现在来找我?

还没来得及再点一杯,我就听见夏洛特姨妈的勃肯凉拖拍打地面的声音,越来越近。她仔细地打量我:新染的头发、空酒杯和赤裸的双脚。

我等着她说话,但是她挨着我坐下来。

"来点什么?"酒保问。

夏洛特姨妈看着鸡尾酒单说:"塞特卡,谢谢。"

"没问题,虽然酒单上没有,但是我可以调。"

那个女人在冰块上倒上白兰地和橘子味的利口酒,然后挤上柠檬汁。

夏洛特姨妈喝了一口，放下结着霜的玻璃杯。我强打精神，准备回答一系列的提问，但是什么问题都没有。

"我不能要求你告诉我发生了什么，但是，不要再骗我。"我盯着粘在她食指关节上的黄色颜料——只是一个小圆点。

"结婚以后我是谁？"过了一会儿，我问，"你看到了什么？"

夏洛特姨妈靠在椅子背上，跷起二郎腿："你变了，我想你。"

我也想她。夏洛特姨妈在我们的婚礼前才和理查德相识，因为她和巴黎的艺术家朋友做了为期一年的公寓互换。她回到纽约的时候，我们才见面——刚开始很频繁，但后来随着时间的推移便疏远了。

"我第一次有感觉是在你生日的晚上，你不是以前的你了。"

我太清楚她说的是哪个晚上了。那是八月，我们第一个结婚纪念日后不久。我点着头说："那天我二十九岁了。"比艾玛大不了几岁，"你送我一束粉色的金鱼草。"

她还送了我一幅画，和硬皮书的大小差不多，画的是婚礼上的我，但不是肖像。夏洛特姨妈定格了我走向理查德的背影：佛罗里达湛蓝的天空，钟形的裙子，轻薄的面纱，我仿佛正在走向浩瀚无边的未来。

当时，我们邀请夏洛特姨妈到韦斯切斯特喝点东西，之后一起去俱乐部吃晚饭。那时，我已经开始服用各种药片，为怀孕做准备，排卵药总让我昏昏沉沉。我记得自己睡午觉耽误了时间，选好的真丝 A 字裙又拉不上拉锁。巨大的衣橱里挂满了新买的服饰，这是其中之一，我只好换上一件宽松的。理查德已经在招待姨妈，为她倒了一杯酒。

快到书房的时候我听见他们的对话。"她以前一直喜欢这种花。"夏洛特姨妈说。

"真的吗？"理查德说，"以前？"

我进去的时候，夏洛特姨妈把罩着玻璃纸的金鱼草放在旁边的桌子上，准备拥抱我。

"我会把它们插在花瓶里的。"理查德偷偷抽出一张亚麻餐巾纸，擦掉落在黑色胡桃木桌上的一滴水，这些餐巾纸是上个月送到的。"亲爱的，给你准备了矿泉水。"他对我说。

我端起面前的杯子，喝了一大口。夏洛特姨妈面带微笑。她知道我在努力备孕，增厚的腰围和不含酒精的饮料一定让她误会了。

我轻轻地摇头，不想说出来，尤其是当着理查德的面。

"这地方真漂亮。"夏洛特姨妈的话把我拉回现实，但是我没听懂她说的是我以前的家还是俱乐部。

那时，我生活里的一切都是美好的：我在室内设计师的帮助下挑选了新家具；理查德送我一副天蓝色耳环；我们蜿蜒穿过绿油油的高尔夫果岭，路过了一个有很多鸭子的池塘，快到俱乐部门口的时候，眼前突然出现了铺天盖地的紫薇花，乳白色的茉莉花簇拥着入口的白色圆柱。

"俱乐部里的其他人看起来都……"她琢磨着，"很沉稳，我想是的。你城里的朋友太年轻，太活跃。"

夏洛特姨妈言语温和，但是我知道她真正的意思。在餐厅，男人必须穿夹克衫——俱乐部的规定，女人的言谈举止似乎也有不成文的规定。大部分夫妻比我们年长，但这不是我感觉格格不入的唯一原因。

"我们坐在拐角的沙发区。"夏洛特姨妈接着说。理查德和我参加了俱乐部的很多活动——七月四日的焰火晚会、劳动节的烧烤、十二月的假期舞会。理查德最喜欢拐角的沙发区，因为在这里可以看到整个房间，而且很安静。

"高尔夫球课让我大开眼界。"夏洛特姨妈说。

我点点头，颇有同感。理查德也给我报了名。他想和我一起打球，当我掌握了平坦球道的打法之后，他曾经说过要去卵石滩。我告诉他们我学会了区分七号铁和九号铁的方法；因为挥杆练习不够，我的球总是朝偏右九十度的方向飞；开球具推车最有趣等。我早该知道夏洛特姨妈能够看穿我兴奋得喋喋不休背后的原因。

"服务员过来的时候，你点了一杯夏顿埃酒，"夏洛特姨妈说，"但是我看见理查德拍拍你的手，然后你换成了水。"

"我在备孕，不能喝酒。"

"我明白。但是，接下来还有别的事。"夏洛特姨妈喝了一口塞特卡，她双手捧着厚玻璃杯，小心翼翼地将它放回吧台。我不知道她是否会继续讲，我想知道我还做了什么。

"服务员端来你的恺撒沙拉。"夏洛特姨妈温柔地说，"你说希望把沙拉酱单独送上来。这不是什么大事，可是你坚持说点餐的时候提过要求的。我觉得很奇怪，亲爱的，你也做过服务员啊，你知道出错就是家常便饭。"

她停了一下，继续说："问题是，你错了。我也点了恺撒沙拉，你说要一样的。你没有提过沙拉酱的事。"

我的眉头皱在一起："就这样？我错了？"

夏洛特姨妈摇摇头。我知道她不会骗我，我也知道下面的话不是我想听的。

"你就是这样说的。你的声音……很激动。服务员道歉了，可你偏要小题大做。你责备了他，但那不是他的错。"

"理查德做了什么？"

"他告诉你不要急，马上换一份新的。"

我回忆不起来和服务员说过什么了——尽管还记得其他的事。我的婚姻里有太多不欢而散的餐馆经历，但是我相信姨妈的话，她的记忆力超强。她一辈子都在描绘细节。

我想知道，那些年夏洛特姨妈见证了多少让我失去爱意的不愉快的事情。

虽然我们是新婚，但是我的转变已经开始了。

21

我一直知道和理查德的生活不可能和以前一样。

我设想的改变是外在的——我是谁，我做过什么，都可以保留。成为一名妻子、一个母亲，创造一个家庭，跟邻居交朋友。

每天的生活中少了在曼哈顿的你争我夺，安逸让我开始在意失去的东西。一晚上我要起来喂三次奶，安排亲子课程，蒸胡萝卜，念睡前故事，用卓夫特洗衣液洗连体衣，用冰镇牙胶安抚他肿胀的小牙床。

生活停滞了，我悬在过去和未来之间。

我曾经被账单折磨，担心夜晚身后的脚步声，纠结是否能赶在地铁车厢关门前挤上车按时到达吉布森，发愁班里三岁的小姑娘啃指甲，不知道要走我号码的小可爱会不会给我打电话，甚至操心萨曼莎拉直头发后有没有拔掉电源。

我以为嫁给理查德，这些烦恼会一扫而光。

恰恰相反，只是旧的焦虑变成了新的焦虑。城市交织的噪声被纷杂的思绪代替，新环境的静谧不能抚平我的内心。不变的沉寂和无所事事的时光似乎都在嘲弄我。我又开始失眠；出门办事的时候，虽然记得关门、转钥匙的动作，但还是要折返回去检查有没有锁门；洗牙前我在烤箱里找到了丢失的预约单；反复确认壁橱的灯是否关上；周末的钟点工把房子收拾得一尘不染，但是理查德天生洁癖，我会一间屋子一间屋子地检查，看有没有植物的落叶，书架上的书有没有摆成一条直线，放在针织品柜子里的毛巾有没有折成标准的三折。

我学会了拖延，把简单琐碎的事情做得像太妃糖一样拖拖拉拉；在俱乐部里约见青年志愿者；不停地看表，在心里倒计时，等着理查德回家。

二十九岁生日后的一天，就是和夏洛特姨妈在俱乐部见面的那天晚上之后不久，我去超市买晚饭用的鸡胸肉。

快到万圣节了，在幼儿园教小孩子的时候我最喜欢这个节日。我不知道今年会不会有很多的糖果——去年一块糖也没有，因为新小区太大了。我拿了几个小包装的奇巧和巧克力豆，希望送出去的比自己吃的多。然后拿了一包丹碧丝卫生巾放在购物车里。无意中转到卖帮宝适和婴儿食品的走廊，我慌慌张张地撤出来，绕路去收银台。

布置晚餐的时候，偌大的红木桌上只有两个盘子，孤独感油然而生。我倒了一杯红酒，拨通萨曼莎的电话。理查德不喜欢我喝酒，不过每个月总有那么几天，我也需要安慰——所以我一定会刷牙，然后把空酒瓶藏在垃圾桶的最下面。萨曼莎告诉我准备和一个男生第三次约会，她似乎真的对他动了情。我眼前浮现出她穿着最喜欢的牛仔裤摇摆的样子。我再也不会借她染上樱桃红唇膏的牛仔裤穿。

我抿了一口夏布利，沉浸在她欢快的唠叨里，她建议我马上进城和他们会合。结婚以后，她只来见过我一次。我从来没有责怪她，韦斯切斯特对一个单身女人来说太无聊了。我经常去曼哈顿，在幼儿园附近和她吃过了饭点的午饭。

我们最后一次午饭因为我胃痛推迟到了晚上，萨曼莎突然想起当天是祖母的九十大寿，所以又取消了。

我们很久没见了。

我承诺结婚以后保持和萨曼莎的亲密接触，但是晚上和周末——萨曼莎有空的时候，是我唯一能和理查德在一起的时间。

理查德从来没有约束过我的时间。有一个周日，我和萨曼莎在巴尔萨泽吃完早午饭之后，理查德到车站接我时问我是否玩得尽兴。

"萨曼莎是个有趣的人。"我笑着给他讲离开饭馆后的事情。出饭馆后没走几步，我们就遇到拍电影的，萨曼莎拉着我挤进去，结果有人赶我们走，出来的时候她顺手从道具桌上抓了一大包什锦杂果。

理查德和我一起捧腹大笑。当天晚上吃饭的时候，他说那周工作太忙，几乎每个晚上都要加班。

挂电话之前，萨曼莎让我抽空和她聚一聚："我们像以前那样喝点龙舌兰，跳跳舞。"

我犹豫不决："我再看一下理查德的时间表，他出差的时候比较容易安排。"

"你准备带一个男生回家吗？"萨曼莎开玩笑地说。

"为什么是一个呢？"我随声附和，想转移话题，她哈哈大笑。

过了一会儿，我到厨房准备做沙拉用的西红柿的时候，防盗门的警报响起来。

在我们搬进来之前，理查德安装了精密的报警系统。他上班，尤其是他出差的时候，我可以一个人从容地待在家里。

"谁？"我站在走廊里大声地问。刺耳的警报声让我不敢向前。厚重的橡木门纹丝不动。

安保公司的人讲过，这所房子有四个薄弱区域，他竖着四根手指头说：前门、地下室入口、就餐区的大飘窗，以及客厅可以看见花园的那两扇玻璃门。

所有这些地方都装了预警系统。我跑到玻璃门前向外张望，什么也没看见，但是这并不代表没人藏在那里。如果有人闯进来，警报声会淹没他的动静。我本能地飞奔上楼，手里还握着切西红柿的菜刀。

我抓起床头柜上的手机，谢天谢地，我给它插上充电器了。然后，我钻进衣柜，躲在一排裤子后面，拨通了理查德的电话。

"内莉？怎么了？"

我蜷在柜子里，紧紧攥着电话低声说："有人要闯进来。"

"我听见警报声了，"理查德紧张地说，"你在哪儿？"

"我在衣柜里。"我小声说。

"我马上报警，别挂电话。"

我想象着，他拿起另一部手机告诉警察家里的地址，并且催促他们尽快，他的妻子一个人在家。我知道安保公司也会通知警察的。

同一时间，家里的座机响起来。我的心扑通扑通地跳，耳朵里嗡嗡响。这么多声音——如果有一个人站在衣柜外面转动把手，我怎么听得到？

"警察马上到，"理查德说，"我已经上地铁了，在芒特基斯科。十五分钟后到家。"

那十五分钟漫长得仿佛过了一辈子。我缩成一团数数，强迫自己慢慢地报出每一个数字。我相信数到二百的时候，警察一定会到。我想，如果保持轻呼吸，静止不动，就算有人拉开柜门，我也不会被发现的。

时间凝固了，我的神经高度紧张，对周围洞若观火。我看见柜板上的尘埃、木地板上细微的颜色变化和挡在面前的黑裤子上被我的呼吸吹出的涟漪。

"别挂电话，宝贝儿，"我数到二百八十七的时候，理查德说，"我下地铁了。"

这时，警察终于到了。

警察勘察之后没有发现任何可疑的迹象——没有偷窃，没有撬门，没有跳窗。我靠着理查德坐在沙发上，小口喝着甘菊茶。一个警察告诉我们很少有假警报，另一个警官说，可能是接错电线、动物触碰，或者系统故障等导致的。

"我肯定没人。"理查德赞同地说。但是，他突然若有所思地看着两个警察说："不过，有一件不相干的事，我早上离开的时候看到马路的尽头停着一辆陌生的卡车，可能是园林车一类的。"

我的心抽搐了一下。

"看清车牌号了吗？"年长话多的那位警官问。

"没有，但是以后我会留意的。"理查德搂紧了我，"哦，亲爱的，你在发抖。我发誓绝不会让你出事，内莉。"

"你确信没有看见任何人，是吗？"警察再一次问我。

我看见窗外巡逻车顶上旋转的警灯。蓝色和红色的闪光迫使我闭上眼睛，但是那些颜色依然在黑暗中旋转，把我拉回到大学最后一年那个漫长的夜晚。

"没有，我什么也没看见。"

亦真亦假。

我看见一张脸。不过，不是透过窗户看见的，而是在我的脑海里。它是我上次在佛罗里达看见的某个人的脸，某个怨恨我的人，想要惩罚我的人，为了那场发生在秋天夜晚的灾难。

我有了新名字、新住址、新的电话号码。

却总是担心这样也远远不够。

灾祸隐藏在美丽的阳光下。还是十月，那时，我太年轻，大学最后一年的生活才刚刚开始。佛罗里达的温润代替了暑热，互助会的姑娘们穿着明亮的太阳裙，或吊带背心和屁股上贴着"Chi Omega"的短裤，宿舍里洋溢着欢乐和活力。宣誓活动总是在日落后开始。身为"社交部长"，我准备了吉露果冻粒、眼罩、蜡烛和冲海的节目。

早上睡醒的时候，我感觉筋疲力尽，还有些反胃，我勉强吃掉一根格兰诺拉燕麦卷，强打精神去参加早教研讨会。在教案上记录下周的安排时，我顿悟到一件事：月经推迟了，而我没有生病。怀孕，我的笔停在纸上。

等到我抬起头的时候，其他同学正拿着课本向外走。时间在震惊中流逝。

我翘课到学院边的药店买了一包口香糖、一本《公民》杂志、几支笔和一个早孕试纸，仿佛和购物单上其他的东西一样随意。隔壁就是麦当劳，我蹲在厕所里，听见两个正处于青春期的女孩一边对着镜子梳头，一边聊着她们梦寐以求的布兰妮·斯皮尔斯演唱会。多余的一道线证实了我的猜测。

我开始胡思乱想。我才二十一岁，大学还没毕业，和男朋友丹尼尔相处只有短短的几个月。

我推门出来，走到洗手池前，开着凉水冲手。两个女孩看见我的时候，都闭上了嘴。

丹尼尔在上社会学课，十二点半下课，我记得他的课表。我急匆匆地赶到他的教学楼，在便道上徘徊。有些学生在台阶上吸烟，有些躺在草地上，有些在吃午饭，还有几个站成三角形，在扔飞盘。一个女孩枕着一个男孩的腿，搭在男孩腿上的长发宛如一块毛毯。"感恩而死"乐队的歌声从一个手提录音机里传出来，尖锐刺耳。

两个小时前，我也是他们中的一员。

学生们蜂拥而出，我审视着每一张面孔，疯狂地寻找丹尼尔。踢踏着人字拖，套着大学 T 恤衫的不是他；背着累赘的萨克斯管的不是他；背双肩包的也不是他。

没有人像他。

熙熙攘攘的人群变得稀稀拉拉的时候，他终于出现在台阶的最上面，斜挎着信使包，正在往牛津衬衫口袋里装眼镜。我朝他挥手。他看见我的时候愣了一下，然后朝我走来。

"巴顿教授！"一个女生拦住他，也许是为了学业，也许是为了调情。

丹尼尔·巴顿三十四五岁，玩飞盘的男生们蹦蹦跳跳的样子和他比起来简直就像一群吵闹的小狗。他和那个女孩讲话的时候一直用余光看着我。他的焦虑显而易见，因为我破坏了我们的约定：在校园里装作陌路。

否则，他会被解雇。大三的时候，我们的关系还没开始，他给了我 A。这是我应得的——我们没有过任何私人对话，更不要说接吻。几周后，我和朋友在戴夫·马修斯沙滩音乐会分手之后，撞在他身上——但是谁会相信呢？

最后，他走近我，低声说："现在不行，我给你打电话。"

"十五分钟后老地方见。"

他摇头："今天不行，明天。"他的简单粗暴刺痛了我。

"特别重要。"

但是他已经走了，双手插兜走向那辆破车，那辆曾经无数次在月光下载着我去海滩的阿尔法·罗密欧。看着他远去的背影，我感到强烈的背叛和震惊。我违反约定，他应该能够意识到事态的严重。他把书包扔在副驾驶座上——我的座位，扬长而去。

我用两只手圈住自己的肚子，看着他的车拐弯、消失。我慢慢地走回宿舍，所有人都在忙碌着。

我不停地眨眼，抑制眼泪夺眶而出，告诫自己必须熬过这一天，然后就可以告诉丹尼尔了，我们一起想办法。

"你去哪儿了？"我进门的时候分会主席问；不过她并没有期待我的回答。今晚，会有二十个新人宣誓加入我们互助组。晚上安排了晚餐和仪式：唱会歌，做一些有关"Chi Omega"创始人和重大事件的游戏。然后人手一根蜡烛，重复神圣的誓言。我会站在结对一年的"小妹妹"玛吉身后，联谊会必备的"欺凌"活动从十点开始，虽然要持续数小时，但是不会有恶劣行为，也没有危险，当然不会有人受到伤害。

我了若指掌，因为这一切都是我设计的。

餐桌上有一排伏特加和一瓶果酒。我曾经犹豫是否需要这么多酒。我对此至今记忆犹新是因为之后发生的事情。那些闪烁的红蓝色警灯。高亢的尖叫声听起来和警报一样。

我像一只飞蛾一样回到自己的房间，所有的意识瞬间被怀孕的焦躁所代替。一种病恹恹的感觉从里到外席卷全身。

丹尼尔开车走掉的时候没有看我一眼。他在我耳边低语"现在不行"，然后从我身边走开的样子历历在目。他比那个在我面前拦住他的学生还要无礼。

我溜进房间，默默地关上门，拿出手机，躺在床上，双腿蜷缩在胸前,拨通他的号码。铃声响了四声之后,我听见他的留言。再拨便直接进入语音信箱。

我仿佛看见丹尼尔瞥了一眼手机,他给我的代号"胜利"在屏幕上闪烁,然后用总是在我的腿上滑来滑去的细长的手指按下"拒绝"键。

我们在一起时,我见过他这样做,但是从来没想过他会这样对待我。

我再拨,希望他能够醒悟我是多么迫切地需要和他说话,但是他无视我的存在。

愤怒代替了痛苦。他一定意识到出问题了,我心想:他说过在意我,但是如果真的在乎一个人,难道不应该接听她的电话吗?

我从来没去过他的住所,因为他和其他两位教授一起住在职工宿舍。可是,我知道地址。

我想:明天就来不及了。

22

我跟着夏洛特姨妈从罗伯森酒吧回家之后，马上去洗澡。希望冷水冲掉汗水和化妆品，希望这一天也随之而去，有机会和艾玛重新开始。

我小心谨慎地组织语言，料到她一开始会满腹狐疑。我不是也这样嘛。我依然记得萨曼莎质疑理查德，妈妈担心我失去自我的时候，我是多么气急败坏。

但是，我以为她至少可以听我说完，这样我就有机会提醒她细心地审视那个将要和她共度余生的男人了。

显然，她已经对我有了很深的成见，有人告诉她我不可信。

现在，我承认自己想当然地认为这事轻而易举是多么地愚蠢。

我必须换一个方法让她清醒。

左臂被搓得发红，甚至有些脱皮，我这才醒过神来，关上水龙头，为脆弱的皮肤涂上乳液。

夏洛特姨妈敲我卧室的门："出去散步吗？"

"好啊。"我根本不想去，可是我要对她的担心给予补偿。

我们俩去了河滨公园。夏洛特姨妈总是迈着轻快的脚步，但是今天走得很慢。四肢有节奏地摆动和哈德逊河的微风让我恢复理智。

"你想继续我们没说完的话题吗？"夏洛特姨妈问。

我想起她的要求：不要再骗我。

我不想再骗她，但是我要先分辨出真伪才能告诉她实情。

"想。"我拉起她的手，"但是我还没有准备好。"

姨妈在酒吧只分析了我婚姻中的一个夜晚，但是和她聊天释放了堆积在我心里的一部分压力。完整的故事错综复杂，很难在一个下午讲清楚，这是第一次有人和我一起回忆。我在和理查德的劫后余生中找到了可以信任的人。

我带夏洛特姨妈去了公寓附近的意大利餐厅，点了意大利蔬菜汤。服务生端来新出炉的脆皮面包。我口干舌燥，连喝三杯冰水。我们聊她正在看的马蒂斯的传记和我假装想看的电影。

我的体力恢复了一些。和姨妈的闲聊分散了我的注意力。但是一回到自己的房间，关上百叶窗，黑暗降临的时候，我的替代品就不请自来。避犹不及。

我仿佛看见她在试衣服，在镜子前旋转，手指上的新钻戒光彩夺目。她倒了一杯酒端到理查德面前，吻着他，递上去。

我在小卧室里走来走去。

然后，我从抽屉里拿出一个黄色的横线本和一支笔，回到床上，盯着白纸发呆。

我开始写她的名字，整篇纸的边边沿沿布满了她的名字。

必须保证每一个字恰到好处。必须让她明白。

我太用力了，钢笔尖刺透纸背，墨水渗到下一页。

我不知道还能写什么，不知道如何开始。

如果能够判断出我的退位缘何而起，也许就能解释清楚了。我有和妈妈一样的精神病吗？和爸爸的死亡有关？不能怀孕？

我越来越确信，谎话的起源在佛罗里达十月的那个夜晚。

但是我不能和艾玛讲这些。她只需要知道我生活里和理查德有关的内容。

撕下这张纸，重新开始。

这一次，我写道：亲爱的艾玛。

然后我听到他的声音。

起初，我以为是幻觉，后来意识到他在这里，夏洛特姨妈在喊我，告诉我理查德来了。

我立刻站起来，照了照镜子。午后的阳光和散步让我的双颊染上红晕，马尾辫低垂。我穿着莱卡短裤和吊带背心。虽然有些黑眼圈，但是柔和充足的光线凸显出身体的曲线。今天早上，我为艾玛梳妆打扮，现在，我比这些年里的任何时候都更像我丈夫爱上的那个内莉。

我光着脚走进客厅，感觉内心蠢蠢欲动，眼睛像经过隧道一样慢慢地看清他的全部：宽阔的肩膀、匀称的身材，我们结婚以后他靠跑步保持的体形微微发福。他是那种随着岁月流逝魅力不断增长的人。

"瓦妮莎。"低沉的嗓音，我在梦里经常听到的声音，"我想和你谈一谈。"

他转向夏洛特姨妈："我们可以单独待一会儿吗？"

夏洛特姨妈看看我，我点头。我有点口干舌燥。"当然。"她说着走进厨房。

"艾玛说你今天去找她了。"他穿着一件我没见过的衬衫，肯定是我离开之后买的，也许是艾玛送的。他的脸晒黑了，夏天天气好的时候，他总是去外面跑步。

我点头，知道无法抵赖。

出乎我的意料，他的表情竟然柔和下来，向我靠近一步："看你这副害怕的样子，难道不知道我来这儿是因为担心你吗？"

我双腿颤抖，指了指沙发："坐下说？"

沙发两边分别放着抱枕，我们都没想到会挨得这么近。我闻到了柠檬味，感受到他的温暖。

"我要和艾玛结婚了。你必须接受这个事实。"

不是必须，我心想，我不接受你和任何人结婚。但是我说：
"太快了。为什么这么急？"

理查德没有理睬我的问题："所有人都问我为什么和你在一起
那么多年。你抱怨我把你留在家里一个人的时间太多，但是我带
你去交际的时候，你又……我们的鸡尾酒会——算了，现在还在
被人议论。"

他温柔地擦掉我的眼泪，我才意识到已经泪流满面。

他的抚摸触碰了我的内心，好几个月没有这种感觉了。我的
身体绷紧了。

"这是我深思熟虑过的。我本来怕伤害你，不想说，但是，今
天以后……我就没有机会了。我认为你需要帮助。找个地方住院，
或者去你妈妈住过的地方。你不会想要和她一样的结局吧。"

"我变好了，理查德。"以前的我仿佛回来了，"我重新开始
工作了，外出的时间多了，开始见朋友……"我的声音越来越小，
这些都摆在眼前，"我和妈妈不一样。"

之前我们谈论过这个话题，显然他不相信我。

"她服用了过量的止痛药。"理查德轻轻地说。

"这没有证据！"我反驳，"一定是搞错了。她一定是把药片弄
混了。"

理查德叹了一口气："她临死之前，告诉你和夏洛特姨妈她变
好了。所以，你对我说这句话的时候……看，有钢笔吗？"

我惊呆了，他怎么能知道我之前在做什么。

"钢笔，"他重复，我的反应让他眉头紧蹙，"我能借用一下吗？"

我点头，站起来朝卧室走，写着艾玛名字的横线本躺在床上。我回头看了一眼，惊恐地发现他跟在后面。我还没有清醒。合上本子，拿起钢笔，我看见地板上的相册。我把它放进衣橱，重新回到客厅。

我坐下去的时候，膝盖碰到理查德。

他歪向我这边，侧着身子拿出钱包，掏出随身携带的支票。我看着他写下一个数字，在后面加了好几个零。

我瞠目结舌："你这是干吗？"

"你没有得到足够的安置费，"他把支票放在茶几上，"我卖了些股票，并且通知银行我的账户会有大额支出。用这笔钱去寻求帮助吧。如果你出事，我不能原谅自己。"

"我不需要你的钱，理查德。"他凝视着我，我说，"从来不需要。"

我知道淡褐色的眼睛随着光线和衣服颜色的不同可以从绿色变到蓝色再回到棕色，但是理查德是我见过唯一一个只在蓝色中变化的人——从牛仔裤的浅蓝色变成加勒比海的深蓝色，再变成昆虫翅膀一样透明的亮蓝色。

现在它们是我最喜欢的颜色，柔和的靛蓝色。

"内莉，"这是我搬出来之后他第一次这样叫我，"我爱艾玛。"

我心如刀绞。

"但是我不会再像爱你那样爱其他人了。"他说。

我一直注视着他眼睛的深处，他的坦白让我猛地收回目光。事实上我和他的感觉一样，悬在空气中的沉默就像摇摇欲坠的冰柱。

然后，他再一次靠过来，当他柔软的嘴唇吻上我的时候，我已经无力思考。他一只手扶着我的背，拉近我。短短的几秒钟，我是内莉，他是我爱上的那个男人。

我猛然惊醒，推开他，用手背抹着嘴："你不应该这么做。"

他望着我，很长时间，然后起身，一言不发地走了。

23

在我仔细回忆和理查德相识的每一个细节时，睡眠再一次抛弃了我。

在我昏昏沉沉的时候，他走进我的梦里。

我躺在床上，他贴过来，指尖扫过我的嘴唇，然后温柔地吻我。他的唇慢慢地向下滑到我的脖颈，一只手掀起我的睡衣，继续向下，我的腿开始不自觉地摆动，身体越来越热，我忍住呻吟，迎合着他。

他把我按在床上，双手扣住我的手腕，压得我不能动弹。我努力推开他，让他停下来，但是他太强壮了。

突然，我发现理查德身下的那个人不是我——他握住的手不是我的手，他吻开的唇也不是我的唇。

那是艾玛的。

我惊醒了，直挺挺地坐起来，呼吸急促。我环顾四周，绝望地唤醒自己。

我跑进浴室，往脸上浇凉水，赶走梦里的甜蜜。双手撑在洗手池边上调整呼吸，直到呼吸慢下来，我才回到床上，回忆梦到理查德时扑通的心跳和敏感的肌肤，沉浸在对他的反抗之中。

为什么即使在梦里也能够被他调动起来？

最近的心理广播讲到大脑处理情绪的问题。

我闭上眼睛，努力回想专家的每一句话："人体通常会对两种支配性极强的情绪做出同样的反应——性爱和恐惧。"科学家解释："心跳剧烈，瞳孔放大，血压升高，这些表现既可以出现在性爱中，也可以出现在惊恐时。"

这个我深有体会。

专家还讲了思想在这两种状态中的转变。比如，在浪漫的时候，我们通常不会对另一方做出否定的评价。

难道艾玛现在就是这样的吗？我想知道，这也是我现在所处的状态吗？

我纠结得无法入睡。

我躺在床上任凭理查德的形象摧毁我的心智，活灵活现，却转瞬即逝，像海市蜃楼一样短暂，又像漫漫长夜一样无休无止，我开始怀疑是他真的来过了，还是我在做梦。

昨晚的事是真实的吗？我琢磨着。

我在第一缕曙光中爬起来，梦游似的走到衣柜边，拉开最上面的抽屉，袜子堆里有一张支票。

我把支票放回去的时候，一低头看见白色缎子面的婚礼相册。这是有关我婚姻记录的唯一实物。

我相信自己从今往后不会再翻看这些照片了，所以需要一个最后的告别。我们其他的照片都在韦斯切斯特的房子里，除非理查德把它们搬到了城市公寓的储藏室，或者销毁了。我猜他已经这么做了，他会清理干净所有的痕迹，不让艾玛碰到心烦意乱的旧物。

夏洛特姨妈给我讲了一些她眼中的我的婚姻生活。萨曼莎在我们最后一次见面时也曾经提到她的见闻——而且引发了我们两个都始料不及的恶战。现在，我想用一双全新的眼睛，审视自己的婚姻。

我盘腿坐在床上，翻开第一页。照片上我正在酒店里戴古老的珍珠手链——从夏洛特姨妈那里"借来的东西"，姨妈站在旁边把爸爸的蓝手帕系在花束上。翻到第二页，姨妈、妈妈和我走向圣坛。我的左手捧着白玫瑰，右手和妈妈十指相扣。夏洛特姨妈在左边挎着我的胳膊，脸色微红，泪光闪闪。尽管妈妈在笑，但是表情复杂，和我以及姨妈保持着距离；如果不是我们的手连在一起，甚至可以不留痕迹地把她从照片上剪下去。

如果让人对着这张照片猜哪个是妈妈，他们可能都会选夏洛特姨妈，虽然我长得更像妈妈。

我总是对自己说，我遗传了妈妈的表面特征：比如长脖子、绿眼睛；我是爸爸的女儿，继承了爸爸的内在；其他的地方更像姨妈。

现在，理查德的话言犹在耳。

我们在一起时，只要我不够理智，说话不合逻辑或者过分激动，他就会大声说："你疯了！"每到这个时候，我都无法忍受。

"他错了。"我一边徘徊，一边自言自语地咕哝。我身体僵硬，脚步沉重。

我砰地把左脚砸在水泥地上，再把右脚砸下来，他——错——了。

他错了。他错了。他错了。十遍、百遍，我一遍遍地重复，以为这样就可以埋葬掉一直悬在脑子里的担心：如果他说得对怎么办？

我随手翻到一页，是妈妈敬酒的照片。她的正后方是三层高的婚礼蛋糕，顶部的装饰物是理查德的传家宝，瓷新娘的笑容平静安详，可是我记得自己当时特别紧张。幸好妈妈的祝词虽然冗长但很连贯，她的药发挥了作用。

或许，妈妈遗传给我的东西比我愿意接受的更多。

抚养我长大的女人生活在一个和我的小伙伴那些开旅行车、烤奶酪的妈妈不同的世界里。妈妈的感情色彩鲜明——冒着火星的鲜红色、软弱的粉色和最暗淡的灰色。她的外表很强硬，内心却很脆弱。有一次，药店的经理责备年迈的收银员动作太慢，妈妈呵斥经理欺凌弱小，赢得其他顾客的掌声。还有一次，她突然跪在便道上，为一只翅膀破损、不能再飞的黑脉金斑蝶泪流不止。

难道我继承了她的幻觉和过激的行为？难道她的基因比沉稳耐心的爸爸的基因更有影响力？我迫切地想知道他们分别给了我怎样的性格特征。

在婚姻生活中，我拼命想要守护真相，甚至在梦里。我担心记忆会像老照片一样褪色，为了保持它们的鲜活，我开始写日记，事无巨细地记录在一个黑色的笔记本上，然后藏在理查德看不到的客房的床垫下面。

现在我的周围全是谎言，真是让人啼笑皆非。有时候，我试着妥协，平静地接受自己编造的现实应该更容易些，虽然它像流沙一样终将从内部坍塌。

放手吧，很容易的。我想。

但是我做不到，因为有个她。

我放下相册，走到放在角落里的小桌旁边，拿出横线本和钢笔，写道：

亲爱的艾玛：

如果有人对我说不要嫁给理查德，我也不会听的，所以我理解你的抗拒。我没有表达清楚，因为我不知道从何说起。

我写了整整一页，最后想补充一句——理查德昨晚来过了，但我意识到这可能有炫耀或者让她产生顾虑的嫌疑，所以没有写。

签名之后，我把信叠成三折放进最上面的抽屉里，给她之前，还要再看一遍。

稍后，我洗澡，换衣服，涂口红，抹去理查德留下的痕迹。突然，听见夏洛特姨妈的喊叫声，我跑进厨房。

黑色的浓烟直冲屋顶。夏洛特姨妈正在用抹布拍打炉灶上乱舞的橘黄色火苗。

"小苏打！"她喊道。

我从橱柜里拿出一个瓶子，对着火苗倒出里面的东西。夏洛特姨妈扔掉抹布，扭开水龙头。凉水哗哗地流出来，我看见她的小臂上有烧伤。

我移开煎培根的锅，从冰箱里拿出冰袋。"给。"她把胳膊移开，我关上水龙头，"怎么了？你没事吧？"

"我想把煎培根的油倒进旧的咖啡罐里，"我拉过来一把椅子，她一屁股坐进去，继续说道，"可是倒歪了，就是油滴引起的一点小火。"

"需要看医生吗？"

她推开冰袋，看看胳膊。伤口大概一指宽，两厘米长，好在没起泡。"没有那么严重。"她说。

我看见糖罐躺在灶台上，灶眼四周都是糖粒。

"我错误地在火上撒了些糖，可能就是因为这个才加大了火势。"

"我去给你拿些芦荟膏。"我匆匆跑进她的浴室，去药柜里找药。在年代久远的玳瑁色玻璃后面有一瓶布洛芬，我顺手带进厨房，倒出三片递给她。

她涂了些芦荟膏，叹息着说："是得吃点。"我给她接了一杯水，她把药吞下去。

我盯着她鼻梁上厚厚的新眼镜，心情沉重地在旁边坐下。

我怎么没有注意到呢？

我固执地关注着艾玛和理查德的蛛丝马迹，却忽视了近在眼前的变化。

她的迟缓和头疼，"和 D 的约会"其实是去见医生，精简的家具是为了便于活动，姨妈在罗伯森酒吧对着酒水单点了一份没有的饮料，我们沿着哈德逊河散步时，她已经有些步履蹒跚。方形的糖盒怎么看也不像小苏打，但是慌乱中只隔着一层薄薄的烟雾就被她搞混了。

有人面临失明的危险。

我的喉咙一阵酸痛，但是不能让她反过来安慰我。我拉起她骨瘦如柴的手。

"我要瞎了，"夏洛特姨妈轻轻地说，"刚刚二次确认过，黄斑病变。我准备今早告诉你，但是没想到会以这么戏剧性的方式。"

我记起她曾经把上百管颜料排列在帆布上，用了一周的时间修复一件红木古董上的疤痕；在妈妈的熄灯日，她带我去海边散步，我们躺在沙滩上，仰望天空，她说，虽然我们以为阳光是白色的，但其实它是由彩虹的七种颜色组成的。

"我很抱歉。"我低声说。

我在回忆那些夏洛特姨妈来了的日子：她带着火鸡奶酪三明治，保温桶里装着柠檬水，教我玩金罗美游戏的扑克牌。

她说："你还记得我们一起看《小妇人》吗？"

我点点头，说："记得。"我想知道她能看见什么，看不见什么。

"书中写道，艾米说：'我不害怕狂风暴雨，因为我在学习掌舵。'好了，我也从来不害怕坏天气。"

接下来，姨妈又做了一件让我佩服得五体投地的事情：她笑了。

24

我看不见的时候就心生怨恨。

这是玛吉在互助会宣誓那天晚上对我说的原话。她十七岁，来自杰克逊维尔，是个腼腆的姑娘。

但是我当时没听进去，因为我一直念念不忘弃我而去的丹尼尔。明天就来不及了，我越想越生气。

无论如何，我坚持参加了大部分的活动。所有人在客厅里站成一个圆圈，我在玛吉的背后，烛光照亮她们的脸。纳新活动周之后，所有的姐妹聚在一起投票，最初入选的二十个姑娘清纯又有活力，而且乐观活泼——她们将成为正式的会员，继续发扬互助会的精神。这个名单里没有玛吉，她与众不同。我通过和她在社交活动中的交谈得知，她在高中的时候发起了救助她家附近的流浪动物的志愿者活动。

"我一直没什么朋友，"她告诉我，耸耸肩后接着说，"我是个局外人，"她咯咯笑着，但是我从她的眼睛里看到了脆弱，"我想通过帮助动物消除孤独感。"

"这太棒了。你能说说是怎么开始的吗？我希望我的小组能奉献得更多些。"

她的脸上洋溢着光彩，描述着如何被艾克，一只三条腿的达克斯猎犬激发了灵感。于是我决定不管其他人怎么想，一定要让她成为我们的一员。

但是，当我站在她的身后，听着她们唱会歌的时候，我犹豫了。她穿着一件幼稚的白底上绘有小樱桃图案的纯棉上衣，搭配一条短裤，整晚几乎一言不发。她和我说过，期待着在大学有一个崭新的开始，希望结交这里的人，但她没有任何举动。她没有记住我们的会歌，我看出她在假唱。她抿了一口果酒，又吐回杯子里。"恶心死了。"她说，然后把杯子放在桌子上，而不是扔掉，接着拿起一个果冻粒。

观察玛吉是我的工作，我要确信她完成任务——包括房间里的寻物游戏，尤其是要跟着她冲海，因为我知道酒后在波涛汹涌的海浪里游夜泳是很危险的。

但是我不能全心全意地看着她，我更关注自己身体的变化。被调成静音的手机就在口袋里。她抱怨找不到被我们戏称为吉祥物的黄铜公鸡的时候，我耸耸肩，划掉这个项目，对她说："找你能找到的。"然后又掏出手机，丹尼尔一直没有来电话。

快十点的时候，互助会主席带领我们到沙滩举行最后一个仪式。女孩们蒙着眼睛，挽着手，醉醺醺地傻笑。

我看见玛吉违反规定，从眼罩下面偷看："我看不见的时候就心生怨恨。这会导致幽闭恐怖症的。"

"戴好，"我教育她，"再坚持几分钟。"

我们经过互助会宿舍区的时候，邻居们拍着手欢呼："嘿，Chi Omega！"

我们互助会最狂野的女孩杰西卡撩起上衣露出艳粉色的内衣，众人纷纷起立鼓掌。我相信今晚她肯定不会睡觉了，她在丝毫不差地践行着誓言。

旁边是我最好的朋友莱斯利，她的胳膊挽着我的胳膊，正在和其他女孩一起合唱"墙上有九十九瓶酒"。换作平时，我会随声附和，但是现在，我滴酒未沾。有一个小生命在我的身体里，我怎么能喝酒呢？

我想起海滩，那很可能是丹尼尔让我怀孕的地方。我不能去。

"喂，"我小声说，"我感觉不太好，在海里的时候，你能帮我照看玛吉吗？"

莱斯利做了一个鬼脸："这种没用的人，为什么要选她？"

"她只是有些害羞，很快就会好的。她擅长游泳，我问过了。"

"随便吧。好好休息，你欠我一次。"

我找到玛吉，告诉她我不舒服。她再一次掀起眼罩，但是这次，我给她留了一条缝。

"你去哪儿？不能丢下我。"

"你不会有事的，"她语气中带出的哀怨让我反感，"莱斯利会照顾你的，如果需要帮助，你就告诉她。"

"那个金发碧眼的人是她？"

我揉揉眼睛，用手指着说："她是我们的副主席。"

当大部队拐弯，距离大海还有最后两个街区的时候，我离开人群。职工宿舍在校园的另一边，如果穿过操场，需要走十五分钟。我最后又试着打了一次电话，还是留言。我怀疑他关机了。

我想起下午拦住他的那个女孩，当时我所有的注意力都在丹尼尔身上，完全没有留意她的长相。现在像看电影一样回放镜头，我想起那是一张崭新的面孔，相当迷人。她和他有多近？

丹尼尔说过，我是他睡过的第一个学生。在这之前我从来没有怀疑过。

我有些喘不上气来，这才意识到自己越走越快。

职工宿舍在校园的最边上，后面就是农业系的温室。两层楼的砖房和我们的宿舍一样排成一排，虽然不够精致，但是免费——对于大学教师而言是一项巨额奖励。

他的阿尔法·罗密欧停在九号房间的车位上。

我的计划是敲门，询问丹尼尔——不，巴顿教授住在哪里。

我准备说上课的时候错交了草稿，现在补交正式的作业。不过，他的车让我免去了这些麻烦，我已经确切地知道了他的房间，而且他在家。

我按门铃，丹尼尔教授的室友应答："有什么需要帮忙的？"她把小麦色的头发别到耳后。一只杂色猫从屋里溜达出来，在她的脚踝上蹭来蹭去。

"太荒唐了。巴顿教授在吗？我刚刚发现，我，哦，给他错——"

那个女人转身，看着从楼上下来的人说："亲爱的？你的学生来了。"

他差点从最后一级楼梯上摔下来："瓦妮莎！这么晚了你来我家做什么？"

"我——我给你交错作业了。"我的眼睛慌乱地在丹尼尔和那个称他为"亲爱的"的女人之间来回巡视。

"哦，没问题。"丹尼尔马上说，他笑得如阳光般灿烂，"明天把新的交上来就好了。"

"但是，我——"他准备关门的时候，我使劲眨眼睛不让眼泪掉下来。

"等一下。"那个女人伸手拦住门，我突然看见她无名指上的金戒指，"你大老远来就是为了说作业？"

我点点头，问道："你是他妻子？"我仍然希望她是室友，是个误会。我尽量让自己的声音平和自然，但没有成功。

"是的，我叫尼古拉。"

她比刚才更加仔细地端详我，问道："丹尼尔，怎么回事？"

"没事，"丹尼尔瞪着蓝眼睛说，"她只是交错作业了。"

"她是哪个班的？"他妻子问。

"家庭社会学。"我立刻回答。这是我上个学期学过的课，我不是为了保护丹尼尔而撒谎，我是为了站在面前的这个女人才这样说的。她光着脚，没有化妆，看起来很疲惫。

我想她愿意相信我，或者已经信了。她应该关上门，然后做好爆米花，和丹尼尔躺在沙发上，搂着一起看《发展受阻》。丹尼尔可以把我像蚊子一样的离开解释成："这些孩子太看重分数，我还有多久才能退休呢？"

除非……

就在我回答"家庭社会学"的同时，丹尼尔同时回答："高级研讨班。"

他的妻子一时没有反应过来。

"对！"丹尼尔夸张地打了一个响指，画蛇添足地说，"这学期教五个班。真是让人抓狂！好吧，现在时候不早了，让这个可怜的姑娘先回家吧。咱们明天再解决。不要担心作业，这是常有的事。"

"丹尼尔！"

他妻子大喝一声,他闭上嘴。

她用手指着我:"离我丈夫远一点!"她的下嘴唇在抖。

"亲爱的!"丹尼尔恳求着。他没有看我,根本无视我的存在。两个心碎的女人站在他面前,他只在乎一个。

"我很抱歉,"我小声说,"我不知道。"

门砰的一声关上了,我听见她在里面吵闹。下楼的时候,我看见草地上停着一辆三轮童车,幸亏抓住栏杆我才没倒下去。来的时候,大树挡住了它,旁边有一根粉色的跳绳。

丹尼尔有孩子。

回到宿舍,我诅咒丹尼尔,哭泣,发泄。丹尼尔拿着一束便宜的康乃馨,给了我一个廉价的道歉,他说他爱自己的家庭,不能和我开始新的生活。我花了一个小时到达一家诊所,经历了永远也不能和任何人讲的撕心裂肺的痛苦。我以优异的成绩毕业,义无反顾地离开佛罗里达,搬到了纽约。抛开所有这些,每当我回想起十月那个温暖的夜晚,最记忆犹新的时刻是:

新会员从海边返回的时候,玛吉不见了。

玛吉和艾玛,除了都认识我,再没有任何共同之处。这两个年轻的女人彻底改变了我的生活。只不过,一个已经从我的生活中消失,而另一个闯入了我的生活。

我曾经像琢磨艾玛一样研究过玛吉。也许这就是她们两个都在我的脑子里模糊不清的原因。

我提醒自己：艾玛和玛吉不一样。

我的替代品妩媚自信，光芒四射。

我们第一次见面的时候，她从办公桌上抬起头，优雅自如地问候我："汤普森太太！终于见到你了，真是太高兴了！"

之前我们通过电话，但是她声音沙哑，我没有料到她这么年轻漂亮。

"哦，叫我瓦妮莎好了。"我感觉自己老了，虽然才三十多岁。

那是我们结婚第七年的十二月份，理查德办公室举行晚宴的日子。为了掩盖发胖的体形，我穿了一条黑色的 A 字裙，和艾玛的芙蓉红连体裤比起来简直像参加葬礼。

理查德从办公室走出来，亲吻我的脸颊。

"你上楼吗？"他问艾玛。

"如果我的老板同意的话！"

"你的老板命令你上楼。"理查德风趣地说。于是我们三个一起乘电梯到四十五层。

"我喜欢你的裙子，汤——哦，瓦妮莎。"她像拍牙膏广告似的朝我笑笑。

我低头看了一眼自己朴实无华的衣着，说："谢谢。"

多数女人都会提防艾玛的潜在威胁：那些办公室里有中餐和伏特加的深夜，出差，她每天出入自己丈夫视野开阔的大办公室。

但是我从来没有。即便是在理查德打电话说要加班，会住在城里的公寓的时候，我也没有怀疑过。

回到我们的第一次约会，回到我还是理查德的内莉的时候，我曾经对他公寓的整洁和刻板充满好奇。我们相识前，有一个女人和他住在一起。他只提过她还住在城里，习惯迟到。我们结婚后，她便不再是我的隐患，虽然随着时间的流逝，我对她的兴趣越来越大，但从来没有影响过我们的生活。

我也没在他的公寓里留下痕迹，依然保留着他单身时的样子：棕色的软羊皮沙发、复杂的照明系统、走廊上排列整齐的家庭照片，外加一张我们婚礼那天的照片，为了和其他的相框匹配，镶在一个简单的黑框里。

理查德和艾玛开展地下恋情的那几个月——带她回公寓，或者去她那里，我着实在享受他不在的时光。这意味着我不需要费事地换衣服；可以尽情地喝酒，不用考虑怎么销毁证据；不用编故事讲述自己白天做了什么，不用找新的借口避免和我的丈夫做爱。

他的风流韵事不过是缓解，一个假期。

如果一直是风流韵事就好了。

我几乎和夏洛特姨妈谈了一个上午，她终于同意让我陪着她去看医生，咨询帮助她的方式，但是她仍坚持为了在纽约现代艺术博物馆的讲座去见一个已经约好的朋友。

"我的生活还要继续。"夏洛特姨妈说。她不允许我请假陪她，就连替她叫车也不接受。

收拾完厨房之后，我打开笔记本，输入"黄斑病变"几个字，屏幕上出现搜索结果：这种情况是由视网膜中心部位退化导致的。网页上解释说，如果眼睛是一台照相机，那么黄斑就是最核心、最敏感的被称作胶卷的东西，采集精细图像，然后通过视觉神经传送给大脑。黄斑细胞退化以后，图像就会出现变形。

这看起来太专业、太生硬，好像和姨妈再也不能用蓝红黄棕的颜色画出手上的血管和皱纹、指关节的凸起和凹陷毫无关系。

我关上电脑，回卧室处理两件事：把理查德的支票装进钱包，这周去兑现。他说过让我用它去寻求帮助，我会的，只不过是为夏洛特姨妈。我要给她买药、电子书和对她有帮助的一切。

我拿出写给艾玛的信，再看最后一遍。

亲爱的艾玛：

　　如果有人对我说不要嫁给理查德，我也不会听的，所以我理解你对我的抗拒。我没有表达清楚，因为我不知道从何说起。

　　我应该告诉你酒窖里根本没有拉维利奥，告诉你酒会那天晚上到底发生了什么，尽管我确信理查德会消除你的疑问。如果你不肯和我聊，也不愿见我，那么请相信一件事：有时候，你已经识破了他的本来面目。

　　每个人的大脑里都有一些爬行动物的基因，提醒我们注意危险。你现在一定已经感受到了，但是你忽视了，和我一样。你给他找借口，我也这样。但是，当你一个人的时候，请听一听吧，听听你内心的声音。我们结婚前，我忽视了一些征兆，打消了自己的犹豫。不要犯和我一样的错误。

　　我没能拯救自己，但是你还有机会。

我把信折好，去找信封。

25

即便在我们结婚前，有些蛛丝马迹已经浮出水面。其中有一条千真万确，萨曼莎看到了，所有参加婚礼的人都看到了。

金发碧眼的新娘和英俊的新郎，被定格在最美丽的一瞬间。

"天啊，就像你们两个。"萨曼莎看到蛋糕顶层的装饰时说。

理查德把它从公寓储藏室里拿出来时告诉我，这是他的父母。那时，我没有理由怀疑。

但是我们结婚一年半以后，有一天晚上我进城去见萨曼莎，发生了两件事。我意识到自己和最好的朋友有多么疏远，我开始找理由怀疑我的丈夫。

我迫不及待地想要见到萨曼莎，自从我们匆匆吃过一顿午饭之后，我一直盼望着。我们约在周五的晚上见。理查德出差去香港三天，虽然他邀请我同行，但是我们都觉得没意义。他说："你还没来得及倒时差，我们就该回来了。"倒时差对他来说就像其他事情一样轻而易举。但是长途飞行的镇静药和促排卵的药会让我昏昏沉沉，没有机会享受短暂的亚洲之旅。

我兴奋地在比卡餐厅订位，准备请客。我计划坐火车进城，晚上住在理查德的公寓，那里还有我的一些洗漱用品和几件衣服。虽然过了这么久，但我一直认为那是他的地盘。

我们约好了在老公寓见面。她在门口迎接我，我们拥抱问候。她松手的时候，我还在紧紧地搂着她，感受她的温暖。我不知道自己竟然这么想她。

她穿着紧身无袖的皮裙和高筒靴，头发颜色的种类比上次见面时又多了，胳膊的线条比以前更紧实。

"塔拉在吗？"我跟着她走过小门廊和厨房，进入卧室。旁边，我以前的卧室门关着——现在是塔拉的房间。

"在，"萨曼莎说，我扑通一下坐在床上，"她刚从健身房回来，正在洗澡。"

我听见水在老管道里流淌的声音，以前在毫无准备的情况下，我会被这声音吓一跳。萨曼莎的床头还挂着白色的小灯，衣服照旧扔了一地。一切都和原来一模一样，但是又不一样了。房间似乎比以前更小更旧了。我十几岁回小学参观的时候也有过这种既熟悉又陌生的感觉。

"和普拉提教练同住沾了不少光吧。你看起来酷极了。"

"谢谢。"她从梳妆台上拿起粗表链式的手镯放在手腕上比画，"别戴错了方向，你看……怎么戴好看？真麻烦。"

我抓起枕头，朝她扔过去："戴这个还有方向？"虽然我说得轻松，但却感觉到内心刺痛。

"哎呀，闭嘴。你还是那么漂亮，但是看看你戴的什么鬼东西？我喜欢这条项链，可你这样子像是要出席家长会。"

我低头看看自己的黑色修身长裤、敞开的灰色蕾丝上衣和特意搭配的幸运珠。

她凑过来仔细地看我的上衣，"我的天……"她开始咯咯地笑，"这件衣服……"

"怎么了？"

萨曼莎笑得更厉害了。"波特太太穿了一件一模一样的衣服参加假期鸡尾酒会！"她忍住笑说。

"约拿的妈妈？"我眼前出现了那个神经质的女人，她涂着和玫瑰红连衣裙一个颜色的口红走进我的教室。"不可能！"

"我发誓，"萨曼莎擦着眼睛说，"约拿的妹妹在我的班里，我之所以记得，是因为有个孩子把白糖抹到了她身上，我不得不帮她清理干净。行了，我们又不是去豪华饭店喝茶。"她翻腾着搭在椅子背上的衣服，"这是我新买的打底裤，换上它，你穿肯定好看。"她把裤子拽出来，连同一件黑色的低胸圆领上衣一起扔给我。

萨曼莎无数次地看着我穿衣服、脱衣服，我从来没有羞涩过，但是那天晚上，我有点难为情。我知道我穿不上她的裤子了，无论多么有弹性也不行了。

"还好吧。"为了显得瘦小一些，我环抱着小腿蜷坐在床上，"我可不想招惹什么人。"

萨曼莎耸耸肩，说："好吧，喝一杯再走怎么样？"

"当然。"我跳下床，跟她走进厨房。我搬进来时和她一起刷成乳白色的橱柜已经褪色，把手上有几处掉了漆。灶台上摆着各种花草茶盒：甘菊、薰衣草、薄荷和荨麻叶。萨曼莎离不开的蜂蜜罐还在老地方，但是装了一个喷嘴。

"你干净多了。"我拿起蜂蜜。

萨曼莎拉开冰箱门，我看见里面有鹰嘴豆泥、有机小胡萝卜和芹菜，一份中餐都没有。以前，即使吃剩该扔的中餐也会被她留在冰箱里。

她从柜子里拿出两个玻璃杯，倒满酒递给我。

"我本来想带些酒过来的，"我说，"结果放在走廊忘拿了。"

"酒我有的是，"我们碰杯，然后各自喝了一口，萨曼沙继续说，"只不过不如你和王子的好，哈哈。"

我眨眨眼："谁是王子？"

她愣了一下。"你知道的，理查德啊。"她又迟疑了一下，"你殷勤的王子。"

"你这样说好像不是什么好事。"

"当然是好事。他很好，不是吗？"

我低头盯着酒杯里的酒。这酒有点酸，不知道开瓶后在冰箱里放多久了，更像苹果汁。我现在已经习惯喝金色的液体了。我身上这件刚被萨曼莎取笑过的上衣，比在这里住时支付的月租还贵。

"没有健怡可乐了，"我指着门前的空地说，"你改喝荨麻茶了？"

"我还没让她喝过。"一个轻快温和的声音传来，我转身看见塔拉。萨曼莎手机里的照片没有显露出她健康的朝气——明眸皓齿，皮肤细腻光滑，腿上的线条流畅有型。她素面朝天，因为根本不需要化妆。

"你给我念过健怡可乐的配方，还记得吗？"

塔拉笑着说："当我念到苯甲酸钾的时候，你用手捂住了耳朵。"

萨曼莎接着说："我前一天喝多了，还在犯晕，听到这个差点吐出来。"

我微笑着说："你以前可是喝起来没够。还记得我们总是储备丰富吗？"

"我现在强迫她喝水，"塔拉把湿头发盘在头顶，"欧芹水去火。"

"哦，所以你的胳膊这么漂亮。"我对萨曼莎说。

"你也该试试。"萨曼莎说道。

因为我胖了吗？我一口气把酒喝光："好了吗？我们预约了座位……"

萨曼莎把杯子洗干净，放在沥水架上，我在的时候没有这个东西。"咱们走吧。"她又对塔拉说，"如果你想和我们一起喝点，给我发信息。"

"对，欢迎。"我说。但是我不希望她加入，不想听她聊欧芹水，不想听她取笑萨曼莎。

打车到餐厅，我报上自己的名字，踩着厚厚的地毯走进去，里面几乎座无虚席。之所以选这里是因为它曾经得到《时代周刊》的好评。

"你真好，"服务员帮萨曼莎就座的时候，她说，"你没换紧身裤是对的。"

我笑起来。但是环顾四周，发现这样的餐厅——单是厚皮夹子里的酒水单就有十页，叠好的餐巾精致地摆在盘子里，这应该是理查德带我来的地方，并不适合萨曼莎。我突然后悔了，真应该像从前那样，坐在她的床上，吃春卷和辣子鸡丁。

"随便点，"我翻开菜单，对萨曼莎说，"别忘了，我请客。我们来一瓶勃艮第怎么样？"

"好啊，没问题。"

我鉴定过酒品之后，点了羊乳酪、西红柿挞、西洋菜和西柚沙拉作为前菜，三分熟的菲力牛排和酱汁作为主菜，替萨曼莎要了三文鱼。

有一个服务员挎着篮子走过来，里面精心摆放着四种面包。他介绍完，我的肚子开始咕噜噜地叫，新鲜出炉的面包散发的香气就是我的克星。

"我不要。"我说。

"我要双份，迷迭香佛卡夏和多谷物两种。"

"塔拉吃面包吗？"

她蘸了一下橄榄油说："当然，为什么这么问？"

我耸耸肩："她似乎特别养生。"

"是，但是不狂热。她以前喝酒、抽烟，最近一次是我们在中央公园玩旋转木马的时候。"

"等等，你上瘾了？"

"差不多，一周一次。没什么大不了的。"她把面包送进嘴里，轮廓分明的二头肌再一次引起我的注意。

过了一会儿，服务员端来沙拉和蛋挞。我们各自吃了一些。

"你还和那个家伙约会吗？他是美术设计？"我问。

"没有。明天晚上去相亲，是塔拉客户的弟弟。"

"哟，"我吃了一口沙拉，"说说他。"

"他叫汤姆。电话里听起来特别牛，他有自己的公司……"

我努力装出和她一样兴致勃勃的样子，但是我知道下一次我们聊天的时候，汤姆也会变成她模糊的记忆。

她又用勺子舀走一块蛋挞："你吃得不多。"

"还不饿。"

她直勾勾地看着我："那我们为什么来这儿？"

她的直率总是让我又爱又恨。"因为我想请你吃点好的。"我轻松地说。

萨曼莎的勺子当的一声掉在盘子里："用不着你施舍，我可以自己付账。"

"你知道我不是这个意思。"我哈哈笑着说，这是我们第一次出现矛盾。

服务员走过来，帮我们倒酒。我感激地喝了一大口，这时手机响了，我看见理查德的短信："你在忙什么呢，亲爱的？"

"和萨曼莎吃晚饭，"我回短信，"我们在比卡餐厅。你在做什么？"

"在和客户去高尔夫球场的路上。你坐车回家，是不是？记得睡觉前设好警报器。"

"我会的，爱你！"不知道为什么，我没告诉他我准备睡在城里。我猜他可能怕我像以前那样喝到深更半夜吧。

"抱歉，"我把手机扣在桌子上，"是理查德……他想确认我能安全回家。"

"去公寓？"

我摇摇头："我没告诉他去哪儿睡……他在香港，所以——这不算什么大事。"

萨曼莎欲言又止。

"好了！"我听出了自己伪装的快乐。好在服务员来收拾餐盘，准备上主菜。

"理查德怎么样？给我讲讲你们的事情。"

"嗯……他还是经常出差，你知道的。"

"你还在喝酒，所以你还没有怀孕。"

"是。"我感觉眼泪要流下来，赶紧喝酒掩饰。

"你还好吧？"

"当然，"我挤出一个笑脸，"比我们预期的时间长了些。"我的心突然被那个失去的孩子扯痛。

我巡视四周——情侣们隔着桌子凑在一起，兴高采烈地谈天说地。我也想和萨曼莎像以前那样聊天，但是不知道怎么开始。我可以讲讲帮我装饰餐椅的室内设计师；也可以说说理查德准备在后院安装的按摩浴缸。我可以告诉她我生活中惹人羡慕的任何细节，但是这些表面之谈都不是萨曼莎感兴趣的。

我们争吵过，为了一些愚蠢的事情。比如，我把她喜欢的环状大耳环丢了，她忘了寄出我们的房租。但是今晚，我们没有争吵，却比吵起来更糟。我们之间的裂痕不仅仅是时间和空间造成的。

"说说你班里的孩子吧。"我切下一块牛肉，看着肉汁在盘子里蔓延。理查德总是要三分熟的牛排，其实我喜欢更熟一些的粉色，而不是现在的血红色。

"大部分孩子都不错。我最喜欢詹姆士·邦德——一个小大人。当然，还有难缠的瞌睡虫和爱生气。"

"应该还有更可怕的邪恶的表姐妹。"

我想起萨曼莎给理查德起的外号。王子——殷勤英俊的男人骑马而来，扭转时局，给女主角带来奢侈的新生活。

"你是这样看理查德的？他是我的救星？"

"什么？"

"之前你叫他王子。"我放下叉子，一下子没了食欲，"我一直想知道你给他起的外号。"我的心思被身上昂贵的上衣、手里奢侈的红酒和挂在椅背上的普拉达包占据着。

萨曼莎耸耸肩说："别太在意。"她垂下眼帘，盯着摇出来的胡椒落在三文鱼上。

"你为什么一直不愿意去我家？"我搞不明白她为什么这时候不能直来直去地讲话了。她只去过一次，那一次理查德拥抱了她，还做了烤汉堡，甚至记得她的面包不能加芝麻。"承认吧，你从来都不喜欢他。"

"不是不喜欢。我只是不了解他。"

"你想过要了解他吗？他是我丈夫，萨曼莎。你是我最好的朋友。这对我很重要。"

"好吧。"她说。我知道她咽回去了一些话。她从来没有像我期待的那样和理查德交流过。我安慰自己说也许是因为他们不是一类人。虽然我总是逼她，但其实我根本不想听她可能讲出来的事实。

萨曼莎避开我的眼神，低头吃鱼。也许她不仅不想了解理查德，连我，作为理查德的妻子，她都想要回避。

"算了，商量一下一会儿去哪儿吧，"萨曼莎说，"跳舞？我给塔拉发信息，告诉她我们快吃完了。"

我最终没和她们一起去。结完账，我感觉筋疲力尽。其实，整个下午我除了叠衣服、等水暖工来修水管以外，什么都没做。而萨曼莎不但上了一整天的班，而且参加了健身课。另外，我的衣服也不适合跳舞。正如萨曼莎所言，我看起来像要参加家长会。

萨曼莎在俱乐部门口下车，塔拉已经等在那里，我留在车上去理查德的公寓。十点。"我们散得很早，准备睡了。"这是我给理查德发的信息。我没有撒谎。

门口值班的是个新人，我做了自我介绍，然后乘电梯上楼。轻手轻脚地走过好管闲事的基恩太太家，用很久以前理查德给我的钥匙打开房门，穿过挂满家庭照片的走廊。

我从来没有向萨曼莎提过理查德的成长经历、他做家庭主妇的母亲和帮邻居管账的父亲，虽然我觉得他的身世可以公开，而且他也表示过不介意公开。如果萨曼莎不是像给孩子起外号那样想当然，而是真正地去了解他，也许就不会把他当成异类了。

萨曼莎不喜欢我和理查德在一起的样子——现在我终于明白了。我也知道理查德不喜欢我和萨曼莎在一起时的行为举止。

我走进黑暗的客厅，身后厨房的灯光把窗玻璃变成一面镜子，映照出中央公园。我看见自己的身影像缥缈的云雾一样虚幻，仿佛雪花玻璃球里的玩偶。

在黑灰色的世界里，我贪婪地寻找色彩，感觉自己快要融化了。

我后悔没有和理查德一起走，后悔没把握好和萨曼莎的晚餐。我渴望握住一个实实在在的东西，一个比这个一尘不染的公寓里崭新的家具更可靠的东西。

我走进厨房，打开冰箱，里面只有几瓶毕雷矿泉水和一瓶凯哥香槟。我知道壁橱里有意大利面、浓缩咖啡和几罐金枪鱼。客厅的茶几上摆着最新的《纽约杂志》和《经济学人》。理查德的书房里有很多书，大部分是人物传记，也有几本斯坦贝克、福克纳和海明威的著作。

我退出来，准备去卧室睡觉。在走廊里又一次看到那些家庭照。

我停下脚步。

少了一张。

理查德的父母举行婚礼那天的照片不见了，墙上留下一个小钉子孔。

它不在韦斯切斯特的房子里。照片太大，不可能放进抽屉里，所以我检查了公寓里所有的墙，甚至浴室也看过了，可是哪里都没有。

难道理查德把它放在储物间了？那里保存着理查德小时候的所有照片。

疲惫感一扫而光，我从包里找到钥匙，坐电梯下楼。

为业主准备的储物间在地下室，我和理查德去过一次。婚礼前，我有几个箱子寄存在那里。左手第五间，门上有笨重的挂锁。他当时对好密码，打开门。放好我的东西之后，他打开了靠墙摆放的蓝色大塑料箱中的一个，拿出一个印着"柯达"字样的褪色的黄信封，从里面抽出十几张 4×6 寸的照片。照片都是同一天照的，是理查德打棒球的情景。摄影师似乎在抓拍他挥杆接球的瞬间，但是没有一张找对时机。

"那时候你几岁？"我问。

"十岁或者十一岁吧，莫林拍的。"

"我可以要一张吗？"我喜欢他的小鼻子向上耸起，一脸专注的样子。

他大笑："太傻了，我给你找张精神一点的。"

但是他没有，至少那天没有。我们急着跟乔治和希拉里一起吃早午饭。他把照片放在一摞完全一样的黄色信封的最上面，锁上门，我们坐电梯回到大厅。

也许他把父母的照片放在箱子里了。走出电梯的时候我对自己说这只是出于好奇而已。

现在，我后知后觉地想，是不是潜意识在指使我更多地了解我的丈夫，驱使我在他离家千里之外，不知道我在哪里的时候，趁夜色行动呢？

即使在白天，隐藏在精致的结构之下的地下室也是阴暗的。头顶的灯泡很亮，环境整洁，但是墙壁是浑浊的灰色，储物单元用细密的铁丝网分隔开，看起来像是监狱，扣押着房客不常用的物品。

理查德设置的密码是莫林的生日。我们住酒店的时候，他也用这个密码，所以我记得一清二楚。我握着金属锁调对密码。冰冷，沉重。锁开了。

我走进去。另一边堆满杂物——家具、滑雪板、塑料圣诞树等，但是理查德这边一如既往的整齐。除了我们第二次约会用过的绿色雪橇之外，只有六个一模一样的蓝色大箱子，两两一组靠墙摆放。

我跪在粗糙的水泥地上，打开第一个箱子。学校年鉴，名字脱落的金漆棒球奖杯，一个装成绩单的夹子——他是一个安静的学生，书写不太好，这是二年级老师的评语，一叠生日贺卡，所有的签名都是莫林。我翻开一张封面是史努比举着气球的卡片：送给我的弟弟，你是巨星！今年是你最棒的一年。爱你。我想知道他父母的卡片在哪里，于是开始细致地搜寻。我轻拿轻放，尽量保持原样，并且把准备拿到楼上慢慢欣赏的照片放在一边，计划第二天早上再放回原处。

第三个箱子里是一些旧的税务文件和担保合同，还有他以前公寓的房契、汽车登记证等文件。我把它们统统放回去，伸手掀起旁边的箱子盖。

远处传来隆隆的响声，好像巨大的齿轮咬合的声音。

有人按了电梯。

我一动不动地等着拐角处的大门被打开的声音。没有人来。

我意识到也许只是某人从大厅去自己的房间。

第四个箱子的盖子下面是一个被厚厚的报纸包着的大平板。打开报纸，我看见理查德父母的脸。

为什么放在这儿？

我端详着照片，他的父亲身材修长，嘴唇丰满，母亲眼神明亮，黑色鬈发齐肩。结婚日期用花体字写在底部。理查德继承了他妈妈的眼睛。

看着他爸爸搂住他妈妈的腰，我猜他们是幸福的。不过，照片明显是摆拍，没什么情趣。没有实质内容，我只好凭空想象。

理查德没有介绍过更多他父母的情况。每次我问他，他都说回忆太痛苦。莫林在理查德面前似乎也保持缄默，除了聊他们俩的过去，其他的只字不提。也许他们每年单独出去滑雪，或者理查德出差去波士顿和她共进晚餐的时候，他们会更多地谈论童年的事。莫林拜访我们的时候，话题总是围绕着他们的工作、跑步的范围、旅行计划和世界大事。

谈论爸爸是我维护和爸爸的联系的一种方式，虽然我已经和他说过再见，并且在他最后的时刻说出了我爱他。我理解理查德和莫林尘封记忆的原因，他们的父母死于突如其来的车祸。

我和丈夫分享自己最黑暗、最痛苦的过去的时候，也会编排细节，小心地措辞，省略掉那些也许他难以接受的内容。即使他发现了我在大学怀过孕，也不知道巴顿教授已婚的事实。我不想让他觉得我愚蠢，我已经为此受到了惩罚。而且，我也没有坦白终止怀孕的方法。

跪在储藏室里，我开始考虑这是否是个错误。我意识到没有人能够保证婚姻像童话一样，翻到最后一页总是幸福的结局，合上书，誓言依然在天地间回响。但是，这种最亲密无间的关系，难道无法保证在自己的秘密和缺点都暴露之后仍能得到爱吗？

左边急促细微的响动把我从遐想中拉回来。

我在昏暗的灯光下东张西望。旁边一间堆满家具，挡住了视线。

我安慰自己，这是战前的老房子，噪声是管道发出的。但还是移到正对门口的地方，这样只要有人靠近，我就可以及时发现。

我迅速用报纸裹好结婚照。我已经如愿以偿，该走了。但是，我克制不住地想看看已脱离他的生活轨迹、被藏起来的东西。我想继续一层一层地挖开他的过去。

我再一次打开箱子。一块小木板上面刻着一颗心和"妈妈"的字样，背后是理查德的名字。一定是他做的，很可能是在木工课上。还有一条用钩针织的黄色毯子和一双古铜色的儿童鞋。

靠近箱子底的地方有一本小相册。翻看照片，我谁都不认识，但是在一群女孩中认出了他妈妈的微笑，她拉着一个穿七分裤和露背装的妇女的手。也许这是他妈妈的相册。旁边是一个白盒子，装着我们结婚蛋糕顶层的饰物。

我把涂着粉彩的瓷器拿在手里，感觉又光滑又精美。

你有没有想过他好得不真实？我给萨曼莎看的时候，她这样问过我。我真希望她从来没问过。

我低下头看英俊的新郎和长着淡蓝色眼睛、完美无瑕的新娘。颠来倒去，爱不释手。我开始走神。

然后，它们从我的指缝间滑落。

我手忙脚乱，不顾一切地阻止它们落在水泥地上摔得粉身碎骨。

我用手贴着地面接住了它们。

我闭上眼睛，长出一口气。

下来多久了？几分钟，还是快一个小时了？我完全失去了时间概念。

也许理查德给我回信息了，如果我不回复，他一定会担心。

想到这里，我又隐约听到那个声音，还是在左边。是管道吗？或许是脚步声。

我突然想，自己就这样被关在这个金属笼子里了。手机在楼上的包里。没有人知道我在哪里。

如果尖叫，大厅里的门卫能够听到吗？

我的脉搏加快。我屏住呼吸，期待着从拐角处露出一张脸来。

没有人来。

是幻觉。

把它们放回盒子里的时候，我的手抖个不停。它们躺平之后，我发现底部有一组小数字，借着昏暗的灯光，我凑近了看到是"1985"。制作日期。

不，不对。

我把它们拿在眼前，更加仔细地看，没错。

但是，1985 年的时候，他的父母应该已经结婚很多年了，理查德已经十几岁了。

他们的婚礼比这对瓷人早十多年，这不是他们。

也许他妈妈在古董店看到它们，觉得漂亮就买回来了。坐电梯回公寓的时候我心里想，或者是我误解了理查德的话。

我刚把钥匙插进锁眼，就听到电话铃声。我冲进去抓起包，但还是没来得及接听。

接着座机开始响。

我跑进厨房，抄起电话。

"内莉？谢天谢地。我一直在找你。"

理查德的音调比平时高，透出紧张。我知道他在世界的另一头，但是感觉他就在隔壁，近在咫尺。

他怎么知道我在这里？

"对不起，"我脱口而出，"一切顺利吗？"

"我以为你在家。"

"哦，我是准备回家，但是太累了，我觉得回公寓更方便。"

电话里一阵缄默。

"为什么不早告诉我？"

没有答案。至少没有可以告诉他的答案。

"我本来准备……"我说不下去了，不知道为什么眼睛里全是眼泪，我眨着眼睛赶走它们，"我只是想明天告诉你，不想让你在见客户的时候收到那么长的信息。我不想打扰你。"

"打扰我？"他似笑非笑地说，"让我胡思乱想你遇到了麻烦是更大的打扰。"

"真的对不起。当然，你是对的，我应该早点告诉你。"

他没有答话。

停顿了一会儿，他说："为什么不接电话？你是一个人吗？"

我惹怒他了。他一字一顿的强调表明了一切，我甚至看见他眯起眼睛。

"我在洗澡，"谎言脱口而出，"我当然是一个人。萨曼莎和室友去跳舞了，我不想去，所以回了这里。"

他慢慢地吐了一口气："听着，你没事，我很高兴。我要回球场了。"

"我想你。"

"我也想你，内莉。我会比你预料的早到家。"他温柔地说。

我担心去地下室的谎言被揭穿，有些坐卧不安。换上睡衣，我又一次检查了大门的安全锁。在理查德的浴室，我用了他的牙膏和多余的新毛巾。柠檬的气息熏得我头晕，原来是他洗完澡穿的绒布浴袍就挂在旁边，肥皂的香味滞留在里面。

我关上灯，然后又犹豫不决地重新打开开关，为了不让灯光晃眼，我半掩着门。盖上舒适的被子，我想象此时此刻理查德在做什么：也许正在草地上和重要的商业伙伴社交；也许球场里有装着冰镇啤酒和矿泉水的冰箱，翻译站在旁边。我眼前出现理查德全神贯注打球的样子，五官聚拢，表情和小时候打棒球时一模一样。

为了更好地理解理查德，我搜查了箱子。我渴望找到更多关于我丈夫的信息。

当我躺在他的大床上，裹在熨得笔挺的床单被罩里的时候，我意识到他对我的了解足以让他准确地判断出不在家的我去了哪里。

他对我的了解大于我对他的了解。

26

　　写给艾玛的信在手上沉甸甸的，和信纸的分量极不相称。我把它重新叠好，到夏洛特姨妈的房间里找信封。她习惯坐在有活动盖板的桌子前面写写画画，或者付账单。我在那里找到信封，却没有发现邮票，看来只能亲自送了，不能指望邮局。

　　她的桌子上有一摞纸，最上面是一张狗的照片：德国牧羊犬，黑棕色的毛看起来柔软顺滑。

　　我有些喘不上气，情不自禁地抚摸起照片。

　　是"公爵"吗？当然，不是它。这是一张导盲犬的宣传单。

　　但是，它和装在我钱包里的照片几乎一模一样。

　　要把信送到艾玛手里。要想办法帮助夏洛特姨妈。这些事都要付诸行动。可是那些画面像海浪一样汹涌地扑过来，我被拍到床上不能动弹，再一次掉进回忆的旋涡。

理查德从香港回来之后，我又开始失眠。

凌晨两点，他到客厅来找我。我的腿上摊着一本书，我说："睡不着。"

"我不喜欢一个人在床上。"他伸出手，牵我回卧室。

他的怀抱和温暖平稳的呼吸声已经不能帮我入睡。我开始在失眠的时候偷偷溜下床，踮着脚尖走进客房，然后再在黎明前蹑手蹑脚地回到床上。

理查德一定发现了。

那是周日的上午，天气寒冷刺骨。理查德在书房看《时代周刊》一周精选，我在找做乳酪蛋糕的新配方。我们请了妈妈和莫林下周末过来吃晚饭，庆祝理查德的生日。妈妈厌恶寒冷，从来没在冬天来过北方，只是每年春天和秋天过来看望我和夏洛特姨妈。她来的那些日子，大部分时间都在参观艺术展，或者在街头漫步，沉浸在属于她的氛围之中。我们在一起的时间如此短暂，但是我并不在意。和妈妈在一起需要足够的耐心和旺盛的精力。

我不知道她为什么要改变这种模式。

我猜是因为最近的那次通话。当时，我还住在大房子里，那天是个糟糕的日子——孤独的日子，街道上满是积雪和碎冰，我没有在冬天开车的经验，所以不敢开着理查德给我买的奔驰出去。她中午打来电话问我在干什么，我毫无防范，诚实地回答："在床上。"

"你生病了？"

我意识到自己太口无遮拦。"昨晚没睡好。"我以为这样说可以安抚她。

结果招来了更多的问题："你经常睡不好吗？有什么烦心事吗？"

"没有，没有，我很好。"

一阵沉默。然后，她说："你猜怎么着？我正琢磨着过去看看你。"

我尝试过劝她放弃这个计划，但是她态度坚决，所以我只能建议她在理查德生日的时候过来。莫林每年这个时候都会来，我希望她能够分散妈妈的注意力。

周日早上门铃响的时候，我第一反应是妈妈来了，她想提前几天到，给我们一个惊喜，不过也可能是她记错了日子，总之，都不会让我吃惊。

但是，理查德放下报纸，站起来说："也许是你的礼物到了。"

"我的礼物？是你的生日快到了。"

我随后走到门口。他挡在我的前面，弯下腰，招呼道："嘿，小伙子，你来了。"

一只魁梧的德国牧羊犬。理查德牵着它进屋的时候，我看见它肩膀起伏的肌肉，送狗的人跟了进来。

"内莉，来见见公爵。这家伙是你最好的保镖。"

狗打了一个哈欠，露出锋利的牙齿。

"这是卡尔，"理查德笑着说，"抱歉，公爵的训导员之一。"

"没关系，我已经习惯公爵是主角了。"卡尔肯定注意到了我的紧张，"它看起来凶巴巴的，但是你要记住，任何人看它都是这副样子。公爵知道它的工作是保护你。"

我点点头。它可能和我一样重，如果站起来，应该和我一样高。

"它在谢尔曼犬校学习了一年，懂得很多指令。你看，我现在要求它坐下。"卡尔刚说完，它的屁股就坐到了地上。"起来。"卡尔命令着，它马上站起来。

"试试，亲爱的。"理查德鼓励我。

"坐下。"我的声音听起来有些沙哑，狗不会服从的，但是它用棕色的眼睛盯着我，然后一屁股坐下。

我避开它的眼神，理智地接受了它是一只听从指令的狗的说法。但是，它也应该接受过在害怕的时候发起进攻的训练吧？狗能够感受到危险。我下意识地退到墙边。

我不怕小狗，纽约城里随处可见。毛茸茸的小东西要么蜷缩在书包里，要么拴着色彩艳丽的绳子在街头蹦蹦跳跳。有时候，我会特意停下来抚摸它们，而且我也不介意和理查德公寓里牵着狗的基恩太太同时乘坐电梯，她的发型和比熊的卷毛如出一辙。

但是，这种大狗在城里很少见。公寓房不能满足它们的活动空间。我已经很多年没有见过了。

小时候，佛罗里达的邻居家养了两只罗特韦尔犬。每次骑车经过它们的院子时，它们仿佛都会冲出围栏扑过来。爸爸说它们是兴奋过了头，狗都是很友善的。但是它们低沉洪亮的叫声和金属围栏咔嗒咔嗒的响声总是让我惶恐不安。

公爵不同寻常的安静更让人敬畏。

"你不想摸摸它吗？"卡尔问，"它喜欢让人挠耳朵后面。"

"当然。到这儿来，公爵。"我伸出手，蜻蜓点水似的摸了它一下。

理查德舒心地笑着："还记得安保员怎么说吗？对于闯入者而言，狗是第一威慑，比你装的任何预警系统都管用。有它在，你可以安心睡觉了。"

公爵一直坐在地上，盯着我。它在等我命令它站起来吗？我只在小时候养过一只猫。

卡尔从外面回来，抱着一袋狗粮、一张床和几个碗："你们想把它安置在哪里？"

"厨房最合适，"理查德说，"从这儿过去。"

卡尔发出一个简短的命令，公爵跟着他走了。厚实的爪子落在实木地板上几乎没有声响。几分钟之后，卡尔留下名片和写有指令的纸条离开我家。他强调，只有理查德和我用命令的语气说出公爵熟悉的词语，如过来、安静、进攻时，它才会做出反应。

"它是个聪明的孩子，"卡尔最后摸了摸公爵的头，"你们选对了。"

　　我强作欢颜，想起明天早上理查德上班以后，剩下我和一只应该让我感觉安全的狗在一起就忧心忡忡。

　　开始的两天，除非进厨房拿香蕉或者给公爵放狗粮，我尽量躲在大房子的另一边。卡尔嘱咐我们每天带它出去三次，但是我可不想笨手笨脚地往它的脖子上系绳索，所以只是在理查德回家之前打开后门，对它说"走"——它熟悉的指令，然后跟在它后面收拾。

　　第三天，我在书房看书的时候发现它安静地站在走廊里注视着我。我竟然没有感觉到它的靠近。我一直害怕和它对视——狗会不会把这个当成挑衅呢？所以我继续看书，希望它走开。理查德每天睡觉之前带它出去转一小圈；它有足够的食物、清水和舒适的床；它生活优越，应有尽有，我没必要觉得亏欠它什么。

　　它沉稳地走过来，懒散地趴在我脚边。它抬头看我的样子和粗重的喘息声就像人一样。

　　我偷偷地从小说的上沿窥视它，发现在它深棕色的眼睛上方有几道沟纹，一副郁郁寡欢的模样。我想它是否已习惯了和其他的狗共处，被欢乐和喧闹围绕呢？我们的大房子对它来说太陌生了。我谨慎地按照训导员的教导拍了拍它的耳后，它毛茸茸的尾巴先是重重地抽在地上，接着便不动了，好像它也不想搞出这么大的动静。

"你喜欢，是不是？没关系，想怎么甩就怎么甩。"

我坐到它的旁边，继续抚摸它的头，手指穿过它温暖厚实的皮毛。它享受着，我也得到了慰藉。

过了一会儿，我站起来，去厨房拿起狗链。

公爵跟着我。

"我要给你系上它。乖乖地坐下，好吗？"

我第一次把它的安静理解为温顺，但还是以最快的速度在它的脖子下面系好银扣，迅速抽手，远离它的牙齿。

刚一走出屋门，冬天犀利的空气就刺痛了我的鼻尖和耳朵，不过没有冷到让我转身回去的程度。那天，我们俩走了差不多五公里，走遍了小区的边边角角，那些我从来没有去过的地方。它一直走在我的旁边，跟随我的节奏，只有当我停下来的时候，它才闻闻草地或者方便一下。

回到家里，解狗链的时候我已经不那么胆战心惊了。我给它倒满水，给自己冲了杯茶，贪婪地一饮而尽。走路让我的双腿感到充实，我意识到自己和公爵一样需要走路。我想回书房，但是走到门口的时候停下来，看着公爵说："过来。"

它从容地走过来，坐到我旁边。

"你真是个特别乖的好孩子。"

理查德生日当天，我从机场接回妈妈。在等莫林来的几个小时里，妈妈占领了整个房子——手包扔在厨房，披肩搭在餐椅的靠背上，书摊放在理查德最喜欢的搁脚凳上，暖气开到第五档。虽然理查德一个字也没说，但是我能看出来他的烦躁。

吃晚餐时，妈妈不停地把牛排拿到桌下喂公爵——她已经放弃做素食主义者了，但好在相安无事。

"这是一只超级敏锐的狗。"她郑重其事地说。

莫林把椅子挪到离公爵和妈妈稍远一些的位置，向理查德咨询相中的股票。她解释说，自己不喜欢狗，但是她象征性地拍了一下公爵。

吃过我做的乳酪蛋糕之后，所有人都到客厅去看礼物。理查德先打开我的礼物。我给他买了一件有流浪者队全体球员签名的曲棍球衫，还给公爵配了相同的颈圈。

妈妈送给理查德一本迪帕克·乔普拉的新书："我知道你工作很辛苦，也许你可以在路上看看这本书。"

他礼貌地打开书，翻开了几页："这正是我需要的。"妈妈去找遗忘在包里的贺卡时，他冲我眨眨眼。

"我会给你写个内容简介，以防她以后问起你。"我开玩笑地说。

莫林送给他两张第二天晚上尼克斯队比赛的前排座票。"咱们进入运动专题了。"她笑着说。她和理查德都是篮球迷。

"你应该带莫林一起去。"我说。

"我也是这么想的，"莫林轻松地回答，"我记得有一次，理查德给你讲什么是干扰球，我看见你心不在焉的样子。"

"太丢脸了。"

妈妈的眼神在莫林和理查德之间飞快转动，最后看着我说："哦，幸亏我来了。否则你得独守空房了。瓦妮莎，不如明天我们进城和夏洛特姨妈一起吃饭吧。"

"好啊。"我看出妈妈对莫林没有买三张票感到不满。也许她觉得我被忽视了，但事实是我很高兴他姐姐愿意陪他，他没有其他的亲人了。

妈妈又多住了两天，虽然我做好了迎接她一贯的信口开河的准备，但她一次也没有。她陪着我遛公爵，而且建议给公爵洗一次澡。公爵的棕色眼睛里全是哀怨，但它还是像往常一样顺从，只不过从浴缸里出来时报复性地甩了我和妈妈一身水。我们哈哈大笑，这是我印象最深的事情，我想也是她此行记忆最深的时刻。

在机场告别的时候，她拥抱我的时间比以往任何一次都长。

"我爱你，瓦妮莎。我希望经常见到你。也许你应该一两个月就回一次佛罗里达。"

我之前一直在害怕她来，但现在却意外地发现自己很享受她的拥抱："我尽力。"

我努力了，但是一切都变了。

我很快适应了公爵在大房子里坚实的身影；习惯了早上和它一起愉快地散步；做饭的时候和它聊天；它枕着我的腿的时候给它梳毛，真不知道以前我为什么会怕它。我洗澡的时候，它像个哨兵似的守在浴室门口。无论我什么时候进家门，它一定支棱着三角形的耳朵站在门边，好像看见我才安心。

　　我真心地感激理查德。他知道公爵带来的不仅是安全感。在我们拼命想要个孩子，却一直未能如愿的时候，公爵就是我的伴儿。

　　"我爱死公爵了。"几周后的一个晚上，我对理查德说，"你是对的。它的确让我感觉安全。"我给他讲了我们散步时的故事：一个邮递员从邻居家的树篱里钻出来，公爵一下子蹿过来，挡在我们两个人之间，我听见它的嗓子里发出低沉的隆隆声，邮递员绕得远远地离开我们，然后我们继续散步。"这是我唯一一次看见它这个样子。"

　　理查德一边点头一边拿起刀子涂黄油："值得铭记。"

　　接下来的一周，理查德出差了。我把公爵的床搬到楼上我们的床边。夜里醒来的时候，我低头看见它也醒着。我垂下一只胳膊，摸着它的头，很快就睡着了。一夜沉睡，无梦，好几个月没有睡得这么安稳了。

　　我告诉理查德和公爵无数次的散步减掉了我额外的赘肉。自从搬到郊区，我的体重不断增加，这不能全归咎于备孕药。以前在城里，每天走五公里易如反掌，现在就算只买一瓶牛奶也要开车。另外，我们的晚饭吃得太晚了。理查德从来没有埋怨过我变胖，但是他每天早上称体重，一周工作五天。我希望他看到我的美。

理查德出差回来的时候，我已经不忍心把公爵搬到楼下冰冷的没有人气的厨房了。他不敢相信我这么快就改变了对公爵的态度："有时候我觉得你爱狗超过了爱我。"他打趣地说。

我大笑着说："它是我哥们儿。你不在的时候，它陪着我。"其实，对公爵的爱是我所知道的最纯粹、最简单的爱。

公爵不仅是我的宠物，也是我的大使。我们散步时经常遇到慢跑者，他们会停下脚步问我是否可以抚摸它，然后我们开始聊天。园丁带了一根骨头，羞涩地问我能不能喂它。就连邮递员也喜欢上它，我告诉公爵那是朋友——它懂。每周给妈妈打电话的时候，我会滔滔不绝地讲公爵最新的趣闻。

在树木发芽、花朵含苞待放的早春，有一天，我带公爵穿越了好几个村子。

现在回忆起来，那是幸福时光的最后一天，是公爵的，也是我的。当时，我们坐在平坦的大岩石上，我习惯性地抚摸着它的毛发，阳光暖暖地照在我们身上，我以为那是一个完美的下午。

公爵和我回到家，电话响了："亲爱的，你去干洗店了吗？"

我忘了理查德让我取衬衫："哦，该死。"我给园丁付完钱，一溜烟地跑出去。

他们每个人都喜欢公爵，天气好的时候，可能会留下来和它玩一会儿。

我离开了三十分钟，最多三十五分钟，回来的时候，园丁的车已经开走了。打开前门的一瞬间，我冒出一身冷汗。

"公爵！"我大声喊着。

没有声音。

"公爵！"我再喊，声音颤抖。

我跑到后院，它不在。我给园艺公司打电话，他们发誓关好了后门。我在左邻右舍中呼喊它的名字，打电话给动物保护协会和当地的兽医。理查德赶回家，我们开车走街串巷，开着车窗喊它的名字，直到声嘶力竭。第二天，理查德没上班，在家搂着痛哭流涕的我。我们贴布告，发巨额悬赏。我夜夜站在外面呼唤公爵。我想象有人带走了它，或者它跃过篱笆去追闯入者。我甚至在网上查询了野生动物出没的信息，看它有没有可能被大型动物袭击了。

有邻居说在果园路看到过它。有人说它出现在柳树街。有人按照布告上留的电话打过来，但带来的狗不是公爵。我打电话给一个宠物通灵师，得到的答案是它在费城的一个动物收容所。没有任何有效信息。一只一百多斤的狗就这样从我的生活里消失了，和它来的时候一样，神不知鬼不觉。

但这并不是我凌晨三点溜出去，远离丈夫时所想的事情。

理查德在公爵消失之前，打电话问过衬衫的事。因为没有办法证明，所以我假定他在上班。他没有告诉过我他的手提电话和黑莓手机的密码，我也从来没有问过，我查不到他的通话记录。

但是，我到干洗店的时候，李太太用她一贯声情并茂的方式和我打招呼："真高兴见到你！你丈夫刚刚打过电话，我告诉他衣服已经洗好了，像往常一样稍微浆了一下。"

为什么他要打电话给干洗店确定我没有取走衣服，然后又打电话问我是否取走了？

我没有马上质问他。但是，很快这些都成了我该思考的问题。

晚上辗转反侧的时候，我总是耷拉着胳膊，用手指抚摸公爵曾经躺过的空荡荡的地板。每天早上，我仍然和理查德一起起床。给他煮的咖啡，我自己却咕咚咕咚喝下好几杯。然后和他吻别，送他出门上班，目送他上车，车子扬长而去。因为失眠，我双眼凹陷，几乎成了一具行尸走肉。

几周过后的某一天，我无精打采地在院子里种花的时候，意外地看到了公爵喜欢叼在嘴里的绿色塑料鳄鱼，我把它贴在胸口，号啕大哭。自从爸爸的葬礼之后，我再也没有这样哭过。

止住眼泪之后，我回到屋里。手里握着鳄鱼，静静地站了一会儿，然后不管不顾地甩着泥巴踩在客厅崭新的地毯上，把公爵的玩具摆在门厅理查德放钥匙的地方。我要让他一进家就看到。

有些该做的事我没做：换脏衣服、收拾报纸、叠衣服、收拾花园里的工具，还有准备晚饭要吃的剑鱼、豌豆和意式饺子。

相反，我做了以下这些事：用汤力水调了一杯伏特加，然后缩在角落里，等着光线减弱，日暮西垂。然后又倒了一杯，这次没有加汤力水。很久以来，我只是偶尔喝一两杯葡萄酒，现在能够感觉到酒精在身体里肆意地奔跑。

理查德终于回来了，我一言不发。

"内莉。"

我没有回答"嘿，亲爱的"，或者跑过去亲他。这是史无前例的第一次。

"内莉？"这一次他用了疑问句。

"我在这儿。"我回答。

他站在走廊里，手里拿着公爵掉了半截尾巴、裹着泥的鳄鱼，问道："你黑着灯坐在那里干什么？"

我举起酒杯一饮而尽。

他仔细地打量我——褪色的牛仔裤，膝盖上沾着泥，超大的旧T恤。我放下玻璃杯，管它有没有杯垫呢。

"宝贝儿，怎么了？"他走过来搂住我。

真实的温暖开始动摇我的决心。整个下午我都在生他的气，但现在最渴望得到的居然是带给我痛苦的男人的安慰。他的罪责在我的心里逐渐减轻，理查德怎么可能做出那么可怕的事情呢？一切都不成立。

我竟然没有说出自己的心声，反而说道："我需要休息。"

"休息？"他反问，"怎么休息？"他眉头紧蹙。

我本来想说"全休"，但说出口的却是："不吃促排卵的药了。"

"你喝多了，语无伦次。"

"对，我好像是有点醉了，但我就是那个意思，我不想再吃了。"

"你不觉得这应该是我们两个人讨论决定的吗？这是夫妻共同的事情。"

"除掉公爵是夫妻共同的决定吗？"

我知道，这句话触碰了我们的底线。

但是感觉好极了，我为此感到震惊。我们的婚姻，像所有的婚姻一样，有不成文的规定，我打破了最重要的一条：不能挑战理查德。

现在我才意识到，由于恪守这条原则，我没有问他为什么不征求我的意见就买了一座房子，为什么他从来不提童年的生活、不和我讨论萦绕在我心头挥之不去的问题。

这不是理查德一人所为，我是心甘情愿的帮凶。我的丈夫——总是让我感觉心安的男人，轻而易举地掌控着我们的生活。

我再也无法安心了。

"你在说什么？"理查德语气生硬但是谨慎地说。

"为什么要打电话给李太太问衬衫是否洗好了？你知道我还没有取回来。为什么想方设法地让我离开家？"

"天哪！"理查德突然站起来。

被他圈在椅子里，我只能歪着头仰视他。

"内莉，你完全失去理智了。"他的手把鳄鱼捏变了形，身体僵硬，眼睛眯成一条缝，嘴唇紧闭。我的丈夫仿佛戴上了一副面具。"该死的清洁工对公爵做了什么？这和我们要孩子有什么关系？我为什么要让你出去？"

我失去了优势，但是没有退缩。"为什么你明知我没去还要问？"我尖声喊出来。

他把鳄鱼摔到地上："你什么意思？简直是疯了。李太太老糊涂了，你肯定误会了。"

他闭上眼睛。等他再睁开的时候，面具消失，理查德又回来了："你很失落。这是我们的巨大损失，我们都爱公爵。我也知道备孕让你负担很重。你说得对，我们休息一下。"

我仍然很气愤，为什么看起来反倒像他宽恕了我？

"公爵在哪儿？"我低声说，"求你告诉我它还活着。我只要知道它还活着就再也不问了。"

"宝贝儿，"理查德蹲下来，搂住我，"当然，它是安全的。它那么聪明，那么强壮。也许就在不远的地方，生活在一个新的家庭里，他们像我们一样爱它。难道你没看见它正在一个大院子里追网球吗？"他擦掉我滚滚而下的泪珠，"我们脱下这些脏衣服，上床吧。"

理查德说话的时候，我注视着他丰满的嘴唇。其实，我应该看着他的眼睛，去读里面的内容才对。必须做决定了！也许这是有史以来最重要的一个。如果我不放下疑心，就意味着我信任的丈夫和婚姻都是骗人的，过去的两年中每一分钟都是可怕的谎言。这不仅是对理查德的怀疑，也是对自己的直觉、判断力和现实的质疑。

所以我选择相信理查德的话。理查德爱公爵，而且也知道我有多爱它。他是对的：我真是疯了，竟然以为他会暗害我们的狗。

紧张好像厚重的石膏一样被卸掉了。

跟着理查德上楼的时候，我说："对不起。"

换完衣服从浴室出来的时候，他已经铺好床，床头柜上放着一杯水。

"想让我陪你躺会儿吗？"

我摇摇头："你肯定饿了。我感觉特别不好，所以没做晚饭。"

他吻了我的额头，说："亲爱的，不用担心。休息一下。"

好像什么都没发生。

接下来的一周，我报名参加了一个新的学习亚洲菜的厨艺课，并且加入了俱乐部组织的儿童读写训练队。我们收集图书，赠送给曼哈顿落后地区的学校。中午开会，午饭提供红酒，我通常是第一个喝完要求加酒的人。为了消除白天饮酒带来的头疼，我的包里总是放着一瓶止痛药。我期待着开会，因为会后可以睡几个小时。等理查德回家的时候，我的嘴里飘着薄荷味，眼睛里的血丝已经被眼药水冲洗干净。

我考虑过再养一只狗，或者其他的动物，但是没有提出来。结果我们的家没有宠物，没有孩子，只剩下一栋房子。

我开始厌恶，厌恶这无休无止、没有尽头的寂静。

27

我把牧羊犬的宣传页放回夏洛特姨妈的桌子上。耽误了那么多工作，不能再迟到了。我把信放进包里，决定下班后送走。我走在去市中心的路上，感觉书包沉甸甸地压在肩膀上。

走到一半的时候，手机响了。有那么一瞬间，我以为是理查德，但是屏幕上闪动着"萨克斯百货"。

我犹豫了一下，然后抢着说："我快到了，最多需要十五分钟。"我加快脚步。

"瓦妮莎，我也不想这么做。"露西尔说。

"很抱歉。我的手机丢了，后来……"她在清嗓子。我一直没出声。

"我只能让你走。"

"再给我一次机会。"我绝望地说,以夏洛特姨妈现在的状况,我比以往任何时候都更需要一份工作,"这是我最困难的时候,我保证再也不会——已经有了转机。"

"迟到是一条,一而再再而三地缺勤又是一条。你还隐藏商品?你准备怎么处理那些衣服?"

我本来想否认,但是她的语气表明已经不用费事了。也许有人看见我把三件亚历山大·麦昆黑白花的连衣裙藏在储物间了。

我毫无招架之力。

"我已经结了账,会寄给你。"

"我亲自去取行吗?"我希望当面说服她,再争取一次机会。

她犹豫不决:"好吧。我们有点忙。一个小时之内过来吧。"

"太好了,谢谢。"

现在我有时间把信送到艾玛的办公室,不用等到下班去她家了。距离上次见到理查德的未婚妻不过二十四小时,但是这意味着离她的婚期又近了一天。

我应该抓紧时间考虑和露西尔的说辞,但是我做不到,因为我一门心思地琢磨着,是守在庭院里等艾玛出来买咖啡呢,还是派个送信的?也许我能够从她的表情判断出来理查德是否告诉她自己来找过我。

我最后一次走进这座富丽堂皇的大厦是参加理查德办公室的庆典。所有的事情都由那夜而起。

我对这个地方还有很多其他的记忆：从幼儿园来这里等理查德下班，他一边语气坚定，甚至可以说是严厉地对着电话谈工作，一边对着我扮鬼脸；从韦斯切斯特乘公交来和他的同事们共进晚餐；顺路的时候突然跑过来，惊喜的他给我一个空中拥抱。

进入旋转门，不远处就是保安。上午十点，大厅里人不多，正好，我不想碰见熟人。

那个保安我似乎见过，所以我戴上墨镜。我把印着艾玛名字的信封交给他："你能帮我送到三十二层吗？"

"稍等。"他点开桌子上的显示屏，输入她的名字，然后抬起头看着我说："她已经不在这里了。"接着把桌子上的信封推过来。

"什么？她什么时候——她辞职了？"

"这我就不知道了，夫人。"

一个送快递的女人走到我身后，保安招呼她向前。

我拿着信封走出旋转门，在院子里的小凳上坐下。本来计划坐在这里等艾玛的，现在我濒临崩溃。

我不应该这么震惊的。毕竟，理查德不希望他的妻子工作，尤其是为他工作。难道她换工作了？不，她不会匆匆忙忙在结婚前这样做的。我确信她婚后不会再工作。

她的世界开始缩小。

我必须马上找到她。她威胁说如果我再去她的公寓，她就报警，但现在我已经顾不了了。

我站起来，把信放进书包的时候碰到钱包，里面有公爵的照片。

我从小塑料套里抽出一张彩色照片，不禁怒火中烧：如果现在理查德出现，我会扑上去，抓他的脸，对着他破口大骂。

可是，我又强迫自己回到了保安的桌子前。

"打扰了，"我礼貌地说，"你有信封吗？"

他递给我一个，什么话都没说。我把公爵的照片装在里面，翻腾着手包找笔。碰巧摸到一根灰色的眼线笔，于是我用它在信封上写下：理查德·汤普森。笔芯柔软，笔头圆润，写出的字迹拖泥带水。我根本不在乎。

"三十二层，我知道他还在那里工作。"

保安挑起一边眉毛，直到我离开，都是一脸冷漠。

现在必须去萨克斯百货了。完事之后，我会直接去艾玛的公寓，一刻也不会耽搁。我想知道这么关键的时刻她在做什么。打包准备搬家？为蜜月挑选性感的睡衣？和城里的朋友喝最后一杯咖啡，承诺随时回来看他们？

我的左脚踩在人行道上：救。右脚跟着落下来：她。我越走越快，救她救她救她，这两个字在脑子里频频闪过。

在佛罗里达最后一年的联谊会上，我出现得太晚了。现在，绝不能再发生同样的事。

玛吉消失的那天晚上，我从丹尼尔家回来的时候正好赶上她们回宿舍，湿漉漉的笑声带着大海的味道。

"我以为你生病了！"莱斯利喊道。

我推开人群，直奔楼上的房间。我心烦意乱，无力思考。不知道为什么，我回头看了一眼，这群姑娘正在用扔在楼梯上的毛巾擦身上的水。

我转了一圈，说："玛吉。"

"她在——她在——"莱斯利结结巴巴。大家都在喊她的名字，她们一张脸一张脸地寻找那个不在房间里的人，笑声消失了。

沙滩上的情节支离破碎，酒精摧毁了记忆，癫狂变成了恐慌。有些男孩也许是被艳粉色的内衣所吸引，偷偷地跟着女孩上了海滩。所有的会员都按照指令脱光了衣服跳进大海。

"检查她的房间！"我冲着互助会主席喊，"我去海边。"

"我看见她从水里出来。"我们往沙滩跑的时候，莱斯利一直这样说。

那些男孩子也出来了。他们尖叫着、欢笑着跑上沙滩，捡起散落的衣服，挥舞着让裸体的姑娘们抢。这不是我们安排的恶作剧。

我们全速跑到海滩，我声嘶力竭地喊："玛吉！"

她和为了衣服追逐男孩的姐妹一起，都曾经在这里声嘶力竭地吵闹过。新会员拼命抢回衣服，用男孩逃离海滩时扔下的衬衫或者裙子遮挡自己，回到宿舍。

"她不在这儿！"莱斯利大声说，"我们回去看看，也许错过了。"

这时，我看见沙滩上有一件白色带小樱桃的棉布上衣和一条短裤。

蓝灯和红灯不停地旋转，潜水员潜入大海，水面上拉起打捞网，探照灯随着波浪起舞。

当一个人被从大海里拖回来的时候，一声尖叫刺破天空，向远方扩散。那是我的声音。

警察逐一询问我们，还原了故事情节。相关文章和资料，还有玛吉的照片足足占据了当地报纸的四个版面。有一家新闻电视台从迈阿密拍摄了我们互助会的镜头，并针对会员考验周饮酒的危害性进行了专题报道。我是社交部长，又是玛吉的师姐等细节被一一曝光。我的名字登上了报纸，还有我的照片。

瘦骨嶙峋、长着雀斑的玛吉试图隐藏自己，在大海里消失的景象总是出现在我眼前。我看着她越走越远，离开坚实的沙滩。一个大浪在她的头顶绽开。也许她呼喊过，但是融化在其他人的尖叫声中。她吞下咸涩的海水，在墨水般的黑色里旋转，失去方向。她看不见了。她不能呼吸了。一个接一个的海浪拖着她沉向海底。

玛吉消失了。如果不是我先消失，也许她不会消失。

艾玛也会消失，如果她嫁给理查德的话。她会失去自己的朋友、家人、自我，就像我一样，接下来会越来越糟。

救她。我的心在呼喊。

28

从员工通道乘电梯上到三层，我看见露西尔正在叠毛衣。因为我的缺勤，人手不够，她正在做我应该做的事。

"真的很抱歉。"我摸着一摞青灰色的羊绒衫说，"我需要这份工作。我会向你说明发生了什么。"

她转过身来，我停下来。在她评估我外表的时候，我努力分析她的表情：困惑。难道她以为我会拿了支票就走人吗？她的目光停在我的头发上，我下意识地瞟了一眼旁边的镜子。她当然应该困惑，因为她一直以为我的头发是深褐色的。

"瓦妮莎，应该道歉的人是我，但是我已经给过你很多机会了。"

我想再磨一磨，但是转眼看见地上堆满了毛衣，几个销售员注视着我们，也许就是她们当中的某一个人向露西尔汇报了那件事。

我这是自讨没趣。我放下毛衫。

露西尔拿出支票，递给我："祝你好运，瓦妮莎。"

去电梯间的路上，我看见那件精致的黑白花外衣挂在原来的架子上，我屏住呼吸，顺利地从它旁边走过。

那件衣服穿在我身上修身得体，就像量身定做的一样。

当时，我和理查德已经结婚好几年，和萨曼莎断了联系，公爵的失踪仍然让我难以释怀，妈妈出其不意地取消了春天过来的计划，报团去了新墨西哥旅行。

既然生活不能倒退，我选择接受。

我每天早上在平坦的街道或者邻近的缓坡上慢跑，几乎半年滴酒未沾，身体像气球撒气一样甩掉了虚胖的肥肉。

我告诉理查德我开始关注健康。我觉得他相信了，他认为我的行为是积极的转变。以前，俱乐部每个月从他的信用卡扣钱之前会把明细账单寄给他，我在会员午餐时喝了多少酒，他一清二楚。他把标出酒水开销的单子留在厨房的桌子上让我看。现在，我不需要眼药水和口气清新剂了。

我不但改善了自己的身体状况，还做出了更多的改变。在俱乐部送书的活动中，我认识了"启蒙"项目的组织者，所以我成了他的志愿者。每周三，我和理查德一起坐火车，然后打车到下东区，为幼儿园的孩子朗读。虽然每周和孩子们只相处几个小时，但是我的生活有了目标。城市重新焕发了我的活力。蜜月以后，我终于觉得找回以前的自己了。

理查德说晚上要去阿尔文·艾利舞厅，我低头看见一个打着红色蝴蝶结、亮闪闪的白盒子。他说："打开它。"

我解开丝线，掀起盒盖。自从嫁给理查德，我已经学会鉴赏不同的材质，能够细数我以前 H&M 的衣服和这些名牌设计师的作品之间的种种不同。这件衣服是我见过的最精致的时装之一，自然有它的神奇之处。远看它只是简单的黑白图案，近看才发现这是假象，根根丝线巧妙地交叠在一起，编织出一个花卉仙境。

"今晚穿上它，"他说，"你一定美若天仙。"

他穿上无尾礼服，开始系领结。我拨开他的手。

"让我来。"我笑着说。黑色的领结、背头和锃亮的皮鞋组合，让有些人看起来像参加毕业典礼的大男孩；让有些人显得装模作样，极不自然；但是这一切让理查德看上去仪表堂堂。我帮他整理好领结，吻了他，他的下嘴唇沾上粉色的口红印。

此时，我仿佛从天上看着那天晚上的我们：从林肯城市下车，天空飘着小雪，我们挽着胳膊走进舞厅。我们的桌子上放着桌牌，上面字迹流畅地写着：汤普森先生和太太，十六桌。我们摆姿势拍照，欢笑，从服务员手中接过一杯又一杯的香槟。

哦，对，第一口——金黄色的气泡在我的嘴里炸裂，一股暖流滑过喉咙，杯子里盛着的似乎是兴奋。

我们观看舞蹈表演。舞者跟随激烈的鼓点跳跃、旋转，有力的胳膊和健壮的大腿飞来转去，身体扭动出千奇百怪的姿势。理查德优雅地按住我的肩膀，我才尴尬地意识到自己正轻轻地拍着手，前后晃动。那里没有人随着节奏摇摆。

演出结束之后，服务员端来更多的鸡尾酒和开胃小吃，我们和理查德的同事闲聊，那个白头发的绅士保罗是舞蹈公司的董事，就是他订好位子，邀请我们过来的。

舞者在我们之间应酬，他们婀娜多姿，仿佛神仙下凡。

通常这种形式的社交，晚上活动结束的时候我的脸都会笑僵。因为我只能用笑容弥补无话可说的尴尬，尽量装出投入和高兴的样子，尤其在有生人毫无恶意地问："你们有孩子吗？"之后的窘境里。

但是保罗与众不同。他问我最近忙什么，我回答"做志愿者"的时候，他没有说"太棒了"，然后找一位更有成就的人继续聊，反而问我："你是怎么成为志愿者的？"我情不自禁地讲起在幼儿园的经历和在"启蒙"项目的工作。

"我妻子正在帮一所新建的特许学校筹集资金，离这儿不远，相当不错，"他说，"你可以考虑加入哟。"

"好啊，我特别想教课。"

保罗从上衣口袋里拿出一张名片："下周给我打电话。"他稍稍向前探着身子，低声说："如果我说我的妻子帮忙筹款，就意味着我妻子让我给他们写一张大支票。他们欠我一个人情。"他挤了挤眼睛，我笑着作为回敬。我知道他是这里最成功的人士之一，他和高中恋人的婚姻幸福，他白发的妻子正在和理查德聊天。

"我会引荐的，"保罗继续说，"我保证他们会给你一个合适的位置，即使不是马上，也会在开学的时候。"

服务员托着盘子来送酒，保罗递给我一杯："干杯，为新起点。"

我没有把握好两个玻璃杯相碰的力度，易碎的薄边在碰杯的瞬间破碎，我举着参差不齐的杯子，酒水顺着胳膊流淌。

服务员跑回来，送上一沓鸡尾酒纸巾，从我手里拿走破损的杯子，我脱口而出："太抱歉了！"

"全是我的错。"保罗说，"我竟然不知道自己这么有力！我该道歉。等一下，别动，你的衣服上有玻璃。"

我站在原地，他从我编织细密的衣服上捡起几个碎片，放在服务生的托盘上。旁边的谈话声一度中断，现在又重新开始了。我感觉所有人都在注意我，真想钻进地缝里。

"我来帮忙，"理查德说着走到我身边，一边擦我衣服上的酒，一边说，"幸亏你喝的不是红酒。"

保罗哈哈大笑，但是听起来很不自然，我明白他想转移大家对我的注意力。"好了，现在我真的欠你一份工作了。"保罗看着理查德说，"你可爱的妻子刚告诉我她有多么渴望教书。"

理查德把湿餐巾揉成一团放在服务员的托盘里，说："谢谢。"然后打发他离开。他把手放在我的腰上对保罗说："她对小孩蛮有一套的。"

保罗的妻子招手叫他过去，他对我说："你有我的电话，尽快打给我。"

他刚一离开，理查德便靠近我问："亲爱的，你要喝多少？"他的语气很平和，但是他的身体则表现出反常的僵硬。

"没有多少。"我马上回答。

"我看见的是三杯香槟和那些红酒。"他放在我腰上的手加大了力度，"不吃晚饭了，"他在我耳边低声说，"我们马上回家。"

"但是，保罗付钱了。我们的桌子空着，我保证只喝水。"

"我认为还是走更好。"理查德平静地说，"保罗会理解的。"

我去取外套。等待的时候，我看见理查德去找保罗，拍着他的肩膀说话。我想他一定在替我找借口，但是保罗会抓住弦外之音：我醉得太厉害，不能吃晚饭了，必须回家。

我并没喝醉，理查德却要让所有人认为我醉了。

"都安排好了。"理查德回到我身边的时候说，他已经叫人把车开过来停在大门口。

雪下得更大了，街道上几乎空无一人。尽管司机开得很慢，我还是感觉恶心，我闭着眼睛使劲往后靠，直到安全带被扯到最大限度。我假装睡觉，心里却一清二楚，理查德知道我不想面对他。

他可以放手，让我自己上楼，睡觉。

但是到了家门口，上台阶的时候我打了一个趔趄，一把抓住扶手。

"都怪这双新鞋,"我气愤地说,"再也不穿了。"

"当然全怪它,"他阴阳怪气地说,"不可能是空着肚子喝了那么多酒的错。这是工作聚会,内莉,今晚对我很重要。"

他开门的时候我一言不发地站在他身后。进屋之后,我坐在门口的脚凳上脱下高跟鞋,把它们并排摆在楼梯下面,鞋跟必须对齐。然后脱下大衣挂在衣柜里。

我转身发现理查德还站在原地,他说:"你需要吃点东西,过来。"

我跟着他走进厨房,他从冰箱里拿出一瓶矿泉水递给我,又从柜橱里拿出一盒卡尔薄脆饼干。

我狼吞虎咽地吃掉一块:"感觉好多了。你带我回家是对的……你肯定也饿了,我去帮你拿些奶酪吧,今天刚从农贸市场买回来的。"

"我没事。"我能够感觉到他想回避,就像我努力忘掉的以前那些争吵中他的表现一样,他在压制刚刚燃起的怒火,克制自己不被吞噬。

"关于工作,"为了缓和气氛,我马上转移话题说,"保罗主动提出介绍我去一所特许学校。应该是兼职,但也许根本不行。"

理查德缓慢地点点头:"你想经常进城有什么特殊的理由吗?"

我盯着他。他说的话总是让我猝不及防:"你什么意思?"

"有个邻居说有天看见你在火车站,穿着盛装。真可笑,那天上午我给你打过电话，你说你一直在俱乐部游泳，所以没接到电话。"

我无法否认。理查德无比精明，我如果编瞎话一定会被他揭穿。我想知道是哪个邻居，那天车站没有几个人。

"我确实游泳了，但是后来我去看夏洛特姨妈了，只是见个面。"

理查德点头："当然。再吃一块吗？不吃了？"他把饼干装回盒子里，"没理由不让你去看望你姨妈，她怎么样？"

"很好，"我马上说，突突跳的心平静下来，他准备放手了，他信任我，"我们在她的公寓喝过茶。"

理查德打开橱柜，把饼干放回去，木门横在我们之间，暂时挡住了他的脸。

关上门之后，他瞪着我。他靠得太近了，眯起的双眼似乎要刺穿我的眼睛："我想不明白的是，为什么你要等到我上班之后精心打扮，坐火车进城，然后准时回家做晚饭，和我一起吃千层面，却绝口不提看你姨妈的事。"停顿了一下，他接着说，"你到底去哪儿了？和谁在一起？"

我听到一声尖叫，后来才意识到那是我发出的声音。理查德抓着我的手腕，说话的时候扭疼了我。

他低头看了一眼，马上松手，但是我胳膊上留下一个白色椭圆形的圈，像一道烙印。

"对不起。"他退后一步，一只手插进头发里，长出一口气，

"该死的，为什么你要骗我？"

可是，我怎么能够告诉他实情呢？事实是我不幸福——是他给我的还不够。我希望向人倾诉我对婚姻的担忧。我去找的那个女人不但认真听我讲，而且提出了发人深思的问题，我知道见一次是不够的，所以计划好下个月再溜进城和她见面。

但是，现在还没来得及编一个冠冕堂皇的理由就被理查德发现了。

我没有看见他张开的手掌，突然感觉脸上被重重地拍了一下。

一连两个晚上，我几乎彻夜未眠。哭泣使我头痛欲裂，嗓子干疼。为了盖住手腕上的淤青，我穿着长袖上衣。为了掩盖黑眼圈，我涂上厚厚的遮瑕膏。我唯一能思考的问题就是留下来还是离开。

我躺在床上看书，但是一个字也看不进去。理查德蹑手蹑脚地走进敞着门的客房。我抬头，想要说的话在看到他表情的瞬间化为乌有。

他拿着家里的无绳电话："你妈妈。"他的脸皱在一起，"我是说，夏洛特姨妈。她打来电话，因为……"

已经是晚上十一点，她早该休息了。我最后一次和妈妈聊天的时候，她说一切安好——但是，最近她一直没有回我的电话。

"我很难过，宝贝儿。"理查德把电话递过来。

接过他手里的电话，是我不得不做的最艰难的事情之一。

29

妈妈去世之后，理查德满足了我所有的需求。

我们和夏洛特姨妈一起飞到佛罗里达参加葬礼，他在酒店租了套房，以便我们住在一起。妈妈最高兴的样子我记忆犹新——叮叮当当的锅碗瓢盆，到处飞舞的调料；情绪好的早上唱着幼稚的歌曲叫我起床；大笑着擦掉公爵洗澡时甩到我们身上的水。我努力回忆我结婚当晚她的模样：光着脚走在沙滩上，我最后说再见的时候，她的脸对着西沉的太阳。可是我的思绪总是被另一个画面打断：妈妈死了，孤零零地躺在沙发上，旁边有一个空药瓶，电视屏幕白花花地闪烁着。

没有字条，我们的问题永远找不到答案。

夏洛特姨妈在墓地泣不成声，责备自己没有注意到妈妈的病情恶化。理查德安慰她说："这不是你的错，这不怪任何人，她表现得一直很好。你一直陪着你的妹妹，她感受到了你的爱。"

我和夏洛特姨妈整理妈妈的私人物品时，理查德办理了所有的相关事宜，并且卖掉了我从小生活的小砖房。

整个房子还算整洁，只有妈妈的房间一片狼藉：书和衣服随处可见。床上的面包渣告诉我她最近一直在床上吃饭。床头柜上堆着用过的咖啡杯和玻璃杯。理查德看见这里的凌乱时惊讶地竖起眉毛，但是他只说了一句话："我安排保洁公司来打扫。"

我没有拿走太多妈妈的东西：按照夏洛特姨妈的建议，我们分别收藏了几条妈妈的丝巾；我选了几件时装首饰、家庭合影和两本妈妈爱不释手已经翻烂的烹饪书。

我以前的卧室已经变成客房。当年，我特意把一些东西留在了衣柜的架子上，是时候该清理掉了。夏洛特姨妈在收拾冰箱，理查德在给房地产公司打电话。我搬来一个梯子，够到布满灰尘的隔板。互助会的别针、大学年鉴、最后的成绩单和童年时的各种荣誉证书统统被扔进垃圾桶。我的学位证在最里面，仍然卷成一个卷，系在外面的蝴蝶结已经褪色。

我连看都没看就扔了。

过了这么多年，还留着这些做什么。

看到别针和年鉴，我情不自禁地想起玛吉。看到学位证，我不由自主地想起毕业那天发生的事。

我系垃圾袋的时候理查德走进来，说："我累坏了，准备了晚饭。"他看着垃圾袋，"需要我帮你扔掉吗？"

我犹豫不决，但还是递给他："好。"

我看着他带走我大学生活最后的一点东西，又看了看空荡荡的房间：天花板上的水印还在。闭上眼，我看见我的黑猫蜷缩在粉紫色条纹的被子上，我捧着一本朱迪·布兰姆的书。

我知道，我再也见不到这座房子了。

晚上回到酒店，我泡在热水里，理查德端来一杯菊花茶，我感激地接过来。佛罗里达的高温不能带给我丝毫的温暖。

"扛得住吗，亲爱的？"我知道他指的不仅仅是妈妈的去世。

我耸耸肩："可以。"

"你最近一直不开心，我很担心。"理查德跪在浴缸旁边，拿起毛巾，"我只想做你的好丈夫，但是我知道有时候我不是。你感觉孤独，因为我工作的时间太长了。而且我的脾气……"他的声音有些沙哑，他清了清嗓子，然后温柔地擦着我的后背，"对不起，内莉。我的压力很大……股市崩盘了。但是没什么像你一样重要，我会补偿你。"

我能够体会到他是多么努力地亲近我，想要挽回我。可是寒冷和孤独还是令我痛彻心扉。

我盯着水龙头里细细的水流，听着他的喃喃低语："我希望你开心，内莉。你妈妈一直不开心。还有，我妈妈也不开心。她尽力了，为了我和莫林，但是我们知道……我不希望你也这样。"

我的目光转向他，他的眼神空洞而忧郁。我凝视着他右眼上的疤痕。

他从来没有谈论过他的父母，如此这般的坦诚比以往的任何承诺都更有意义。

"我爸爸没有一直善待妈妈，"他的手掌开始在我的背上画圈，就像父母安慰受伤的孩子那样，"我可以是任何人，但绝不能是你的坏丈夫……虽然，我已经是了。"

这是我听过的最诚挚的表白，我不明白为什么他要到这个妈妈用死亡带我们来的地方才说出来。说这些话可以不是因为她服药过量；可以在我们得到消息的前两天，也就是我们去阿尔文舞厅的那天就说出来。

"我爱你。"他说。

我伸手扶住他，胳膊上的水浸湿了他的衬衫。

"我们现在都是孤儿了，"他说，"我们永远是彼此的家人。"

我紧紧地抱住他，抱住希望。

那天晚上我们做爱。上一次是很久以前的事。他捧着我的脸，凝视着我，眼里全是柔情和渴望。我感觉心里的一个死结就这样被解开了。后来，他把我搂在怀里，我想到的只有他的温柔。

我想起他为妈妈付医药费；为了出席夏洛特姨妈画廊的开幕

式，取消和客户的晚餐；每年爸爸忌日那天他都会拎着一个装有葡萄干冰激凌的白口袋提前回家——那是爸爸最爱的口味。在妈妈的熄灯日，我和爸爸开车出去的时候这个必不可少。理查德给我们每人舀一勺，然后听我讲述爸爸的故事，比如，在我是个小女孩的时候，尽管迷信，他仍然收养了那只被我爱上的黑猫。可惜很多细节已经模糊不清。那些夜晚，冰激凌在我的舌尖融化，满嘴都是甜甜的味道。我也记得理查德慷慨地付给服务员和出租司机的小费和各种慈善捐赠。

细数理查德的优点并不难。我轻松地回忆起那些往事，就像车轮沿着车印前行一样自然。

我躺在他的怀里，观察他，可是看不见的表情。"答应我一件事。"我轻声说。

"所有事，亲爱的。"

"答应我不会再吵架。"

"不会。"

对我而言，这是他违背的第一个诺言，因为事情越来越糟。

第二天早上，我们乘飞机回纽约。飞机起飞以后，看着窗外越来越小的土地，我暗自庆幸。终于离开佛罗里达了，死亡像是同心圆，把我圈在这里，妈妈、爸爸，还有玛吉。

我扔掉的互助会别针不是我的，那是我计划在玛吉成为正式会员之后送给她的。在会员考验周的最后一天，我们没有按计划吃迎新的早午饭，而是参加了她的葬礼。

我从来没有和妈妈讲过送走玛吉之后发生的事情，她的反应难以预料。我给夏洛特姨妈打过电话，但是没有承认我怀孕了。理查德也只是知道一个大概，因为有一次我在他身边从噩梦中惊醒，所以解释了晚上不敢走路回家，随身携带辣椒喷雾和睡觉时床边摆着球棒的原因。

我躺在理查德的怀里，向他描述我主动安慰玛吉家人的过程：他的父母只是不停地点头，几乎不能言语。她哥哥詹森是我们的学长，我伸出手，想要和他握手，他却死死地钳住不放。

"是你！"他喊道。我闻到令人反胃的酒气，看到他眼底的血丝。他和玛吉一样皮肤苍白，和玛吉一样长着雀斑，和玛吉一样一头红发。

"我非常抱歉。"

他越发使劲，我的骨头好像被他碾碎了。我疼得说不下去。有人走过来抱住他，他松开手，但是仍然死死地盯着我。其他的姐妹留在教堂里，我默默地往外走。

却在教堂大门口正好碰上我想要躲开的人：詹森。

他一个人站在台阶上，用手拍打着红色的万宝路烟盒，发出有节奏的响声。我低下头，想从他身边溜走。他叫住了我。

"她提到过你。"他打开打火机，点烟的时候深深吸了一口气，然后吐出一缕烟，"她很担心过不了考察周，但是你说要帮她。你是她在互助会里唯一的朋友。她死的时候你在哪儿？为什么你不在？"

我向后退，感觉他的眼睛拴住了我，就像刚才他的手一样。

"对不起。"我的话对平息他的怒火毫无作用。如果起到了什么作用的话，那就是火上浇油。

为了防止摔下楼梯，我开始握着扶手慢慢地后退。玛吉的哥哥目不转睛地瞪着我。就在我下完最后一级台阶的时候，他气急败坏地大声喊道：

"你永远也不能忘记对我妹妹做过的事。"他的话像一记重拳落在我身上，"我会检查的。"

其实根本不需要他的威胁，因为我总是想起她。我再没去过那个海滩。那一年，我们的互助会一直被监察，我也对聚会和舞会失去兴趣，开始每周二和周日晚上在校园酒吧做服务员。我开始攒钱。每攒到几百美元就以玛吉的名义捐赠给她做志愿者的动物收留所，并且发誓每个月捐一次。

我没有指望小小的捐赠能够挽回我的罪责——对玛吉的死负责，我知道我会一直背负着它。而且，我时常在想，如果我没有离开走向大海的团队，会发生什么。如果我能多等哪怕一个小时再去面对丹尼尔，会发生什么。

玛吉死后整整一个月的时候，我被互助会姐妹的尖叫声吵醒。

我穿着平角裤和 T 恤跑下楼，看见掀翻在地的椅子、破碎的台灯和喷在客厅墙上的污秽的黑色大字：浑蛋，婊子。

但是我只读出一个意思：你杀了她。

我屏住呼吸，这些字向所有人宣告着我的罪行。

更多的姑娘从楼上下来，分会主席叫来学校保安。有个新生被吓哭了，我看见两个女孩避开人群在窃窃私语。我猜她们在偷偷地看我。

房间里弥漫着香烟的味道。地板上有一个烟头，我跪在地上才看清是红色万宝路。

保安到了，问我们是否有怀疑对象。他知道玛吉的死——当然，全佛罗里达的人几乎都知道。

詹森，我心里想着，但是没说出来。

"也许是她的某个朋友？"有人试探地说，"或者她哥哥？他是毕业班的，对不对？"

保安巡视了一下房间，说："我要报警，这是程序，一会儿回来。"

他走出去，我在他回到车上去联络警察之前拦住他："请别为难他。如果是她哥哥做的，詹森……我们不想起诉他。"

"你认为是他？"

我点头："我确定。"

保安叹了一口气："强行入侵他人住宅，破坏他人财产……相当严重。你们这些姑娘要锁好门。"

我回头看看我们的宿舍。如果有人想进去,可以爬楼梯。我的房间是左手第二间。

也许警察的询问会火上浇油,让詹森更愤怒。他更会归罪在我身上。

警察过来拍照、取证。他们离开之后,为了避免碎玻璃划伤脚,我穿上鞋,招呼姐妹们收拾房间。无论怎么努力,我们也无法把那些污秽的话从墙上清理干净。最后,我们几个去五金店买油漆。

姐妹们商量用什么颜色的时候,我的手机响了。我从口袋里掏出来看到是未知号码,也许是从公用电话打来的。在电话挂断之前的一瞬间,我听到了。

呼吸声。

"瓦妮莎,你觉得这个颜色怎么样?"一个姐妹问。

我的身体僵硬,嘴巴发干,努力点点头,说:"看起来不错。"然后径直走到另一个摆满锁具的通道。我要买两把锁,一把锁卧室门,一把锁窗户。

一周之后,来了两个警察。年长的警官通知我们詹森已经招认。

"他那晚喝醉了,他很抱歉,"警察说,"他同意接受心理辅导。"

"只要他不再来就好。"一个姐妹说。

"不会了。这是协议的一部分。他必须和这个地方保持一百米的距离。"

我的姐妹们以为就此结束了。警察走了之后，她们也散了，去图书馆、教室或者和男朋友约会。

我站在客厅里，盯着米黄色的墙面，已经看不见那些字了，但是我知道它们还在，并且一直都会留在那里。

就像它们总是回荡在我的脑海里一样。

你杀了她。

那年秋天之前，我的生活里充满各种可能。我梦想着毕业以后要搬去的城市，觉得它们都牢牢在握：萨凡纳、丹佛、奥斯汀、圣迭戈……我要去教书，我要去旅行，我要成立一个家庭。

我一面畅想未来，一面远离过去。

我倒计时计算着逃离佛罗里达的日子。纽约的八百万居民在召唤我。我通过看望夏洛特姨妈，了解了那座城市。这是一个背景复杂的年轻女人可以重新开始的地方。歌词作者为它写出热情洋溢的歌曲，作家把它当作故事的主题，演员在深夜访谈中表达着对它的爱恋。这是一座充满希望的城市，一座任何人都可以隐身的城市。

五月的毕业典礼上，我穿起蓝袍，戴上学士帽。我们的大学太大了，毕业讲话刚一结束，同学们就按照专业和学位分成了小组。我走在教育系"皮亚杰礼堂"的舞台上，对着人群中的妈妈和夏洛特姨妈微笑。我的视线扫过观众时发现有人注视着我。一个长着红头发的小伙子，远离其他的毕业生站在外围，但是他也穿着闪亮的蓝袍。

那是玛吉的哥哥——詹森。

"瓦妮莎？"系主任把卷起来的学位证书塞进我的手里时，闪光灯一亮，我的眼睛被晃了一下。接着我走下台阶，回到座位上，感觉詹森的眼睛一直盯着我的后背，直到仪式结束。

散会的时候，我回头去找他，他已经走了。

我知道他在提醒我。毕业前，他一直在忍，在等。在学校里，他不能接近我，但是等我离开校园之后，他不会再受约束。

毕业几个月之后，莱斯利给几个同学发了一个报道的链接，报道说詹森因为酒驾被逮捕。有关我做过的事还在四处传言，余波未平。这件事让我感到一些安慰，也许詹森不能离开佛罗里达了，他找不到我了。

我没有更多地去了解，他是进监狱了，还是接受治疗或者又被警告然后释放了。但是一年后，就在我的地铁车门即将关闭的瞬间，我看见一个消瘦的身影和一头刺目的红发，在人群里左推右搡地向前挤。太像他了。我钻进人堆里，把自己藏起来。我对自己说，电话是用萨曼莎的名字登记的，到了纽约，我没有更换驾照，也没有用自己的名字租房，他找不到任何和我相关的书面线索。

几天之后，妈妈出人意料地告诉我，她在佛罗里达的地方报纸上刊登了我订婚的消息，公布了我的名字、理查德的名字和我的住址。电话从此开始。没有声音，只有呼吸声，这是詹森在告诉我，他找到我了。他在提醒我不能忘记，好像我真的可以忘记似的。

我的噩梦不但有玛吉，还加上了詹森，他的脸因愤怒而扭曲，伸出双手要抓住我。因为他，慢跑的时候我不敢听剧烈的音乐。家里的防盗警报在夜晚响起的时候，我看见的是他的脸。

我变得对周围的环境出奇地敏感。我培养自己感知目光追踪的能力，避免成为猎物。毛孔扩张，下意识地抬头，搜寻眼睛——这些预警就是我保护自己的本领。

我从来没有把紧张和跟理查德订婚联系在一起，没有想过为什么我们刚一订婚，我就变得神经兮兮的。我不能自控地检查门锁；为没有来电显示的电话烦恼；晚上看《公民凯恩》，我那性感迷人的未婚夫胳肢我的时候，我用力地推开他。这是为什么？

兴奋和恐惧在我的心里乱成一团。

我一直蒙着眼。

　　我最后一次从萨克斯百货走出来，回避着门卫的眼神把包递上去，等他查完之后直奔艾玛的公寓。我告诫自己这也是最后一次。这次过后，我不会再理她。我要向前走。

　　向前走，去哪儿？我问自己。

　　前面一对夫妻手挽着手。他们十指相扣，步伐一致，给人的第一印象就是他们很幸福，彼此相爱。但是，当然，这两样东西并不总是密不可分。

　　我想知道自己为什么会有这样的想法。和理查德一起生活的那些年，我知道自己想要什么，需要什么吗？或许选择性失明是享受爱情的必要条件，可能所有人都是这样的。

　　在我的婚姻里，有三种真相，三种选择，偶尔还有相互矛盾的现实。它们是理查德的真相、我的真相和最难识别的真相本身。

每种关系中都可能出现这种情况。我们以为自己和另一个人结合了，事实上，我们是建立了一种三角关系，其中一方是沉默但无所不知的法官，即现实的裁决者。

我从那对夫妻身旁走过的时候，手机响了。不用看屏幕上闪烁的名字，我也知道是理查德。

"你搞什么，瓦妮莎？"我刚接起电话，他就喊出来。

早在公爵的照片在我眼前飞舞的时候，我已然怒不可遏。"你让她辞职的，理查德？你说你会照顾她？"我不假思索地说。

"听我说。"我前夫咬牙切齿地说着。我听见他那边传来车鸣声。显然，他才收到照片，现在他一定在马路上。"保安说你试图给艾玛送东西。该死的，你离她远点。"

"你在郊区给她买大房子了吗，理查德？"我情不自禁地刺激他，仿佛我在婚姻中被压抑的一切都释放了出来，"她第一次惹急你的时候，你准备怎么做？她不是你完美的小妻子的时候你准备怎么做？"

我听见车门咣的一声，突然他的背景声音——城市的噪声消失了，一下子安静下来。接着我听到纽约出租车上特有的声音：为了您的安全，请系好安全带！

理查德擅长抢在我前面，他一定准确地知道我要去哪里。他在出租车上，他要赶在我前面见到艾玛。

还没到中午，交通顺畅。我估算，从理查德的办公室到艾玛的公寓大约需要十五分钟车程。

我比他离得近，萨克斯百货和她的公寓在一个方向。我现在离她十个街区，如果走快些，我肯定能赢。我摸着包里的信，加快脚步。微风拂面，我竟然有些微微出汗。

"你疯了。"

我置若罔闻。这些词从他嘴里说出来已经不能刺激我了，我说："你告诉她你昨晚吻我了吗？"

"什么？"他咆哮着说，"是你吻了我！"

我的脚步凌乱了，然后我想起来第一次见到艾玛时说过的话："是理查德造成的！他混淆视听，所以我们看不到真相！"

我花了很多年才想明白这件事。我把脑子里所有纠缠不清的问题一一写下来，才逐渐理清。

大概在妈妈去世一年之后，我开始秘密地写日记，并且把黑色的魔力斯奇那日记本藏在客房的床垫下。我如实地写下理查德那些模棱两可的话；记下可能流逝的记忆——比如，那些令人难以置信的事情：我喜欢住在郊外，单身聚会第二天的早上我忘了理查德要飞去亚特兰大；当然也包括七零八碎的小事：比如，我想上绘画课，或者我以为理查德喜欢浇汁羊肉。

我也煞费苦心地记录下了那些让人心绪不宁、却又不能张口问个明白的对话——比如，他怎么知道我偷偷进城不是见姨妈，而是见其他人。我记下了我第一次秘密约会时发生的事情。我向一个面带关切和同情的女人做了自我介绍,她把我带到里面,示意我坐在沙发上。我的眼前是一个水族馆,里面全是彩色的鱼。她拉过来一把带软垫的靠背椅坐在我左边,让我叫她凯特。

"你想聊点什么?"她问。

"有时候,我觉得我根本不认识我的丈夫。"我不假思索地说。

"你能解释为什么你认为理查德总想让你心神不宁吗?"在我们快要结束的时候,她问,"他这样做的动机是什么呢?"

理查德上班的时候,漫长空虚的日子里,这些就是我想要解决的问题。我拿出日记本,琢磨着为什么没有声音的来电恰巧从我们订婚开始,并且每次都在理查德不在的时候打来。我确定自己曾经告诉过理查德我很后悔当时强迫玛吉戴上眼罩,有一个细节——我帮她蒙住眼睛,总是折磨着我。不仅如此,我还额外写道:那么,为什么开车去新房子的时候,他还要我蒙上眼睛呢?我的本子上还写着,我发现祖传的蛋糕顶层装饰是在理查德父母结婚后很多年才做成的。当我回忆起公爵的神秘失踪时,眼泪打湿了字迹,弄花了纸页。

在夜里最黑暗的时候,失眠的我溜下床,踮着脚尖走进客房,急不可耐地把这些想法倾泻在纸上。情绪激动的时候,我的字龙飞凤舞。我用下划线突出某些内容,用箭头连接思路,在空白处写备注。数月之间,沾着墨水的日记本被用完了一大半。

我花了很多时间写日记。笔下的千言万语逐渐解开了我的婚姻之谜。我和理查德的关系好似一件手工编织的精致的毛衫，我发现了一个小线头，于是捏在手指尖犯愁。然后，我用日记里写下的赤裸裸的问题和矛盾慢慢地拽、绕、缠，最终拆开了图案，去掉了颜色。

"他，"我迈左脚，"错了。"迈右脚。我的腿越越快，思路越来越清晰。必须赶在他之前见到艾玛。

"不，理查德，是你吻了我。"指出他的错误比宣战更让他愤怒。

经过肉铺，拐弯，我瞥了一眼身后的马路。有几辆出租车正朝我驶来，他应该坐在其中。

"你在喝酒？"他擅长转移话题，暴露我的缺点，引起我的警觉。

只要他一直说话，我就无所谓。我必须占着他的电话，这样他就没有时间通知艾玛了。

"你给她讲过送我的钻石项链吗？"我用奚落的语气说，"你准备也给她买一条吗？"

我知道这个问题犹如一枚炸弹，扔进了他的车窗，这正是我想要的效果。我就是要激怒他，我要他攥起拳头，眯着眼睛。这样，就算他先到，她至少可以知道他是多么擅长隐藏，也会发现他的面具。

"该死，你可以过去的。"他喊道。我仿佛看见他悬在座位的边缘，在司机后面张牙舞爪的样子。

"你告诉她了吗？"我又问了一遍。

他气喘吁吁。从经验判断，他应该已处在失控的边缘："我不想继续这种可笑的谈话了。如果你敢接近她，我会让你进监狱。"

我挂机，因为艾玛的公寓就在眼前。

我深深地误解了她，伤害了她的纯真。

就像我不是理查德心目中的妻子一样，我也不是艾玛想象中的女人。

在办公室聚会中，我第一次见到我的替代品。她穿着芙蓉红的连体裤，从座位上起身迎接我，一边开朗地咧开嘴笑，一边伸出手。

在理查德的世界里只有讲究，这次聚会也不例外：透过玻璃墙可以俯瞰整个曼哈顿。每个人有一把品尝酸橘汁腌鱼的勺子；穿着礼服的服务员送来带着薄荷的小羊排；海鲜桌旁一个女人正在剥从熊本县运来的牡蛎；弦乐四重奏的音符在空气中飘荡。

理查德到吧台去拿饮料。"伏特加和柠檬苏打水？"他问艾玛。

"你记得！"她的眼睛一直追随着他远去的身影。

那是一个开始：机会不请自来。

接下来的几个小时，我小口抿着矿泉水，装模作样地和理查德的同事聊天。希拉里和乔治也在，但是希拉里开始疏远我了。

整个晚上，我都感觉到一波一波的能量在我丈夫和他的助手之间穿梭。这股涌动的热情不是他们私下会心的微笑，或者结束和一群人的对话时成双成对地离开。从表面上看，他们配合默契。可是，我注意到她咯咯笑的时候，他送过去的眼神，我意识到了他们之间的眉目传情。聚会结束的时候，她坚持要打车回家，但是他仍然安排了一辆车送她回家。我们一起走出去，看着她坐进林肯城市才离开。

　　"她真可爱。"我对理查德说。

　　"她的工作非常出色。"

　　我们到家之后，我直接上楼，想赶紧去卧室脱掉吊带丝袜，它的松紧带勒得我胃疼。理查德关上走廊的灯，跟在我后面。我前脚走进卧室，他后脚就拉着我转了一个身，把我推到墙上。他在后面吻我的脖子，然后贴在我身上。他已经蓄势待发。

　　通常，理查德是一个温柔体贴的爱人。以前，他像品尝五道菜品的大餐一样享受做爱的过程。但是那晚，他用一只手抓住我的双手，举过头顶，另一只手猛地扯下我的丝袜。我听见丝袜裂开的声音。我一直气喘吁吁，时间太长了，我毫无准备。我盯着壁纸上的条纹，被他往墙里挤。他狂野的喊声和兴奋的呻吟在整间屋子里回荡。他靠在我身上喘息，然后把我翻过来，简单地亲了一下我的嘴。

　　他闭着眼睛，我不知道他看见的是谁的脸。

几周之后，我又一次见到她。她到韦斯切斯特我们的大房子参加鸡尾酒会。她还像我记忆中的那样完美无瑕。

然后没过多久，我计划和理查德去听交响乐，结果我犯了胃病。他带艾玛去了。艾伦·吉尔伯特指挥，演奏贝多芬和普罗科菲耶夫的曲目。我想象着他们俩并肩聆听情意绵绵的音乐的样子。中场休息的时候，他们很可能会喝鸡尾酒，理查德会像对我那样，给她讲解普罗科菲耶夫不协调风格的渊源。

我选择上床睡觉，在梦里看到他们在一起。那天晚上，理查德留在城里过夜。

我没办法确认，但是我猜那晚是他们第一次接吻。我看见她仰起头，用蓝色的圆眼睛注视着他表示感谢，感谢他给了她这样一个美妙的夜晚。他们依依不舍，不愿告别。沉默了一会儿之后，他低下头，她的防御系统坍塌了，他们之间的距离越来越小。

音乐会过后不久，理查德飞去达拉斯开会。从那时起，我开始留意他的日程安排。那是一个重要客户，艾玛应该陪同参加。我一点也不惊讶，因为戴安娜偶尔也陪他出差。

但是，理查德既没给我打电话，也没发信息说晚安。

我相信他们的关系在出差之后更进了一步，权当这是一个妻子的直觉吧。几周之后，我想进城再看看艾玛。我在他们的大楼外徘徊，用报纸挡住脸。那天，我看见他们走出来的时候，理查德轻轻地扶着我的替代品的腰，为她开门。她穿了一件粉红色的连衣裙，当她忽闪着睫毛抬头看我丈夫的时候，脸颊上荡漾着淡淡的红色。

我真应该走到他们面前，或者假装兴奋地喊出来，建议大家共进午餐。但是，我只是看着他们离开。

现在，我疯狂地按遍了对讲机上的每一户人家，希望有人开门让我进去。终于，门开了，我一个箭步冲进不算宽敞的大堂，扫了一眼报箱，幸运地看到她的名字，由此我知道她住在五层。上楼的时候，我琢磨着她会不会也用理查德的姓呢？如果是这样，我们将以这种方式被连接在一起。

我站在她的门前，用力地敲门。

"谁？"她问。

我避到她从猫眼看不到的地方。如果她知道是我，就不会看我的信了。所以，我把信封从门缝里塞了进去。我看着信封消失，转身跑下楼，希望在理查德到来之前离开这里。

我想象着她打开信的样子，又想起那些信里没有提到的事。

比如，音乐会那天，我假装胃疼。

我打电话告诉他我不能去，装出虚弱的声音建议："你为什么不带艾玛一起去呢？我还记得我跟她一样年轻时在城里的贫穷生活。她会感激不尽的。"

"你确定？"

"当然，我只想睡觉。而且，我不想你为我放弃音乐会。"

他同意了。

挂上电话，我给自己沏了一杯茶，开始筹划下一步。

我知道自己必须小心谨慎，不能有任何失误。我要像理查德那样一丝不苟地关注细节。

上床之前，我在床头柜上放了一杯水和一瓶胃药。

我控制着自己的节奏，好几个星期不提她，直到理查德结束了一笔大生意，我才建议他慷慨地赠送艾玛一张巴尼百货的购物券作为答谢。

那一刻我突然担心自己做过了火。他举着剃须刀，打量着我："你从来没建议我为戴安娜做些什么。"

我耸耸肩，拿起梳子。为了掩饰，我说："我认为我和艾玛有共同点。戴安娜结婚了，有家庭。艾玛让我想起了刚到纽约的自己，我觉得让她心存感激需要下很大功夫。"

"好主意。"

我慢慢地把提着的一口气呼出来。

我想象着她打开礼券，惊讶地挑起眉毛的样子。也许，她会走进他的办公室去谢他。也许，几天后，她会穿着新买的衣服上班，展示给他看。

赌注太大了。我想按部就班，但是控制不住肾上腺素的泛滥。我开始经常踱步，没有食欲，体重下降。晚上，我睁着眼躺在理查德身边，一遍一遍地回顾计划，查缺补漏。我急于促进事态的发展，同时强迫自己等待时机。我是一个被蒙上眼睛的猎人，在等待猎物自己就位。

机会来了。一天晚上，艾玛从达拉斯打来电话，说理查德的会议迟迟不能结束，只能改签下一班飞机。

这正是我朝思暮想的机会。接下来就是连锁反应，我必须做得天衣无缝。艾玛不会猜到我已经建好了一个纸牌屋，正摆好姿势等着打出最后一张牌。

"可怜的家伙，"我说，"他老是这么拼命，肯定累坏了。"

"我明白。这个客户特别苛刻。"

"你的工作也很辛苦。"我好像刚想起来似的说道，"他不用这么赶路。你为什么不建议他好好吃顿晚饭，订个酒店住下，明早再回来呢？这样你们俩都比较轻松。"求你上钩吧。

"你说真的吗，瓦妮莎？我知道他想回家见你。"

"当然。"我假装打了一个哈欠，"告诉你实话吧，我一直想看看肥皂剧，彻底放松一下，可是他只想谈工作。"

既白痴又无聊的老婆，这正是我想留给她的印象。

理查德值得拥有一个更好的妻子，不是吗？他需要一个欣赏他工作能力的人，一个照顾他疲惫身躯的人，一个为他在同事面前挣面子的人，一个渴望每晚和他在一起的人。

一个像她那样的人。

求你了。

"好吧。"艾玛终于说，"我和他说一下，如果他同意，改签之后我会通知你明天我们落地的时间。"

"谢谢你。"

挂上电话，我发现自己笑了，第一次笑了那么长时间。

我为自己找到了一个完美的替代品。很快理查德就会和我结束，我将重获自由。

他们俩都不知道我的精心安排，还蒙在鼓里。

第三部分
精神溯源

31

我一级一级地往下走，在三楼拐角处脚下一滑，还没来得及抓住护栏，屁股就重重地砸在台阶上，疼痛在左侧体内蔓延，但是我噌的一下站起来。不能耽搁，我必须继续走。如果理查德也走楼梯上楼的话，我们肯定会撞上。

这个想法促使我加快脚步。冲到门厅的时候，电梯门刚刚关闭。我想要看看显示板上的数字是否会停在艾玛那一层，但是，哪怕只是耽搁几秒钟的风险，我也不敢轻易尝试。我急匆匆走到外面，一辆出租车正准备从路边开走，我扑上去拍打后备厢，红色的刹车灯亮了。

我钻进车里，不等落座就忙着锁上了门。我张嘴想要告诉司机夏洛特姨妈家的地址，但是所有的话都卡在了喉咙里。

柠檬的芳香笼罩着我，它随风穿透我的头发，沁入我的肌肤。

我能够强烈地感觉到它爬上我的鼻子，流进我的肺。刚下车的人一定是理查德。他焦躁的时候会身体僵硬，那个我爱的理查德会消失，这种时候柠檬的气息比任何时候都更浓烈。

我想逃离这股气味，但是没时间再换一辆车了。所以告诉司机地址之后，我迅速摇下车窗。

我的信只有一页纸，只需要一分钟就可以看完。我希望在理查德敲门之前，她有时间读完。

车子到了一个新的街区，我又向车窗外看了一眼，确信理查德没有跟过来，才放心地把头靠在椅背上。我埋怨自己计划中出现了漏洞，怎么没有想到要避开我丈夫呢？我有那么多时间。自从办公室聚会之后，谋划成了我的全部工作，后来变成了我的癖好。我如此谨慎，结果还是出现了最严重的失误。

我从来没有想过要伤害一个无辜的年轻女人，我只能孤注一掷。就在几乎放弃希望的时候我突然意识到，除非他认定这是他的决定，否则他永远不会放我走。

我对此坚信不疑。自从他开始怀疑我想方设法地想要离开他的那一刻起，他的所作所为证明了这一点。

准确地说，在去阿尔文·艾利舞厅之前，我开始失去对婚姻的热情。我还算年轻，还算精力充沛，还没有被生活磨碎。

从舞厅回来，理查德在厨房低头看向我被他强健的双手攥得发白的右手腕时，似乎根本没有意识到是他扭着我的手，好像别人应该为我痛苦的尖叫负责，而不是他。

在此之前，理查德没有这样严重地伤害过我，至少在身体上没有。

现在我知道，有时候他会一触即发，但是他能悬崖勒马。我已经把那些情景逐一记录在黑色的笔记本里了：单身聚会上，尼克吻过我之后，我和理查德在出租车里；意大利餐厅，有个男人在吧台请我喝酒；我和他谈论公爵失踪的那个晚上……

而有些时候他离失控更近。他曾经把镶着我们结婚照的镜框扔到地上，玻璃四溅，然后把一个荒唐可笑的罪名强加在我身上：在蜜月期间，我和潜水教练埃里克调情。理查德对着我大喊大叫："我看见他站在我们房间外面！"这让我回想起我丈夫拉我下船时，在我的手臂上掐出的淤青。还有一次，就在我们看过妇产科大夫之后不久，他失去了一个大客户，他气急败坏地关门时，书房里的花瓶都被他震掉了。

他有好几次抓住我的手臂使劲地掐。有一次，他问我是不是喝酒了，我垂下眼睛，他抬起我的下巴，强迫我抬头正对着他的眼睛。

这些情况下，他还在控制自己的愤怒：去客房或者出去，等到气消了再回来。

但是从阿尔文·艾利舞厅回来的那天晚上，起初，我的尖叫声似乎唤醒了他。

"对不起，"他松开我的手腕，向后退了一步，用手梳了一下头发，慢慢地吐着气，"但是，该死的，你为什么骗我？"

"夏洛特姨妈，"我又小声说了一遍，"我发誓我只是想去看看她。"

我真不应该这么说，可是如果我承认自己和外人谈论我们的婚姻，可能会更激怒他——或者会招来我不愿意回答的问题。

我重复的谎言割断了他心中的某样东西，他放弃了挣扎。

他的手掌拍在我脸上的声音宛若一枚炸弹。我摔在坚硬的瓷砖地面上。有那么一会儿，震惊盖过了疼痛。他送给我的华丽礼裙在大腿上皱成一团。我用手捂着脸，瞪着他："什么——你竟然——"

他蹲下来，我以为他要扶我站起来，恳求我的原谅，解释说他想打的是我身后的橱柜。

但是，他揪着我的头发，把我拎起来。

我踮着脚尖站在地上，用力掰他的手指，拼命想让他松手。头皮好像要被他揪下来了，我泪如泉涌地求他："求你了，放我下来。"

他放手，然后把我摁在灶台边上。虽然头皮不疼了，但是我知道最危险的时刻到了。那一晚最危险的时候，我生命里最危险的时候。

他的脸变形了，细长的眼睛阴沉黑暗，最令人毛骨悚然的是他的声音。我唯一认识的只有他的声音，那么多个夜晚，是它安抚我，是它发誓会爱我、保护我。

"你必须记住，即使我没有陪在你身边，我也一直和你在一起。"

他盯着我看了一会儿。

然后，我丈夫回来了。他退后一步说："现在你该睡觉了，内莉。"

第二天早上，理查德端着托盘给我送来早餐，我彻夜未眠，也不想起床。

"谢谢。"我平和地说。我害怕再惹恼他。

他的目光落在我已经发青的右手腕上，然后转身走了，回来的时候拿了一个冰袋，一言不发地放在我的手腕上。

"我会早点回家，亲爱的。我带晚饭回来。"

我顺从地吃完格兰诺拉燕麦卷和浆果。虽然脸上没有留下手印，但是下巴有些难受，咀嚼的时候隐隐作痛。我下楼洗碗，不假思索地用右手拉开洗碗机，却疼得一下子缩了回来。

我上楼收拾床，在有棱角的地方，万分小心地注意着自己的手腕。洗澡的时候，强劲的水流刺痛了头皮，我忍受不了洗发水的刺激，也忍受不了吹风机，只好任由头发湿漉漉地滴水。打开衣柜的门，我看见亚历山大·麦昆的连衣裙平整地挂在最前面。我不记得脱衣服的过程，昨晚发生的事变得一片模糊，我只记得自己想要缩小的那种感觉，想要小得不能再小，希望自己消失。

推开裙子，我到架子上找衣服：紧身裤、厚袜子、长袖 T 恤和羊毛衫。最高一层放着的行李箱吸引了我。我注视着它。

我可以打包一些个人用品离家出走：可以住酒店、去姨妈家，或者打电话给萨曼莎，虽然我们的友谊产生了裂痕，已经很久没联系了。但是我知道，离开理查德不是那么容易的。

早上他走的时候，我听见警报哔哔作响，说明他在检查，然后大门砰的一声关上了。

我耳边回响着他的话："我总是陪在你身边。"这个声音盖过所有的响动。

我目不转睛地看着行李箱，门铃响了。

这个声音太陌生了，我们几乎没有不速之客。没必要理它，也许只是一个快递。

可是它响个不停，过了一会儿，电话响了。我接起电话，是理查德："宝贝儿，你在哪儿？"他焦急地问。

我看了一眼床头柜上的表，快十一点了。"刚刚洗完澡。"我听见有人敲门。

"你应该去开门。"

我拿着电话下楼，感觉胸口发紧。用没受伤的手关上警报，打开门锁，我双手颤抖，不知道等在对面的什么，但是理查德告诉我该"去开门"。

冬天的风吹在脸上，我打了一个寒战。快递员站在门口，抱着一个手持终端和一个黑色的小包裹："瓦妮莎·汤普森?"

我点头。

"请在这里签字。"他把手持终端递给我。我握不住笔，歪歪斜斜地签上名字，抬起头时，发现他正盯着我的手腕。羊毛衫的袖口处露出一块茄子皮的颜色。

快递员马上回过神："这是你的。"他递给我那个盒子。

"打网球的时候摔倒了。"

他的眼神松懈下来，转身要走，同时扫了一眼周边白雪皑皑的街景，然后回头看着我。

我迅速地关上门。

我解开包装上的丝带，看见一个盒子。掀开盒盖，露出一个佛杜拉生产的金镯子，至少五厘米粗。

我拿出来戴在手上，正好挡住了手腕上难看的淤青。

我还没有想好是否要一直戴着它，就接到了妈妈去世的电话。

多年以来，我忍受着恐惧对我的控制。但是，现在坐在出租车里，我发现另一种情绪浮出水面：愤怒。容忍理查德这么久之后，发泄对他的愤怒让我感到酣畅淋漓。

在我们的婚姻里，我掩埋了自己的情绪。我用酒精浇灭它们、用否认隐藏它们，小心翼翼地照顾着我丈夫的心情，希望营造一个足够温馨的环境，做正确的事，说该说的话，以此把握家里的阴晴，就像在幼儿园的教室里，我用太阳的笑脸标志贴出天气预报一样。

我偶尔成功。我收藏的首饰——佛杜拉手镯只是理查德在被他称为"误会"的事件之后邮寄给我的第一样东西——提醒着我没有成功的次数。离开的时候，我没想过要带走它们。即使卖掉它们换钱，也会让我感觉自己被玷污。

无论是婚前、婚后，还是在婚姻里，理查德的话总在我的脑子里回荡，让我不断地质疑自己，约束自己的行为。但是现在，我想起夏洛特姨妈早上说过的话："我不怕暴风雨，因为我学会了如何掌舵。"

我闭上眼睛，深吸一口从车窗飘进来的六月的微风，让它带走理查德最后的气息吧。

逃离我的丈夫还不够，只是阻止婚礼也不够。就算艾玛离开他了，我确信他还会继续找下一个女人，下一个替代品。

我必须找个方法阻止理查德才行。

此时此刻他在做什么？我看见他搂住艾玛，对她说特别抱歉让她成为前妻的目标。他从她的手里抢过信，浏览了一遍，然后揉成一团。他生气了，但也许她觉得这是合理的，是因为我的行为。虽然我真的希望自己已经说服她重新审视他们的过去，从新的视角回顾他们的历史。又或许她正在回忆理查德看起来有些冷淡的反应，和他巧妙地施展控制欲的次数。

他的下一个目标是谁？

他会报复我的。

我绞尽脑汁地想。然后，我睁开眼，向前探着身子。

"我改主意了，"我对载我去夏洛特姨妈家的司机说，"我去别的地方。"我从手机里查到地址，告诉他。

我在市中心的花旗银行门前下车，这是理查德的开户银行。

理查德给我支票的时候让我用这些钱去寻求帮助。他已经通知银行我要去提现。但是，我给他送去公爵的照片，给艾玛送去一封信，证明我不想安安静静地消失。

我猜他会在今天取消支票交易。这是他开始惩罚我的方式，也是一种相对简单的方式，表示他不再容忍我的反抗。

我要在他改变主意、通知银行之前提出现金。

有两个空闲的柜员，一个是穿白衬衫、系领带的年轻小伙子，另一个是中年妇女。虽然离小伙子更近，但我还是走到那个女人的窗口。她带着温暖的微笑向我问好。我看见她的名牌上写着贝蒂。

我从钱包里掏出理查德的支票："我要取现。"

贝蒂点点头，看了一下金额，皱着眉说："取现？"她把支票翻过来看了一眼。

"对。"我的脚开始情不自禁地敲打地面,我稳住它。我担心理查德这时候打来电话。

"你先坐一会儿好吗?我想我的上级能够更好地为你服务。"

我扫了一眼她的左手,没有戴结婚戒指。

如果你掌握了技巧,回避问题也不是什么难事。如果你不想和别人分享事实,就用生动冗长的故事分散他的注意力,避免细节,尽量模糊。在迫不得已的情况下撒谎。

我尽可能地靠近窗口:"你看,贝蒂……哦,这是,我的意思是曾经是,我母亲的名字。她最近刚刚去世。"这个谎话很有用。

"太遗憾了。"她流露出同情,我选对了人。

"我跟你说实话,"我停顿了一下,"我丈夫——汤普森先生和我离婚了。"

"太遗憾了。"她重复说。

"是,我也很遗憾。今年夏天他要再婚了。"我冷笑着说,"不管怎么说,这张支票是他给我的,我需要钱租房子。他年轻漂亮的未婚妻已经和他住在一起了。"我说话的时候,仿佛看见理查德按着手机键盘,翻出银行的电话号码。

"只是这笔钱数目太大了。"

"对他来说可不大。就像你看到的,我们的姓是一样的。"我从包里拿出驾照给她看,"我们的住址还是同一个,虽然我已经搬出来了。我现在住在一个肮脏的小旅馆里，离这儿不远。"

支票上的地址是韦斯切斯特，纽约人都知道那个郊区是独一无二的。

贝蒂低头看着我的驾照，犹豫不决。照片是几年前的，那时我眼睛明亮，笑容真实。时光飞逝，我第一次计划离开理查德。

"求你了，贝蒂，听我说。你可以打电话给公园大道支行的经理，理查德已经通知他我会取支票上的钱了。"

"等我一下。"

她走进去打电话。我感觉头被扯得有些发飘，难道这次理查德又先发制人获胜了？

她回来了，我观察她的表情，一无所获。她敲打着面前的键盘，最后抬头看着我说："抱歉让你久等了，都要按程序来，那个经理证实了。我看到你和汤普森先生曾经使用的联名账号是几个月前取消的。"

"谢谢你。"我长出一口气。几分钟之后，她捧着好几摞钱出来，把钱放进点钞机，然后又把一百元的钞票重新数了一遍，我提心吊胆，生怕突然有人跑出来，从她手里把钱拿回去。最后，她把钱连带一个双层大信封从小窗口推出来。

"祝你愉快。"我说。

"祝你好运。"

拉好书包的拉链，我如释重负。

我值得拥有这些钱。尤其是刚刚失去工作，我比任何时候都更需要这笔钱来帮助姨妈。

想到理查德收到银行通知，说钱被取走时的反应，我有一种大获全胜的感觉。

这么多年他总是让我措手不及。无论什么时候，我必须承担让他不快的后果。我情绪低落的时候，他总是扮成救世主的样子安慰我。我丈夫争强好胜的性格使他在我眼里像个谜。我至今也想不明白为什么他要掌控一切，就像他收拾袜子和 T 恤的标准一样严丝合缝。

我重新获得了他从我身上掳走的力量，赢得了一次小战役。虽然很小，但我欣喜若狂。

我想象他会像暴风雨一样咆哮，怒不可遏，但是我不在他的势力范围之内。

我匆匆走进最近的大通银行，把钱存进和理查德分手后新开的账户中。现在我可以回夏洛特姨妈家了。除了睡个安稳觉，我还决定把那个被我打败的女人当作垃圾一样忘掉。

想到接下来要做的事情，我全身充满能量。

32

"我二十六岁，和理查德彼此相爱。我们很快就要结婚了。"我对着镜子里的自己说。我想：口红应该重一些，于是去拿化妆箱。"我是这里的助理。"我穿着下午新买的安·泰勒红色连衣裙，虽然没有和艾玛的裙子一模一样，但和新买的定型内衣很搭配。

姿势还不到位。挺胸，抬下巴。现在好很多。

"我叫艾玛。"我对着镜子说。然后我笑出来——咧着嘴，自信地笑。

熟悉她的人不会被我蒙骗，但我要做的只是骗过理查德办公室的清洁工。

如果他有同事加班就完蛋了。如果理查德碰巧没走——不行不行，不能再琢磨了，否则我会打退堂鼓的。

"我叫艾玛。"我一遍遍地重复，模仿她沙哑的嗓音，直到满意为止。

我走进厕所，趴在门缝上窥视。走廊里空无一人，光线暗淡，看不见拐角处理查德公司的双层玻璃门。我知道一定锁着，每天晚上都如此，只有少数几个人有钥匙。公司的电脑里存着几百名客户的财务信息，除了密码以外，我相信公司的网络安全专家一定会阻止黑客闯入。

我要找的不是这些记录，我只需要理查德办公室里的一份文件，一件对公司其他人都没有任何意义的东西。

即使艾玛看了我的信，即使她的心里闪过一丝疑虑，即使她是个有悟性、会分析的年轻女人，可是最终她会相信谁呢？她成功出色的未婚夫，还是未婚夫疯狂的前妻？

我需要证据，而她正是给我提供线索的人。

我们在她的公寓外见面的时候，我让她去问理查德鸡尾酒会那天要求我去酒窖拿拉维利奥的事，她在扔下我钻进出租车的时候说："你以为酒是谁订的？"

从理查德的角度而言，让艾玛，他的助理为我们的酒会订酒是明智的选择。

不需要他漫长的惩罚，我一直尽自己最大的努力好好表现。一连数月，每天早上，我都和他一起床去锻炼，晚上做健康晚餐。这些行为使理查德变得和蔼可亲。在这种婚姻状态下，我的担心不再是无中生有：当他感觉到我的爱一点一点地流失的时候，他会因为恐惧而变成一个危险的丈夫。

在鸡尾酒会的前几天，我改变发式的时候就预料到即将为此付出惨痛的代价。我先让发型师把我的头发染成深棕色，她反对，说很多女人出好几百美元让她做出我这样自然的金色，但我意已决。染完之后，我又让她把长发剪成齐肩的短发。

在我和理查德初见的那天，他告诉我永远不要剪头发。这是他定的第一条规定，却让人误以为是恭维。

我们在一起的时候，我一直遵守。

直到见到艾玛，我知道我必须不顾影响地为我丈夫找到离开我的理由。

理查德看见我的头发之后愣了一下，然后说新发型很适合冬天。我明白他的意思，他希望我在夏天的时候换回原来的样子。简短的交流之后，他每天都加班，直到酒会那天。

理查德让艾玛订酒是做给我看的。

现在，我也可以做给他看。

那天晚上，在韦斯切斯特的大房子里，希拉里和理查德站在客厅临时搭建的吧台旁。提供饮食和服务的人迟到了，我端着摆好的布里干酪和切达干酪在客人中低声道歉。

"亲爱的，你能从酒窖拿几瓶 2009 年的拉维利奥过来吗？"理查德在房间另一头大声叫我，"我上周订了一箱，在葡萄酒柜的中间一层。"

我像电影慢动作一样走去地下室，我要拖延站在他的朋友和商业伙伴面前的时间，因为我知道：我家的酒窖里没有拉维利奥。

不是我喝光了。

当然，所有人都会这么想。这就是理查德的目的，这就是我们的模式：我坚持自我，挑战了理查德，他便强迫我出错，付出代价。我总是罪有应得。比如，阿尔文·艾利舞厅那晚，我知道理查德跟他的合伙人保罗说的是我喝醉了，必须回家。但那不是事实，理查德是生气保罗主动提出要帮我找工作。而且，我丈夫已经知道我偷偷进城秘密约会了，最后，我承认自己是去见心理咨询师。

让我在公共场合出丑，让别人看到我的反复无常，更恶劣的是，让我怀疑自己，这是理查德惩罚我的惯用手段。面对这些，最有效的方式是像妈妈那样抗争。

"亲爱的，一瓶拉维利奥也没有。"我从酒窖回来以后说。

"我刚放了一箱啊——"理查德欲言又止。他脸上的困惑一扫而光，取而代之的是显而易见的尴尬。

他是一个高明的演员。

"哦，随便给我来点之前的白葡萄酒好了！"希拉里亢奋地说。

艾玛走过房间。她穿着一件简朴的黑色束腰连衣裙，凸显出沙漏形的身材。一头浓密的金发，在靠近发梢的地方松散地打着卷。她和我记忆中的一样完美。

当晚我要完成三件事：让在场的所有人相信理查德的妻子有一点邋遢；让艾玛相信理查德应该有个更好的妻子；最重要的一点是，说服理查德他需要一个更好的妻子。

我心急如焚，注视着艾玛，寻求勇气。然后，我开始表演。

我挽住希拉里的胳膊，欢快地说："加我一个！"希望隔着袖子她不会感觉到我的手指冰凉，"谁说金发碧眼更有趣？我就想变成浅黑的肤色。嘿，理查德，给我们开瓶酒。"

我进厨房拿餐巾的时候，倒掉了第一杯酒。回来后我询问希拉里是否需要续酒的时候，特意让理查德听见。我看见她还剩半杯，她的眼神扫过我的空杯子，然后摇摇头。

很快，理查德递给我一杯水："亲爱的，你要不要再给服务员打个电话？"

我查了号码，拨了前六位数字，然后走到离理查德尽可能远的地方假装说话，以防他听出我语速的反常。打完电话之后我冲他点点头："应该很快就到了。"接着，我放下他给我的水。

服务员到的时候，我端着所谓的第三杯酒。

当他们开始布置自助餐的时候，理查德示意领班进厨房，我跟在他们后面。

"怎么回事？"理查德开口之前，我先发制人质问领班，而且没有克制自己的声调，"你们应该一小时前到。"

"对不起，汤普森太太，"那人看了一眼记录说，"我们是按照您指定的时间出现的。"

"不可能，我们的酒会七点半开始，我通知你们七点到。"

理查德站在我这边，时刻准备着发泄对他们的不满。

领班默默地把记录表转向他，指着时间——八点和我在页面底部的签名。

"但是……"理查德咳嗽了一声说，"怎么回事呢？"

我必须做出准确的反应，既要表现出办事不力，又要表现出对他的激动无所察觉的样子。

"哦，我想是我的失误，"我轻描淡写地说，"行了，好在他们已经来了。"

"你怎么能——"理查德咽下后面的话，长出一口气。他的脸一直紧绷着，没有放松。

我感到一阵恶心，匆忙跑进浴室，我知道不能继续演下去了。我用凉水浇手腕，数着自己的呼吸，直到心跳恢复平静。

然后我走出浴室，开始观察我们的客人。

我还有任务没完成。

理查德正和一个合作伙伴及俱乐部的高尔夫球友聊天，但是刺痒的皮肤提醒我他的目光始终跟随着我。我的头发、我喝的酒、我对服务员的反应，这一切都和几周前那个跟他反复落实每一个细节的女人判若两人。我们花了好几个钟头研究客人名单，理查德为了便于我交流，详细介绍了每个人的特点，甚至提醒我菜品不要点虾，因为有一位客人对虾过敏。我告诉他，我查了两遍衣架的数目，保证所有人的外衣都可以挂起来，不用扔到床上。

现在是核对我的私人清单的时候了。还有一个项目一直在我的脑子里，在理查德上班的时候，我反复思量过无数遍：和艾玛谈话。

一个服务员端着托盘过来，我挤出一个微笑，拿起一块加热的帕尔马干酪面包，然后裹在餐巾纸里。

我等这个服务员走到艾玛那群人身边的时候靠了过去。

"你一定要尝尝这个，"我抢着说，强迫自己笑出声，"给理查德工作，必须精力充沛。"

艾玛的眉头一皱，但是瞬间云开雾散："他工作的时间确实太长了，但是我不介意。"

她拿起一块面包，咬了一口。我发现房间另一头的理查德开始向这边移动，却被乔治拦下。

"哦，不只是时间长，"我说，"他还特别挑剔，是不是？"

她点头，迅速把剩下的面包全塞进嘴里。

"好了，我真高兴终于所有人都有的吃了。大家都以为服务员拿了钱就该准时出现的。"我提高嗓门大声说，为了让那个端着餐盘的中年男人听见，更为了让艾玛觉得我是在严厉地批评他。我的脸发烫，我希望艾玛认为是我喝了太多酒的缘故。当我和她的目光相遇时，我眼神不屑，假装无礼。

理查德抽身离开乔治，径直朝我们走来。在他到达之前，我转身朝相反的方向走去。

再多给他们一个理由。我知道必须现在行动，否则将失去勇气。

我慢慢地穿过房间，每走一步都那么纠结。耳朵里砰砰地响，嘴唇上方冒出薄薄的一层冷汗。

本能惊慌失措地冲出来阻止我，让我回头，但是我强迫自己继续向前，在欢笑的人群中间穿梭。有人碰我的胳膊，我连看都没看就甩开它。

想到艾玛和理查德的注视，我义无反顾。

我知道近期我不会再有机会靠近她了。

我的 iPod 连着音响。理查德精心安排了爵士乐和他喜欢的古典乐交叉播放的顺序，房间里飘荡着优雅的音乐。

我熟练地换了一个频道，选中二十世纪七十年代的迪斯科音乐，然后调大音量。

"让我们的舞会开始吧！"我挥舞着手臂声嘶力竭地喊，嗓音已经嘶哑，但是我不能停，"谁想跳舞？"

交头接耳、窃窃私语的声音戛然而止。所有的脸不约而同地转向我，好像排练过似的。

"来吧，理查德！"我叫道。

现在，就连服务员也目瞪口呆地看着我。我看见了希拉里迅速移开的眼神，看见了艾玛张大的嘴巴，她马上转头看向理查德。

他正大步流星地朝我走过来，我的心又收紧了。

"亲爱的，你忘了我们的家庭规定，"他强装欢笑，大声地说，同时调低了 iPod 的音量，"十一点之前不能放比吉斯乐队的音乐。"

理查德重新调到巴赫的乐曲，屋子里响起轻快的笑声。他拽着我的胳膊走到门厅，问："你怎么了？喝了多少酒？"他的眼睛眯成一条缝，我诚惶诚恐地道歉，这个不需要伪装。

"就两杯，但——对不起，从现在开始我只喝水。"

他伸手要拿走还剩一半酒的高脚杯，我毫不犹豫地放手。

接下来的整个晚上，我时刻都能感觉到我丈夫凶狠的眼光。我看见他用手指敲打盛着威士忌的酒杯。我努力回想他平息了我制造的混乱之后，艾玛同情中夹杂着钦佩的表情，这是我坚持下来的动力。

终于完成了所有的计划。

值了，虽然我的外伤过了两个礼拜才好。

理查德再也没送我首饰来补偿"误解"。这表明他已经不对我们的关系抱有希望，他的注意力开始转移了。

"我和理查德彼此相爱，"我窥视着空荡荡的走廊，最后说了一遍，"我理应出现在这儿。"

进入理查德办公的大楼轻而易举。他公司的楼下有一家专为有钱人提供服务的会计公司，我以一个刚获得遗产的单身女人的身份进行了预约。这也不是太不靠谱。毕竟，我的钱包里还装着理查德支票的收据。我预订了当天最晚的时间——六点，然后在新买的裙子上粘好访客的标签，大摇大摆地从保安身边走过。

去过那家会计公司之后，我乘电梯到了理查德办公室的楼层，直奔女厕所。密码没变，我走到最里面的小隔间，撕碎访客标签，扔进垃圾桶。我已经彻底改变了自己，尽最大可能从外表模仿艾玛：红色口红、紧身裙、鬈发。接下来的几个小时，我不断地练习她的发音、体态和举止。有几个人进来上厕所，但是没人逗留。

现在是晚上八点半，三个保洁员终于推着杂物车从电梯里走出来。我一直忍着，等他们终于走到理查德公司的门口。

我充满自信。

"你们好！"我朝他们走过去，轻快地打招呼。

我镇定自若。

"很高兴又见到你。"

这是我的地盘。

他们肯定在晚上见过艾玛，她和理查德一起加班。打开双层玻璃门门锁的男人若有所思地对我笑了一下。

"我老板让我到他的桌上拿个东西，"我指着熟悉的大办公室说，"很快。"

我快速地绕过他们，迈着比以往更大的步子向前走。有一个拿着抹布的女人跟着我，这正是我求之不得的。以前艾玛工作的地方摆着一盆非洲紫罗兰和一个种着花的茶杯，旁边就是理查德的办公室，我推开门。

"应该就在这儿。"我走到桌子后面，靠下的地方有两个大抽屉。我拉开其中一个，里面除了一个弹力球、几根能量棒和一盒没有开封的卡拉威高尔夫球具以外什么都没有。

"哦，他肯定换地方了。"我对保洁员说。我能感觉到她提高了警惕，显然，她有点紧张了。她靠近我。我知道她怎么想的。她一定正在告诉自己我是这儿的人，否则过不了保安那一关，而且她不想惹恼这里的员工。但万一她搞错了，可能会丢掉工作。

我的拯救者盯着我：理查德桌角上摆着一个银色的相框，里面镶着艾玛的照片。我拿起来，给保洁员看，当然要保持一定的距离："看见了吗？是我。"她放心地笑了。我暗自庆幸她没问为什么我的老板把助理的照片摆在自己的桌子上。

拉开第二个抽屉，我看见理查德的文件，每一份都贴着标签。

我找到一个标着运通卡账单的文件夹，快速翻到二月的记录。我要找的就在最上面：索斯比红酒，退款三千一百五十美元。

保洁员已经走到窗边去擦百叶窗，但我不能喜形于色，我把那页纸装进包里。

"好了！谢谢你！"

她点点头，我准备离开。走到桌子边的时候，我又一次拿起相框，再放下去的时候，艾玛的脸对着墙。我控制不住。

33

第二天早上醒来的时候，是我这么多年以来最精神的一次。没有酒精和药物，我足足睡了九个小时。这又是一个小胜利。

还没走进厨房我就听见夏洛特姨妈在收拾东西。我从身后抱住她，颜料和薰衣草的味道仍在，她的气息让我心神宁静，而理查德的气息则让我心烦意乱。

"我爱你。"

她双手握住我的手："我也爱你，宝贝儿。"她带着一些惊喜，仿佛感觉到来自我内在的转变。

搬来之后，我们拥抱过无数次。我在公寓门口抽泣着走下出租车的时候，夏洛特姨妈拥抱我；婚姻里最糟糕的记忆让我夜不能眠的时候，她爬上我的床，拥我入怀，好像要吸走我的痛苦一样。理查德的虚伪布满我日记的每一页，而夏洛特姨妈用她沉稳的、不容置疑的爱使我振作，同样可以占据我日记的每一页。

但今天是我抱住她。我要让她感受到我的能量。

我放手以后，夏洛特姨妈端起刚煮好的咖啡，我从冰箱里拿出奶油递给她。我渴望用热量——营养丰富的食物来增加我新生的坚韧。我用西红柿和乳酪炒鸡蛋，烤了两片全麦面包。

"我做了一些调查，"我说，她抬头看着我，我知道她完全明白我在说什么，"你不是一个人，我永远和你在一起，哪儿也不去。"

她搅动咖啡里的奶油："绝对不行。你还年轻，不能一辈子陪着一个老太太。"

"太遗憾了，"我轻松地说，"不管你喜不喜欢，反正你是甩不掉我了。我已经找到纽约最好的治疗黄斑病变的医生了，他是全国顶级专家之一，用不了两周，我们就可以和他见面了。"办公室主任已经发邮件给我，我会帮助夏洛特姨妈填好表格。

她越搅越快，咖啡差点溢出来。我看出来她很不自在。我特别理解，作为自由艺术家，她没有完善的医疗保险。

"理查德来的时候给我留下一张支票，我现在有很多钱。"当然，我配得上这些钱。在她反对之前，我拿来一个马克杯，说，"喝咖啡之前，我什么也不想谈。"她笑笑，我换了一个话题，"你今天有什么安排？"

我想，应该去趟墓地，我想看看博。

通常，姨妈只在秋天他们结婚纪念日的时候去扫墓。我知道，现在她看所有的事都不一样了，她要把熟悉的景象存在记忆银行里，等到视力消失的时候再去提取。

"如果你想有个伴儿的话，我愿意奉陪。"我翻了一下鸡蛋，放了盐和胡椒。

"你不用上班？"

"今天不用。"我在面包上抹好黄油，把鸡蛋倒进两个盘子里，给夏洛特姨妈一个。我喝了一口咖啡，拖延时间。我不想让她担心，所以编了一个全店裁员的故事："边吃早饭边给你解释。"

我们在他的墓碑旁一边种上黄色、红色和白色的天竺葵，一边分享对他的回忆。夏洛特姨妈追忆了他们的相识。起初，姨妈以为他们是在咖啡馆偶遇的，直到一周后第三次约会的时候她才知道并非如此。这个故事我听了很多遍，但是每次听到她讲，他说再也不会被人叫作大卫是一件多么幸福的事的时候，我都忍不住哈哈大笑。我想起了博最爱的小记者本。他总把它装在口袋里，上面别着一支铅笔。只要我和妈妈去纽约，他都会送我一个一模一样的，然后我们假装在上面编辑新闻故事。他带我去当地的比萨店，等餐的时候他教育我应该把所见所闻都记下来——看到的、闻到的、听到的，像真正的记者那样。他从来没把我当成小孩。他欣赏我的观察力，称赞我对细节的敏感。

正午的太阳火辣辣的，但是大树替我们挡住了炎热。我和夏洛特姨妈闲散地坐在柔软的草地上，愉快地聊天。我们远远地看见一家人走过来，妈妈、爸爸和两个孩子。一个小女孩骑在爸爸的脖子上，手里捧着一束鲜花。

"你们俩那么优秀，难道从来没考虑过生个孩子？"年轻的时候，我曾经问过姨妈这个问题，不过，现在我想以一个和她平等的女人的身份再问一次。

"老实说，没想过。我有自己的艺术，博总要出差，我和他一起旅行……我们的生活太充实了。另外，和你在一起，我已经足够幸福了。"

"我才幸福。"我把头轻轻地靠在她的肩膀上。

"我知道你渴望有个孩子，我很遗憾。"

"我们努力了很长时间。"我想起那些刺眼的蓝线、药物、药物导致的恶心和疲倦、血液检查、就诊……每个月一次，我感觉自己像个失败者，"过了一段时间之后，我开始怀疑我们要不要生孩子。"

"真的吗？就这么简单？"

我想，当然不是，根本没有这么简单。

最后，霍夫曼医生建议理查德做第二次精子检查。我坐在她洁净的办公室里，接受每年一次的体检时，她说："难道没人告诉他吗？任何医学检查都可能出现误差，按要求，应该每半年或一年复查一次。况且，你又年轻又健康，这样折腾是很不正常的。"

这事发生在妈妈去世、理查德保证不会再出现恶劣事件之后。他尽可能地在七点之前回家；周末我们去百慕大群岛或棕榈海滩打高尔夫、晒日光浴。我心甘情愿地为我们的婚姻妥协，这样过了六个月，我们决定开始新一轮的尝试。保罗承诺的工作一直没有兑现，我继续在启蒙项目做志愿者。我对自己说，你应该为理查德的粗暴承担一部分责任，有哪个丈夫愿意接受妻子偷偷进城，又谎话连篇呢？理查德告诉我，他曾经怀疑我有情人，但是我猜他从来没有想过要伤害我。随着时间的推移，我温柔体贴的丈夫又开始送花，在枕头上留下写着甜言蜜语的字条。这很容易让人相信所有的婚姻都会有低潮，而他不会一错再错。

只是，在淤青消退的日子里，总有一个微弱但坚定的声音在我的心里哭喊着让我离开他。

"我的婚姻有一点……嗯，不稳定。"我对姨妈说，"我担心在这样的环境里，养孩子有问题。"

"刚开始和他在一起的时候，你看起来很开心。"夏洛特姨妈谨慎地说，"而且，他的确很宠你。"

我点点头，她说的都对："不过有时候只有这些是不够的。"

当我把霍夫曼医生的话告诉理查德的时候，他马上表示愿意：

"我去约周四中午的检查。你可以等吧?"我们在第一次检查的时候就得知,他需要提前两天储备活跃的精子。

想起每次我做检查的时候他都陪在我身边,在最后一分钟我决定陪他一起去。况且我也没什么事情可做,整个下午泡在城里也是蛮不错的,等他下班以后我们还可以共进晚餐。至少,这些都是我要去的理由。

我打电话怎么也联系不上他,只好给诊所打电话。很多年前,理查德第一次去的时候我就记住了名字——瓦克斯勒诊所,因为理查德开玩笑说,听起来就像"马上死了诊所"。

"他刚刚打电话取消了预约。"前台说。

"哦,肯定是被工作耽误了。"幸亏我还没动身。

我猜他可能第二天去,便准备在晚饭的时候提议和他一起去。

当天晚上,我在门口迎接他的时候,他搂着我说:"我的菲尔普斯小伙子们还很强壮。"

时间仿佛一下子凝固了,我目瞪口呆。

我推他,但他搂得更紧了:"不要担心,宝贝儿。我们不会放弃的。我们会查出原因的,然后一起解决。"

他放开我的时候,我几乎无法直视他的眼睛:"谢谢。"

他微笑着,低头看着我,一脸温柔。

你是对的,理查德,我会查出原因的。我自己解决。

第二天,我买回黑色的魔力斯奇那笔记本。

大部分时间，姨妈是我的主心骨，但是我不能拿这件事烦她。我从包里拿出两瓶水，递给她一瓶，自己喝了一大口。过了一会儿，我们打算走了，夏洛特姨妈用指尖慢慢地描摹刻在墓碑上的丈夫的名字。

"还是不能放下吗？"

"是，也不是。我希望我们在一起的时间再多一些。但是和他一起度过了幸福的十八年，我很知足。"

我挎着她的胳膊走回家，绕远走了一段长长的路。

我思考着，还能用理查德的钱为她做些什么。姨妈最喜欢的城市是威尼斯，我决定当一切都结束的时候——拯救完艾玛，就带姨妈去。

到家之后，夏洛特姨妈回了工作室，而我准备让艾玛看到运通卡账单。我知道该怎么做，艾玛一直使用做助理时的电话号码。我拍照，然后发给她。必须趁理查德不在的时候，只有这样她才有时间消化看到的东西。

我和夏洛特姨妈出去的时候太早，他们可能还在一起。但是现在，他应该去上班了。

我从包里拿出账单，抚平。这是理查德的商务用卡，只有他一个人使用。大部分项目是午餐、坐出租车和到芝加哥出差的费用，还有酒会那天的服务费。我签了合同，敲定了细节，由于这是商务目的，他坚持用这张卡。仅鲜花的支出就有四百美元。

索斯比红酒的退款在最上面，隔几行才是服务费。

我用手机拍照，核实日期，红酒店的名字和金额清晰可见。然后给艾玛发了一条短信：

你订了酒，谁退的呢？

确定发送成功之后，我放下手机。我没用一次性手机，因为没必要隐藏。我不知道回忆起那天晚上，艾玛会想到什么。她以为我喝多了，相信理查德维护了我，先入为主地认为我在一个星期内喝光了一箱红酒。

如果她发现其中一件事是假的，会怀疑其他事的真实性吗？

我盯着手机，希望她手指触摸到的这条线索能够让她紧张起来。

34

第二天早上，我收到艾玛的回信，同样是简单的一句话：

今晚六点来我的公寓。

我盯着这几个字足足看了一分钟，难以置信。我花了那么长的时间，费了那么大的劲，现在她终于向我敞开了大门。我让她产生了疑问。她到底知道什么，会问什么呢？

我热血沸腾。我不知道她能听我说多久，所以决定写下要点：我可以抚养公爵，但是有什么证据呢？我没有写这个，而是写下"生育问题"。我希望她去问理查德为什么我没有成功受孕。他肯定会撒谎，而且他会有压力。或许，她可以见识到他是怎样回避事实的。我接着写下"他的意外出现"。他有没有不请自来？尤其是在他不知道她的安排的时候。这还不够，这不是我经历的所有。我必须告诉他理查德对我的身体伤害。

我准备对艾玛讲的事从来没有告诉过任何人。我需要控制情绪，不被它吞噬，同时不强化她认为我有精神错乱的猜测。

如果她能敞开心扉听我说，如果她接受我的帮助的话，我一定解释清楚我如何精心谋划解救自己的计划。我把她纳入了计划之中，但是没有想到会走这么远。

我会请求她的原谅。但是她对自己的赦免比我承认她无罪更重要。我要让她离开理查德，离开，甚至就在今晚，在他实施诱捕之前。

我最后一次见艾玛的时候，努力给她留下我希望她看到的印象：我们是彼此的翻版。现在我要尽力表现出诚恳的样子。我洗澡，换上牛仔裤和棉 T 恤，不浓妆艳抹，不摆弄发型。为了消耗旺盛的精力，我决定走过去。等到了五点就出门，不可以迟到。

冷静、理智、有理有据，我反复提醒自己。艾玛亲眼看到了我的行动；听到了理查德对我性格的评价；知道我的声誉；我要扭转她对我所有的看法。

我一直在排练，直到电话响起。是个陌生号码，但是我知道区号：来自佛罗里达。

我不寒而栗。坐在床边盯着手机屏幕，铃声第二次响起的时候我不得不接了。

"是瓦妮莎·汤普森吗？"一个男人问。

"是。"我的喉咙干涩，无法吞咽。

"我是动物救助所的安迪·伍德沃。"他的声音热情而友善。之前，我们没说过话。玛吉从高中开始在救助站做志愿者，她死后，我开始以她的名义捐款。婚后，理查德建议我大幅提高每月的捐款数目，并且出资对救助站进行了翻修。所以，玛吉的名字被写在救助站门口的牌匾上。理查德还自告奋勇作为中间人沟通双方，减轻我的压力。

"我接到你前夫的电话。他说你们俩商量决定，不再进行慷慨的捐赠了。"

我知道这是对我的惩罚。我拿了他的钱，他在报复。这是源源不断的雪耻行为的开始，对于这种寻求平衡的事情，理查德乐此不疲。

当我意识到沉默了太长时间以后，说："是。"这些捐赠是为玛吉，不是为我。我义愤填膺地说："非常抱歉。如果可以，我仍然可以每个月捐一点。虽然远远不如从前，但总有些用处。"

"你真是太慷慨了。你的前夫也表示很痛心。他说他愿意直接打电话给玛吉的家人，告诉他们原因。他让我转告你，免得你担心。"

这是针对我的哪个行为？公爵的照片？写给艾玛的信还是支票提现？

难道他已经知道我把账单发给了艾玛？

安迪不懂，没人会懂。谈话的时候，理查德魅力十足。他给玛吉家人打电话的时候会故技重施。他一定会一个人一个人地单独聊，包括詹森。他会提到我的父姓，这样更容易进入话题，也许还会讲讲我是怎么搬去纽约的。

詹森会怎么做？

我等待着旧伤复发。

但是没有。

相反，我顿悟到理查德离开我之后，詹森再也没有出现在我的脑海里。

"如果有机会，这个家庭会分别向你们两个人表示感谢的。"安迪说，"当然，他们每年都留言，我转达给你丈夫了。"

我猛地抬起头。像理查德那样思考，控制。"我没有——我是说，我丈夫没有给我看过。"我的语调还算温和，声音也算平稳，"玛吉的死对我影响很大，他也许觉得我太痛苦了，看不了那些。但现在我很想知道他们写了些什么。"

"哦，当然可以。他们几乎都是发邮件让我转交。虽然不是一字不错，但我记得大概内容。他们一直表达对你们的感激之情，希望有朝一日能见到你们。他们经常来我这里。你们的所作所为对他们意义深远。"

"她父母去救助站？那玛吉的哥哥呢，詹森去吗？"

"是的，他们都来。詹森的妻子和两个孩子也来。他们是幸福的一家。我们重装开业的那天，是两个孩子负责剪彩的。"

我向后仰过去，手机差点掉了。

这么多年，理查德一定知道这些事，但他拦截了我们的通信。他希望我害怕，希望我做他紧张的内莉。他假装是我的守护者，出于内心的邪恶，他培养我对他的依赖，玩弄我的恐惧。

在理查德所有残忍的行为中，这个或许是最过分的。

惊醒让我瘫倒在床。我开始思考我们在一起时，为了刺激我的焦虑，他还做过什么。

"我也想和玛吉的父母与哥哥通话。"过了一会儿，我说，"你能告诉我他们的联系方式吗？"

理查德一定坐卧不安了，他能够想到安迪会对我提起邮件。现在我的前夫才是那个思维混乱的人。

我不会去刺激他，甚至不会靠近他。他现在疯狂地想要伤害我、阻止我，把我从他有条不紊的生活中彻底清除。

我发现快五点了，这是我计划出发去找艾玛的时间，于是和安迪说了再见。但是，恐慌油然而生，理查德会不会等在外面？我不能走着去。我要乘出租车，但首先我必须安全地坐上一辆才行。

楼后的出口是一条窄胡同，放着垃圾桶和回收箱。理查德会守在哪个口呢？

他知道我有轻微的幽闭恐怖症，讨厌束缚感。胡同狭窄，通常空无一人，被两头的摩天大厦夹在中间，所以我该选这条路。

我穿上运动鞋，等到五点半时坐电梯下楼，笨手笨脚地打开消防通道的门，向外张望。胡同看起来空荡荡的，但是看不到大塑料垃圾桶的后面。我深吸一口气，推开门，跑下通道。

我的心扑通扑通的，他的胳膊随时可能伸过来，抓住我。我加快脚步奔向远处的斑马线。到了大马路之后，我在原地转了个圈，巡视四周。

他不在。我相信，如果他在，我能够感知到他如狼似虎的眼神。

我一边走一边抬起手打车，很快过来一辆。司机老练地在拥挤的车流中穿梭，向艾玛家驶去。

车停在街角，差四分钟就到六点。我让司机打着表等我一会儿，我要把准备说的话重温最后一遍。然后，我下车，走到门口，按下门铃，我听见艾玛的声音："瓦妮莎？"

"是我。"我脱口而出。最后回头看了一眼，没人。

电梯到达她的楼层。

我刚走到门口，门就开了。她还是一如既往地美丽，但是眉头紧蹙，看起来有些焦虑："请进。"

我站在玄关，她关上厚重的大门。终于，我和她单独在一起了。我如释重负，轻松得有些飘飘然。

她的公寓小巧整洁，只有一间卧室。墙上挂着几个相框，茶几上的花瓶里插着几朵白玫瑰。她示意我坐在低背沙发上，我靠边坐下，但是她仍然站着。

"谢谢你同意见我。"

她默不作声。

"我一直想和你谈谈，好长时间了。"

她有些心不在焉，一直没有直视我。相反，总是回头，看着卧室的门。

我用余光看到门一点一点地打开了。

我下意识地向后仰，抬起双手保护自己。不会的，我绝望地想。我想跑，却无法动弹，就像在梦里一样。我眼睁睁地看着他靠近。

"你好，瓦妮莎。"

我的眼睛转向艾玛，她的表情神秘莫测。

"理查德，"我咕哝着，"你——你怎么在这儿？"

"我的未婚妻告诉我，你给她发了一条莫名其妙的短信，和红酒退款有关。"他继续靠近我，不慌不忙地停在艾玛身旁。

我突然不害怕了。他不可能在这里伤害我。无论如何，他永远不可能当着外人的面动粗。他来是为了做个了结，在艾玛面前把我彻底击败。

"艾玛给我打电话的时候，我已经向她解释清楚了。"他说，我从他眯起来的眼睛里看出，他想缩短我们之间的距离，"就像你了解的那样，我不确定有人会在酒会上喝那箱酒，所以我觉得不能算是商务开销。出于道德，我只能退掉重订，改用自己的信用卡付账。我记得苏特比的快递送酒来的时候，我告诉过你，而且是我放进酒窖的。"

"撒谎！"我转向艾玛，"他从来没有订过。他太擅长为所有的事情找到理由！"

"瓦妮莎，他当时马上做出了解释，他没有时间编故事。我不知道你到底想要什么。"

"我什么也不想要，我想帮助你！"

理查德叹了一口气："这太浪费时间。"

预感到他开始发难，我打断他。"给信用卡公司打电话！"我不假思索地说，"让艾玛听信用卡公司的确认，只要半分钟而已，现在就可以搞定。"

"不，我来告诉你怎么搞定。你跟踪我未婚妻好几个月了，上一次我就警告过你。你关注的那些问题，我很遗憾。我和艾玛已经准备报案，你必须远离我们，没得商量。"

"听我说，"我对艾玛说，我知道这是最后的机会，"他迫使我认为自己疯了。他除掉了我的狗——他打开了门或者干了其他的事。"

"老天啊。"理查德说。他的嘴唇紧闭。

"他试图让我相信没有孩子是我的错！"我突然说出来。

理查德的手指弯曲，攥成一个拳头，我条件反射性地退缩了一下，但没有放弃。

"他伤害我，艾玛。他打我，推我，差点掐死我。你可以问问他，那件为了遮掩我的伤痕而送来的首饰。他也会伤害你的！他会毁了你的生活！"

理查德吐出一口气，闭上眼。

她能感觉到他快到极限了吗？她以前见过在怒火中迷失的理查德吗？也许我说得太多了。她可能相信了一部分，但是和一个成功、稳重的男人站在一起，她怎么会接受我粗鲁的指控呢？

"瓦妮莎，你有很严重的问题。"理查德把艾玛拉过去，"你不可以再靠近她。"

报案意味着理查德将拿到一份官方的判决，证明我对他们进行了恐吓。如果真有暴力冲突，他将获得有利的证据支持。他总能掌控大局。

"你必须离开。"理查德走过来，拉我的胳膊。我甩开他，虽然他的触碰是温和的。他克制住了自己的愤怒："我带你下楼吗？"

我瞪人眼睛，使劲摇头，想咽口水，可是口干舌燥。

在艾玛面前，他不会对我做任何事，我安慰自己。但是我知道他在想什么。

我从艾玛身边走过，她将胳膊抱在胸前，侧身避开我。

35

　　我真应该把日记本和酒单收据一起拿给艾玛看。如果她有机会翻看几页的话，一定能够察觉到这些看似独立的事件下涌动的暗流。

　　但是日记本不在了。

　　直到我最后一次用过它，每一页都写着我的回忆和日益增长的恐惧。理查德告诉我他做完了精子检查的那天晚上，我发誓不再违背直觉，要查明真相。我的日记本像个法庭，记录着我的两种想法。也许理查德去其他医院检查了，我写道，但是为什么他还要在这家诊所预约呢？我蜷缩在客房的床上，就着床头柜上昏暗的灯光，对着潦草的文字冥思苦想，为什么有那么多令人费解的巧合。回到最初的婚姻生活：为什么他夸我做的浇汁羊肉好吃，却剩了一半没吃，然后在第二天上午送我厨艺课的礼券呢？难道他在婉转地告诉我饭菜不可口吗？或者是对我在霍夫曼医生那里承认曾在大学时怀孕的惩罚？在这之前的几页写着：为什么在我们的单身聚会上，他不请自来？是爱情还是控制欲？

问题堆积如山，我已经不可能视而不见：理查德存在严重的问题，或者是我。无论是谁，都很可怕。

我可以确定，理查德觉察到了我们之间的变化。我情不自禁地回避他，回避所有人：辞掉所有的志愿者工作；几乎不进城；我在吉布森和幼儿园的朋友过着他们自己的日子；就连夏洛特姨妈也跟我疏远了，她和巴黎的艺术家朋友互换住所半年，以前他们也这样换过几次。我跌进了孤独的深渊。

我对理查德说自己情绪低落是因为没有孩子，但怀孕已经是奢望。

我开始借酒消愁，但是要避开我的丈夫。我警惕着他的出现。理查德发现了我白天的饮酒量，要求我戒酒，我答应了。然后开车到几个镇子以外的地方买我的夏敦埃酒，把空酒瓶藏在垃圾里，早上散步时把证据销毁在邻居的回收箱里。

酒精让我昏昏欲睡，我几乎睡过整个下午的时光，赶在理查德回家之前清醒。我渴望不含酒精的糖类食物的安慰，很快我就只能穿得进被遗忘的瑜伽裤和宽松的上衣了。精神病学家会说我是在增加自己的保护层。其实，我只是想减少修长的身材对我丈夫的吸引力。

理查德没有直接评论过我的体重。在我们的婚姻中，我长肉，掉肉，再长回来，反复过很多次。我的体重直线上涨的时候，他请求我晚饭做烤鱼；去餐馆的时候，他不碰面包，并且要求沙拉酱单放，以此作为提醒。我听从他的指挥，为自己缺乏像他一样的自制力而感到惭愧。我生日那天晚上，和夏洛特姨妈在俱乐部吃晚饭的时候，我对服务员火冒三丈，不是因为误会他上错了沙拉，而是因为我所有的旧衣服都不合身了。我的丈夫一直没发表任何意见。

但是，在我生日的前一周，他买了一个新的多功能体重秤放在浴室里。

有天半夜，我在韦斯切斯特的大房子里醒来，疯狂地想念萨曼莎。前一天的下午，我想起她的生日，不知道她怎样庆祝。我甚至不知道她是否还在"阶梯学习幼儿园"上班，是否还住在我们的老公寓，有没有结婚。我看了一眼时间，凌晨三点。这是常事，我很少睡一整夜。理查德在我旁边像一尊雕塑。其他女人总是抱怨丈夫打呼噜，抢被子，但理查德无论是沉睡还是快醒的时候，都安安静静、一动不动。我躺了几分钟，倾听他均匀的呼吸声，然后撩开被子下床，蹑手蹑脚地走了几步，回头看是否吵醒了他，黑暗之中，我看不清他是否睁着眼。

我关上门，走进客房。我曾经把我和萨曼莎的不和归咎于对方，但是现在我重新审视所有的事情，开始寻找问题的根源。我们在比卡餐厅吃过饭后更疏远了。玛尔妮搬回旧金山老家，萨曼莎邀请我参加告别宴，但是同一天，理查德和我已经安排了要去希拉里和乔治家吃晚饭。我迟到了，而且带着理查德，我看到我最好的朋友脸上挂着失望。大部分时间，理查德都站在角落里打电话。我看见他哈欠连天，知道第二天上午他有早会，所以找了一个借口离开。我们待了不到一个小时。几周后，我打电话问萨曼莎是否愿意出来喝一杯。

"理查德不会去吧？"

我气愤地反驳："不用担心，萨曼莎，他愿意和你相处的时间绝不会超过你愿意和他待的时间。"

我们的矛盾升级了，这是我们最后一次通话。

进入客房之后，我把手伸到床垫下面找日记本。我不知道自己那么受伤和气愤是不是因为萨曼莎看出了我不愿意接受的事实——理查德不是一个完美的丈夫，我们的婚姻只是表面光鲜。

"王子。""好得难以置信。""你穿得像要参加家长会。"她也曾用看似嬉闹、实则更像嘲笑的腔调叫我"内莉"。

我用右手掀起床垫，伸出左手前后左右地划拉，可是怎么也摸不到熟悉的日记本。

我放下床垫，打开床头灯，跪在地上，把床垫抬高。没有。我又检查床底下、被子和床单。

我感觉被电了一下，手停下来。在理查德开口说话之前，我感觉到了他的目光。

"你是在找这个吗，内莉？"

我慢慢地站起来，转身。

我丈夫站在门口，穿着短裤和 T 恤，手里拿着我的日记本："这周你还没写什么，我猜你很忙吧。周二我刚走，你就去了杂货店，昨天你开车去了凯拓纳的酒水店。鬼鬼祟祟的，是你吗？"

他对我做的事了如指掌。

他举高日记本："你以为不能怀孕是我的错吗？你觉得我有问题？"

他对我想的事了如指掌。

他靠近我，我开始发抖。不过，他只是扔掉床头柜上的一样东西——钢笔。

"你忘了，内莉。你把笔落在这儿，被我看见了。"他的声音变了，比往常更尖锐，抑扬顿挫，像是开玩笑，"有笔，就有纸。"

他像洗牌一样一页页地翻："都他妈的是疯话！"他的话滚滚而来，越来越快，"公爵！浇汁羊肉！扣着你的照片！拉响警报器！"每喊出一个指控，他就撕掉一页，"我父母的结婚照！你溜进储物间！怀疑我父母的蛋糕装饰？你进城和陌生人聊我们的婚姻？你神经病！你比你妈妈病得还严重！"

我不知不觉地后退，腿肚子撞在床头柜上。

"你曾经是一个可怜的服务员，没人陪着不敢上街。"他把手插进头发里，有一部分头发竖起来。他的 T 恤皱在一起，下巴上胡子拉碴。"你这个忘恩负义的婊子。有多少女人梦寐以求地想找一个像我这样的男人？想住这样的大房子、到欧洲度假、开奔驰？"

所有的血涌进大脑，我头晕眼花，心惊肉跳。"你说得对。你对我太好了，"我开始乞求，"你没看其他内容吗？我写了你为动物救助站捐款翻修的慷慨大方，妈妈去世时你对我的关怀照料，还有我多么爱你。"

我够不到他，他似乎看穿了我。"收拾好这个烂摊子。"他命令。

我跪下，捡地上的碎纸。

"撕碎它们。"

我失声痛哭，不敢违背他的命令。我攥着一摞纸，想把它们撕成两半，但是我的手抖个不停，纸太厚了，我撕不动。

"你简直是个该死的废物。"

我感觉到空气的变化，压得人喘不过气来。

"求你了，理查德，"我抽泣着说，"对不起……求你……"

他的第一脚踢在我的肋骨上，疼痛迅速蔓延，我缩成一个球。

"你想离开我？"他边踢边喊。

他骑到我身上，强迫我仰面朝上，用腿压住我的胳膊，膝盖抵着我的胳膊肘。

"对不起。对不起。对不起。"我挣扎着想要摆脱他，但是他坐在我的肚子上，牢牢地箍住我。

他的手圈住我的脖子："你必须永远爱我。"

我在他身下扭动、踢打，感到一阵恶心，他太强壮了。我的视线开始模糊。我用力挣出一只手，在头部越来越昏沉的时候抓到了他的脸。

"你必须拯救我。"他的声音带着温柔和悲伤。

这是我在昏迷之前听到的最后一句话。醒来的时候，我还躺在地上。日记不见了。

理查德也不见了。

喉咙火烧火燎地痛。我躺了很长时间，不知道理查德在哪里。我翻身侧卧，用胳膊抱住小腿，穿着单薄的睡衣瑟瑟发抖。过了一会儿，我站起来，裹上被子。恐惧让我寸步难行，我不敢离开这个房间。

然后我闻到煮咖啡的味道。

我听见理查德上楼的脚步声。这里无处可躲，我也跑不了，他站在我和门之间。

他端着马克杯从容地走进房间。

"原谅我吧，"我脱口而出，声音嘶哑，"我没有意识到……我一直喝酒，一直睡不好觉。我没有想清楚……"

他只是盯着我，他有能力杀了我，我必须说服他不要这样做。

"我没有想要离开你，"我撒谎，"我不知道为什么写了那些不好的东西，你对我太好了。"

理查德喝了一口咖啡，他的眼睛越过杯沿看着我。

"有时候，我也担心自己变得跟妈妈一样。我需要帮助。"

"当然，你不可能离开我。我知道。"他已经恢复镇定。我说对了。"我失态了，但是是你逼的。"他说，好像他只是在一次小争吵中对我凶了些似的，"你一直对我撒谎，一直欺骗我。你不再是我娶的内莉。"他停下来，拍着床。我犹豫着坐到床边，裹着被子，它是我的防身罩。他在我旁边坐下，床垫沉下去，我向他倾斜。

"我仔细考虑过了，确实有我的错。我应该早些意识到危险的信号。我放纵了你的消极。你需要引导，规范。从现在开始，你和我一起起床，我们晨练，然后吃早饭，多些蛋白质。你每天都要呼吸新鲜空气，参加俱乐部的活动。你一直很尽心地做晚饭，我会努力配合。"

"好的。"

"我愿意坚守我们的婚姻，内莉。永远不要再让我质疑你的决心。"

我马上点头，虽然这个动作牵扯着我的背上的伤痛。

一个小时之后，他去上班，告诉我他到办公室后会打电话回来，希望我接听。我完全听从他的指令。嗓子很痛，早餐我只能喝酸奶，因为酸奶富含蛋白质。那时是初秋，我在微凉的空气中散步，把手机的音量开到最大。为了挡住即将由红转紫的椭圆形印记，我穿着高领衫去杂货店为我丈夫买菲力牛排和白芦笋。

排队结账的时候，我听见收银员说："夫人？"我意识到她在等我。我一直盯着食物筐，想他是不是已经知道我买了什么做晚饭，听到收银员的声音我才抬起头。理查德总是莫名其妙地知道我什么时候离开家，他对我进城的秘密行程、光顾的酒水店和我所做的事一清二楚。

即使我没有陪在你身边，我也一直和你在一起。

我看见站在旁边队伍的女人，她正在安抚摇摇晃晃想要从婴儿车里站起来的宝宝；门边有摄像头；一摞红色的筐，金属提手金光闪闪；摆放整齐的八卦杂志；包装艳丽的糖果。

我想不明白，我丈夫是怎样总能看到我的呢？他的盯梢不再是偷偷摸摸的。我不能再违背婚姻中越发严厉的新规定，也绝不能再试图离开他。

他会知道的。

他会阻止我。

他会伤害我。

他也许会杀了我。

过了一周或者两周，我从早餐桌上抬头观察理查德，他从我准备的煎蛋和煎火鸡培根中选了一片培根。他的脸上还带着锻炼时的红晕，意式浓缩咖啡冒着热气，盘子旁边放着叠好的《华尔街日报》。

他咬了一口培根："火候相当好。"

"谢谢。"

"你今天准备做什么？"

"先洗澡，然后去俱乐部分拣旧书。很多分类的工作。"

他点点头："听起来不错。"他在餐巾上蹭了蹭指尖，然后唰的一声翻开报纸。"别忘了下周五戴安娜的退休午宴。你能挑一张漂亮的贺卡，让我把游艇券夹在里面吗？"

"当然可以。"

他低下头开始看股票。

我站起来收拾桌子，把餐具放进洗碗机，收拾好灶台。就在我拿着海绵擦大理石台面的时候，他走过来，从后面抱住我，吻我的脖子。

"我爱你。"他喃喃细语。

"我也爱你。"

他穿上西服，提着公文包走出大门。我跟在他后面，目送他走向奔驰车。

一切都将如理查德所愿。等到晚上他回家的时候，晚饭已经准备好。我换下瑜伽裤，穿着漂亮的连衣裙，给他讲明迪在俱乐部说的笑话。

他一边走一边抬头看着飘窗里的我。

"再见！"我挥着手大喊。

他的笑容开朗而真诚，看起来志得意满。

就在那一刻我顿悟了，仿佛一束阳光穿透棉絮，令人窒息的昏暗照在我身上。

有一个办法可以让我的丈夫放我走：那就是由他提出来结束我们的婚姻。

36

电话响的时候，我正在电脑上修改简历。

她的名字在屏幕上闪烁，我犹豫不决，担心这又是理查德的陷阱。

"你是对的。"我对这个沙哑的声音太熟悉了。

我仍然没说话。

"信用卡账单。"我害怕任何轻微的表达都会阻止她继续说下去，让她改变主意，"我给信用卡公司打电话了。没有酒水开销，理查德没有订酒。"

我简直不敢相信。甚至有些怀疑是理查德在背后捣鬼，但是艾玛的语气和以前不一样了，不再对我不屑一顾。

"瓦妮莎，他说送你下楼时，你的表情……说服我去调查。我一直以为你是嫉妒，你想要回他。但你不是，对吗？"

"对。"

"你怕他。"艾玛突然说，"他真的打你吗？他要掐死你？我不相信理查德会这样做，但是……"

"你在哪儿？他在哪儿？"

"我在家。他在芝加哥出差。"

我暗自庆幸她不在理查德的公寓。她的地盘相对安全，但是她的电话未必安全。"我们需要见面，但是这一次要在公共场所。"

"星巴克怎么样？"

"不，你必须按部就班。你今天的计划是什么？"

"下午上瑜伽课，然后去取婚纱。"

我们不能在瑜伽馆聊天："婚纱店在哪儿？"

艾玛告诉我时间和地址，我们约好在那里见面。

她不知道我会早到，以防再被伏击。

"太漂亮了。"婚纱店的老板布伦达赞叹。

艾玛穿着乳白色的丝质紧身衣站在高台上，望着镜子里的我，没有笑容。但是布伦达忙着做最后的调整，并没有注意到艾玛的忧郁。

"我觉得不需要做任何改变了，"布伦达说，"明天熨好之后寄给你。"

"没关系，我们可以等。"我说，"我们想自己带走。"试衣间空着，角落里有几把扶手椅，既私密又安全。

"那么，你们想来点香槟吗？"

"好啊！"我说，艾玛点头表示赞同。

她脱下裙子，我把注视变成凝视。我仍然能够从镜子里看到她——光滑的皮肤、粉色蕾丝内衣，还能看到房间里的六个天使。一切和谐而宁静。

布伦达小心翼翼地把罩裙挂在有衬垫的衣架上，我心急如焚地等着她出来。艾玛刚刚系好最后一枚扣子，我就朝椅子走过去。婚纱店是我唯一确定理查德不会不请自到的地方。因为在婚礼前，严格禁止新郎看到未婚妻穿婚纱。

"我以为你疯了，"艾玛说，"我为理查德工作的时候，总是听到他给你打电话，问你早饭吃了什么，是否出去呼吸新鲜空气了。我看见他发邮件询问你在哪里，邮件里说他打了四个电话你都没接，他很担心你。"

"我知道从那个角度看我是什么样子的。"

布伦达拿着两杯香槟走过来，我们停下来。"再一次，祝福你。"她说，我担心她留下来闲谈，但是她知趣地走了。

"我猜你已经考察过我了。"布伦达一走，艾玛就说出来。她认真地看着我，我意外地从她蓝色的圆眼睛里看到了友善，我有些不知所措。她接着说道："这个优秀的男人给你完美的生活。你不用工作，可以在他买的奢侈的大房子里悠闲度日。我不觉得你值得拥有这一切。"

我不想打断她。

她歪着头，好像第一次见我似的："你和我想象中的不一样。你总是出现在我的脑海里。我好奇当你知道自己的丈夫爱上了别人时是什么心情。这让我彻夜难眠。"

"这不是你的错。"她不会懂的，这句话是我的肺腑之言。

一声清脆的"叮叮"，她的酒杯停在嘴唇旁边。我们两个不约而同地盯着她的包。

她拿出手机："理查德的短信。他刚到芝加哥的酒店。他问我在干什么，还说想我了。"

"告诉他你也想他，还有，你爱他。"

她挑起一边眉毛，但还是听取了我的建议。

"现在，把手机给我。"我敲了几下，还给她，指着屏幕说，"他在跟踪你。理查德给你买的，对吧？账户是他的。他可以确定你手机的位置——也就是你的位置，随时随地。"

我们订婚之后，他做了同样的事。我在杂货店琢磨他是不是知道我买了什么做晚餐的时候，突然想明白了。他就是通过这个方式发现我秘密进城和去几个镇子以外的地方买酒的。

理查德也是我们相识后，神秘的无声电话的始作俑者。有时候是惩罚，比如，度蜜月的时候，他怀疑我和年轻的潜水教练调情；有时候，我相信他是想让我猝不及防，我心慌意乱，他才能顺理成章地安抚我。但是我没有告诉艾玛这些。

艾玛盯着自己的手机。"所以，他知道我在做什么，还假装不知道？"她抿了一口酒，"天哪，这太恶心了。"

"我知道这很难接受。"我发现这样说实在有点避重就轻。

"你知道我一直在思考什么吗？你刚把信从门缝里塞进来，理查德就到了。他毫不犹豫地把信撕了。但是我看到了一句话，记忆犹新，'有时候，你已经识破了他的本来面目'。"艾玛的眼睛变得迷茫，我猜她正在重新审视她的未婚夫，"理查德看起来好像要杀了那封信。他不停地撕，然后把碎片塞进口袋里。他的脸看起来不像他了。"

她沉浸在回忆里。过了很久，她甩甩头，目不转睛地看着我："你愿意告诉我真相吗？"

"当然。"

"就在鸡尾酒会后不久，他的脸上出现了一道严重的抓伤，我问他怎么回事，他说他想要抓住邻居的猫，结果被猫抓伤了。"

理查德应该包扎伤口或者编一个更好的故事。但是，鉴于我在酒会上愚蠢的表现，很容易得出结论，这是我疯了的又一个证据。

这次艾玛很镇静，"我从小养猫，"她不慌不忙地说，"我知道那道抓痕不一样。"

我点头。

我深吸一口气，使劲地眨眨眼："我在努力地赶他走。"

艾玛没有马上做出反应。也许她下意识地认为如果表现出同情，我会泪流满面。她只是看着我，然后转开头。

"我不敢相信，我大错特错。"最后她说，"我以为你是一个……他明天回来，我在他那里过夜。然后莫林过来，到我的公寓看衣服……接着，我们一起去品尝结婚蛋糕！"

喋喋不休证明她很紧张，她深受打击。

莫林是额外的麻烦。她和理查德、艾玛一起筹备婚礼，我一点也不惊讶。我当年也是这样的。我除了送给她一个蝴蝶扣的项链以外，还会询问她送理查德的相框里放黑白照片好还是彩色照片好。我们订菜单的时候，理查德也用免提电话征求她的意见。

我伸出一只手搂住艾玛。开始，她身体僵硬，不过很快就放松下来。她一定在控制如潮水般涌来的情绪。

救她，救她。

我闭上眼睛，回忆那个我没能救下的女孩："别怕，我帮你。"

我们到了艾玛家，她把婚纱搭在沙发背上。

"你喝点什么？"

我几乎没碰香槟酒，只有保持思路清晰才能分析出艾玛该如何全身而退，我说："水。"

艾玛跑进厨房，又开始焦虑地絮絮叨叨："要冰吗？我知道我的家有点乱。我打算去干洗店的时候，突然觉得必须查一下对账单。我们订婚之后，他把我的名字加上了，所以我只要打银行卡背面的电话问问就行。我有葡萄和杏，如果你想……通常，是我接收他运通卡的对账单，然后转交财务，他们负责还款。可是有几次，他说自己处理，这就是为什么我没有看到退款。"艾玛摇摇头。

我心不在焉地听她唠叨。她急于倾诉对理查德的了解。她的香槟喝得太快了，现在有些亢奋——这个症状，我再熟悉不过了。

艾玛在我们的杯子里加入冰块。我观察她的房间。一张沙发、一个茶几，花瓶里的玫瑰有些凋零，没有其他东西了。我突然意识到我在找什么。

"你有座机吗？"

"什么？"她摇着头递给我一杯水，"没有，怎么了？"

我放心了："有它更便于联系。"

我没打算告诉她所有的事。如果她知道现实多么糟糕，恐怕承受不住。

虽然我确信理查德偷听了我在家里打的电话，但是没必要挑明。

我是通过日记本把所有的事情串联在一起。

韦斯切斯特的大房子报警的时候，我躲在壁橱里瑟瑟发抖。安装在前门和后面的摄像头都没有拍下闯入者，我刚开始感觉很欣慰，后来意识到是理查德动了手脚。没有人能够从中找到证据。

警报响起之前我正在和萨曼莎打电话。我开玩笑说喝遍一条街的酒馆之后要带男人回家。现在，我确信是理查德拉响了警报。这是对我的惩罚。

他尽情享受着我的恐惧，这可以激发他的力量。我想起订婚后不久开始出现的神秘的无声电话，以及他如何为患有幽闭恐惧症的新娘订了一套潜水装备，他总是提醒我设置警铃，喜欢安慰我，低声说会一直保证我的安全。

我喝了一大口水："明天他什么时候回来？"

"傍晚，"艾玛看着婚纱，"我应该把它挂起来。"

我陪着她走进卧室，看着她把婚纱挂在衣柜门上。裙子飘起来，我无法移开视线。

准备穿上这条精美礼裙的新娘不复存在。婚礼那天，裙子将是空荡荡的。

艾玛摆正衣架，手停在上面，流连忘返。

"他看起来是那么完美。"她的声音里满是惊讶，"这样一个男人怎么会那么粗暴？"

我想起自己的婚纱，装在一个特制的无酸纸盒子里，为我没有到来的女儿储存在韦斯切斯特的衣橱里。

我如鲠在喉，几乎不能言语："有一部分的理查德是完美的，这就是我们的婚姻持续了那么久的原因。"

"你为什么没有离开他？"

"我想过。我要离开的理由太多了，我不能离开的理由同样太多了。"

艾玛点点头。

"我必须让理查德离开我。"

"但是你怎么知道他会呢？"

我望着她的眼睛。我必须坦白。今天够她受的了，但是她应该知道真相。否则，她会被困在假象之中，而我太了解它的摧毁力了。

"还有一件事。"我回到客厅，她跟出来，我指指沙发，"咱们坐下说吧。"

她僵硬地坐在沙发边上，摆出一副坚强地迎接一切的样子。

我开始揭露真相：办公室聚会时我第一次注意到她。我家的酒会，我假装喝醉。我假装生病，建议理查德带她去听交响乐。出差的时候，我鼓励他们多留一夜。

我讲完之后，她用手抱住头。

"你怎么可以这样对我？"她大喊着跳起来，对我怒目而视，"我早就知道，你真的有问题！"

"我很抱歉。"

"你知道有多少个夜晚，我躺在那里思考，是不是我破坏了你们的婚姻？"

虽然她没说自己感到内疚，但显然她是的。我确定他们在我们没有离婚之前就发生了关系。现在，艾玛对理查德的印象正在加倍地恶化。她肯定觉得自己在我名存实亡的婚姻里像一颗棋子。甚至，她可能觉得我们两个很般配。

"我从来没有想过会走到这个地步……我没想到他会求婚，我以为只是一段风流韵事。"

"一段风流韵事？"艾玛哭喊着，脸涨得通红，她激动的声音让我震惊，"就像鸡毛蒜皮的小事一样？风流韵事毁了多少人，你考虑过我的痛苦有多大吗？"

她句句如鞭，打在我身上。但是我似乎被点燃了，逼得她后退。

"我知道风流韵事很伤人！"我大声说。我回忆起自己见到丹尼尔一脸疲惫的妻子，知道上当受骗之后，在床上躺了好几个星期的经历。十五年过去了，他家院子里橡树下黄色的童车和粉色的跳绳依然历历在目。我记得当我在诊所签字的时候，手一直在抖。

"上大学时，我被一个已婚男人骗过。"我说，现在我可以平静地讲出来了。这是我第一次向他人讲起这段特殊的往事。撕心裂肺的痛苦仿佛又让我回到了心碎的二十一岁。"我以为他爱我。他从来没告诉过我他有妻子。有时候我想，如果我知道的话，我一定会过上完全不同的生活。"

艾玛大步走到门口，猛地拉开房门。

"你走吧。"她的语气中没有恶意，但却嘴唇颤抖，泪花闪闪。

"让我再说最后一件事。"我恳求道，"今晚给理查德打电话，告诉他你不能参加婚礼。告诉他我又来了，这是你最后的救命稻草。"

她毫无反应，所以我一边朝门口走一边快速地说："让他通知所有人订婚取消了，这个很关键。"我强调，"如果他能够控制消息的传播，如果他能够保持自尊，他就不会惩罚你。"

我站在她面前，让她听清我的每一个字："就说你受不了他神经质的前妻。答应我一定做到，然后，你就安全了。"

艾玛默不作声。她看着我，用一种冰冷怀疑的眼神。她的眼睛扫过我的脸，向下扫过我的身体，再向上回到我的脸上。

"我怎么相信你说的话？"

"你可以不信。找个朋友，待在一起。把手机留下，这样他就找不到你了。理查德的愤怒很快就会过去，保护好你自己。"

我走出大门，门砰的一声关上了。

我在走廊里徘徊，盯着脚下深蓝色的地毯。艾玛一定会重新考虑我告诉她的每一件事。她不知道该信任谁。

如果不按照我说的做，理查德很可能对她大发雷霆，尤其是在找不到我的情况下。也许更糟，他可能会说服她改变主意，完成婚礼。

也许我不应该告诉她我推波助澜的作用。诚实地讲，她的安全比我卸下愧疚的包袱更重要，而危险的真相比对我的愤怒更容易让她受伤。

下一步，理查德会怎么走？

距他回来还有二十四小时，可是我不知道该做什么。

我磨磨蹭蹭地走在过道里，我是如此不甘心离开她。就在我准备进电梯的时候，门开了。我回头，看见艾玛站在门口。

"你想让我对理查德说取消婚礼是因为你？"

我不假思索地点头："对，全推到我身上。"

她眉头紧蹙，歪着头打量我。

"这是最安全的解决方法。"我说。

"对我可能是，但是对你不安全。"

37

"想死你了，亲爱的。"理查德说。

他的声音里充满柔情蜜意，我的心却一阵阵绞痛。

我的前夫站在离我不足一百米的地方。几个小时前，他从芝加哥回来了。他在来到这儿——艾玛的公寓之前，先回家换了牛仔裤和POLO衫。

我蹲在她卧室的衣橱里，透过老式的钥匙孔向外窥视。这是房间里唯一既能藏身又能观察的地方。

艾玛穿着运动裤和T恤坐在床边。床头柜上放着一瓶鼻炎喷雾、一盒餐巾纸和一杯茶。我想象着它们的温度。

"我从亚洲餐馆给你买了鸡汤和鲜榨橙汁，还有锌片。我的教练强烈推荐用它治疗热伤风。"

"谢谢你。"艾玛的声音既虚弱又温柔，她是可信的。

"我给你拿一件毛衣吧？"

理查德占据了我整个视野，我的心抽到一起。他正向我藏身的地方靠近。

"其实，我有点热。你帮我拿一块冰毛巾放到额头上好吗？"

我们没有排练过这一段，艾玛的即兴表演很到位。

听见他走进浴室，我才敢长喘一口气。

我轻轻地换了一个姿势。跪了好几分钟，双腿已经酸痛。

艾玛一直没有看我这个方向。我的坦白让她晕头转向，看起来她并没有完全信任我，但是我不怪她。

"你不许再编排我的生活，"昨天我站在电梯门口的时候，她对我说，"我不会因为你的指令，在电话里和理查德了结的。我的婚礼什么时候取消由我决定。"

不过，她同意今晚我拿着手机待在她附近，观察他，保护她。

我们俩都预感到理查德听说艾玛生病之后一定会来。装病可以解决很多问题。如果理查德跟着艾玛，生病可以解释她为什么没上瑜伽课，为什么睡在自己家，为什么不吻他，更别提做爱了。我想帮她脱身。

"给你，宝贝儿。"理查德回来了。

他弯下腰，后背挡住我的视线。我能想象得出，他把冰毛巾放在艾玛的额头上，抚摸她的头发，含情脉脉地看着她。

我的膝盖好像要被磨碎了，大腿酸胀，迫切地需要站起来，活动活动腿，但是理查德会听见的。

"我不想让你看见我这个样子，太狼狈了。"

如果我不知道真相，我会相信她没有任何不可告人的动机。

"即使生病了，你也是全世界最漂亮的女人。"

我还是那么了解他。他句句真心。如果艾玛说想吃草莓冰糕或者穿舒服的羊绒袜子，他会搜遍曼哈顿给她买来最好的。如果她说他睡地板会让她感觉舒服，他会立马躺在床边的地板上。这是我前夫性格中的一部分，也是最难从我心里抹掉的一部分。此时此刻，就像从钥匙孔里只能看到他的轮廓一样，这就是我曾看到的全部。

我闭上眼睛。

但是我马上强迫自己睁开，我领教过掩耳盗铃的危险。

如果艾玛不能达到理查德的预期——这总会发生的，就会有一系列的后果。如果她不是他想象中的妻子，他会伤害她，然后送她一件珠宝作为安抚；如果她不能营造他喜欢的家庭氛围，他会持续地攻击和扭曲她的认知，直到她失去自己的判断力。最可怕的是她最心爱的东西和人，都会被他一一清除。

"我会通知莫林取消明天的约会。"理查德对艾玛说。

太好了，我想。这样我们就有更多的时间考虑最好的抽身方案了。

但是艾玛没同意，她说："不要，我休息一下肯定会好的。"

"随你，亲爱的，但最重要的是你。"

即使隔着柜子门，我仍然无法抗拒他的魅力。

他才出现了几分钟，艾玛看起来就有些动摇了。我坚守着一个希望，但愿她今晚能和理查德保持距离。

透过锁眼，我看见他们握在一起的手。他的拇指抚摸着她的手腕。

我想冲出去，分开他们。他在动摇她，引诱她回到他身边。

"另外，莫林必须来，我要给她看婚纱。"那条裙子就挂在我左手边。艾玛把它挂在这儿是为了不让理查德看见。"况且，我们还有那么多有趣的事没做。你不会以为我会让你一个人去品尝蛋糕吧？"她轻松地说。

事情完全在朝相反的方向发展，这个艾玛和二十四小时前站在这里问我理查德怎么能那么完美又那么粗暴的女人判若两人。

我再也坚持不住了，轻轻地抬起右膝，把脚放下来。然后是左腿，一点一点痛苦地站起来。裙子和衬衫围绕着我，真丝面料垂在我眼前。

衣架碰到金属杆发出风铃般清脆的声音。

"什么声音？"理查德问。

我什么也看不见。

柑橘的味道扑面而来，是幻觉吗？我缩进衣服里，屏住呼吸，心扑通扑通地跳。我害怕被发现，紧紧地贴在柜子门上。

"我的旧床板发出的声音。"我听见艾玛转身，床神奇地咯吱作响，"我迫不及待地想要睡在你的床上了。"

我再一次被她张口就来的撒谎技能惊呆了。

艾玛接着说："有件事我要告诉你。"

"什么，亲爱的？"

她矜持着。

我又蹲下，从锁眼往外看。我不知道她为什么要东拉西扯。她知道理查德有多聪明，难道她不想在被他识破之前让他离开吗？

"瓦妮莎今天给我打电话了。"

我睁大眼睛，屏住呼吸，不敢相信她又提起我。

理查德骂了一句，一拳砸在化妆台旁边的墙上。我感觉到地板的震动，看见他的拳头攥紧又张开。

他对着墙站了一会儿，然后转身对着艾玛。

"对不起，宝贝儿，"他的声音很不自然，"这次她胡说八道些什么？"

艾玛选择信任理查德了，她的行为都是在蒙骗我。我可以打电话报警，但是如果他们说我强行闯入，警察会怎么想呢？

艾玛的衣服让我窒息，小衣橱里没有空气。我被困住了。我的喉咙发紧，幽闭恐惧症慢慢地向我压下来。

"没有，理查德，不是这样的。瓦妮莎来道歉。她说她会放过我。"

我感到一阵头晕。艾玛完全放弃了我设计的台词，我无法判断她的意图。

"她以前也说过，"我听见理查德沉闷的喘息声，"但是她不停地打电话、去办公室找我，还给你写信。她不会停止的。她疯了——"

"宝贝儿，没事的。我非常了解她，她在试探。"

我的腿好像已经化作两股水流。我不知道艾玛为什么这么说。

理查德吐出一口气："咱们不提她了，我希望我们永远不提她了。你还需要别的东西吗？"

"我只想睡觉，而且我不想你生病，你还是走吧。我爱你。"

"明天下午两点我来接你和莫林。我爱你。"

几分钟后，艾玛拉开柜子门："他走了。"

我忍住疼，伸了伸腿。我想问她为什么突然转换话题，但是她面无表情，我知道她想让我赶紧出去。

"我能过几分钟再走吗？"

她犹豫了一下，点点头。"我们去客厅吧。"我发现她在偷偷地审视我，她很警惕。

"接下来，我们做什么？"

她皱着眉。我看出来她反感"我们"这个词。"我会解决的。"她耸耸肩说。

艾玛还是没理解，看起来她没有意识到取消婚礼的紧迫性。如果一次短暂的见面，她都不能抗拒理查德，那么当他喂她吃蛋糕，搂着她的腰，低声承诺让她永远幸福的时候，她会怎样呢？

"你看见他砸墙了，"我提高声调，"你难道没看出来他的问题吗？"

我的声音比她刚才的还要大。即使理查德愿意让艾玛走——我不相信他会这么做，他又会使出多少种方法来伤害我呢？我们之前的那个黑发女人，那个不能容忍蒂芙尼礼物的我的前任呢？我现在确定他也伤害了她。

我前夫是一个墨守成规、按部就班的人。随便哪件闪亮蓝盒子里的炫目首饰都是他的歉意，他试图掩盖每一个丑陋的片段。

艾玛不明白，我要拯救的是任何一个即将成为他下任妻子的人。

"你必须马上终止它。时间越长，越麻烦——"

"我说了我会解决。"

她走到门边打开门，我不情愿地走出去。

"再见。"她说。我明显感到她再也不想见到我。

但是她错了。

因为现在我知道了，我必须有自己的安排：理查德听到我的名字和我虚构的来电时暴发的愤怒，让我萌发了一个想法。踏上走廊蓝色的地毯，沿着几分钟前理查德的路线，我的想法逐渐成形。

艾玛以为明天莫林会来看婚纱，然后她们和理查德一起去品尝蛋糕。

但是她对接下来将要发生的事一无所知。

38

打印机一页一页地吐出"崭新生活"的保单。

我把它们钉在一起，装进马尼拉纸的信封。我核实过理赔条款，不仅包括自然死亡，还包括意外死亡和残疾。

我把它放在桌子上，旁边是写给夏洛特姨妈的信。这是我写过的最难下笔的信。我在里面留下了账户信息和我暴增的存款，方便她提取。她是我生命保险的唯一受益人。

我还有三个小时。

我对着任务清单检查工作。房间一尘不染，床铺平整，所有的物品都在壁橱里。

今天早些时候，我完成了两项任务。一是给玛吉的父母打电话，二是打给詹森。

我报上名字的时候，詹森毫无印象。他回忆的时候，我来回踱步，不知道他会不会承认以前的冲突。

出乎我的意料，他真诚地感谢我对动物救助站的捐赠，并且给我讲了他大学以后的生活。他娶了大学时的女朋友。"她对我死心塌地。"詹森真情流露地说，"我怨恨所有人，但更多的是怨恨我自己，我没能帮助我妹妹。我因为酒驾被抓，然后被释放——女朋友是我的支柱。她从来没有放弃我。第二年，我们结婚了。"

詹森的妻子是中学教师。她和我同一年毕业，这就是为什么毕业典礼的时候，他会站在皮亚杰礼堂的角落里。他是为了她。

内疚和焦虑共同制造了一个谎言。他不是针对我。

我情不自禁地为那个被恐惧左右生活的女人感到悲哀。

虽然仍忐忑不安，但是它不会再影响我了。

单子上还有几件事。

我打开笔记本电脑，清除历史痕迹，不能留下最近查找资料的线索，确保任何使用我电脑的人都不会发现机票和小汽车旅馆的信息。

艾玛不像我那么了解理查德。她不了解他真正的面目，他最糟糕的状态她无法想象。

除非我阻止他，否则他永远不会停，只会更加谨慎。他会找到一个方法转动万花筒，掩盖事实，制造一个分散注意力的假象。

我脱下衣服，放在床上，站在热水下冲了很久，放松紧张的肌肉。然后穿上浴袍，站在水盆前擦干镜子上的水雾。

还剩两个半小时。

首先是头发。我把湿头发拢到脑后盘起来，细致地化好妆。戴上第二年结婚纪念日时理查德送我的钻石耳钉。我将卡地亚手表戴在手腕上，用来提醒我把握好每一秒钟。

裙子——我选了当时和理查德去百慕大时穿的那条雪白的紧身裙。这条经典的裙子在小型海边婚礼上足以作为婚纱。这也是几周前他寄给我的衣服中的一件。

我挑中它不仅因为它的历史，还因为它可以应急，当然还有它的口袋。

还剩两个小时。

我穿上平底鞋，收拾必需品。

我把清单揉成球，扔进马桶，看着它在旋涡里打转、下沉。

出发之前还有最后一件事，也是最艰难的一件事。我必须调集所有的勇气和行为技巧。

夏洛特姨妈在另一间卧室改造的工作室里，门开着。

房间从外到内堆着三摞画布。木地板上点缀着水彩。我一下子被美好团团围住：蔚蓝的天空、闪亮的群星、黎明前的瞬间、漫山遍野的野花、被风化的桌子、横跨塞纳河的巴黎大桥、一个女人的侧脸、乳白色的皮肤和岁月留下的褶皱。我太熟悉这张脸了，这是姨妈的自画像。

夏洛特姨妈沉浸在她的风景画里。她的油彩比以前薄了，但是画风更具特色。

我要永远记住她现在的样子。

过了一会儿，她抬起头，眨眨眼："哦，我不知道你来了，宝贝儿。"

"我不想打扰你，"我轻声说，"我要出去一下，在厨房给你留了午饭。"

"你看起来不错，去哪儿？"

"面试。我不想说不吉利的话，晚上告诉你。"

我的眼睛落在一幅画上：威尼斯水屋外面的一根晾衣绳，上面挂着衬衫、裤子和裙子，我仿佛看见它们在随风飘荡。

"我走之前你要答应我一件事。"

"你要造反，是不是？"夏洛特姨妈开玩笑地说。

"我是认真的，这很重要。夏末你去意大利吗？"

夏洛特姨妈嘴角的笑容消失了："有什么问题吗？"

我渴望走过去，抱抱她，但我担心这样做可能就走不了了。

反正，我都写在信里了。

你还记得告诉我阳光包含彩虹所有的颜色的那一天吗？你就是我的阳光。你教会我如何寻找彩虹……请你为了我去意大利，你要永远带着我。

我甩甩头:"没什么问题。我准备给你一个惊喜。可是又担心万一找到工作了,我们就不能一起去了。就这些。"

"现在不要想那么多,专心面试。什么时间开始?"

我看了一眼表:"还有九十分钟。"

"祝你好运。"

我给她一个飞吻,想象着自己亲在她柔软的脸颊上。

39

这是我生平第二次，穿着白裙站在狭窄的蓝地毯尽头等待理查德。

电梯门在他身后关上，他面无表情。

我感觉到他凶狠的目光沿着整个走廊落在我身上。这些天，我一直有意激怒他，从他挣扎着灭火的地方开始煽风点火，和我没离婚之前告诫自己遵守的行为模式完全背道而驰。

"吃惊吗，亲爱的？是我，内莉。"

现在是两点整。艾玛和莫林在客厅，距离我十米远，谁都不知道我在这儿。一个小时前，我跟着一个快递员进了大门。我很清楚穿着制服、端着长盒子的人什么时候到。是我为艾玛订了十二支白玫瑰，要求下午送到。

"我以为你走了。"他说。

"我改主意了，我还想和你未婚妻聊一次。"

我的两只手分别摸着装在兜里的东西。先拿出哪一个，取决于理查德的反应。他往前迈了一步，我下意识地向后躲。虽然是炎炎夏日，但他的黑西服、白衬衫和金色的真丝领带看起来依然端正笔挺、清新高雅。他还没有失态，不是我想要的状态。

"是吗？你想对她说什么？"他的语气平静得吓人。

"我准备从这里开始，"我拿出一张纸，"这是你的信用卡账单，上面没有订酒的记录。"他离得太远，不会看出这其实只是我的台词。

在他要求看账单之前，我坚定地说了下去。我对他微笑，但是心里翻江倒海。"我还要告诉她你通过电话跟踪她。"我让自己的声音像他那样低沉，"就像你对我一样。"

我感觉到他绷紧了身体。"你玩过头了，瓦妮莎。"他又向前一步，"你在折腾的人是我的未婚妻。我陪你经历了所有事，你现在要毁了它？"

我用余光测量这里到艾玛家大门的距离，全身紧张，做好准备。

"公爵的事，你撒谎了。我知道你做了什么，我要告诉艾玛。"这不是真的——我一直没有查明我的爱犬遇到了什么事，而且我真心相信理查德不会伤害它，但这句话戳中了要害。我看见理查德的脸上堆积起愤怒。

"还有精子检查，你也撒谎了。"我口干舌燥，语无伦次，向艾玛家退了一步，"幸亏我没怀孕，你不配有孩子。你打我之后，我拍照了，我收集了证据。你没想到我这么聪明吧，是不是？"

我字斟句酌地刺激我的前夫。

果然奏效。

"我告诉艾玛这一切之后，她会离开你的。"我再也控制不住声音中的颤抖，但事实不可否认。"就像在我之前离开你的那个女人一样。"我深吸口气，送出结束语，"我也想离开你。我从来就不是你可爱的内莉。我根本不想和你结婚，理查德。"

他疯狂地暴发了。

这是我期待的。

但是我低估了他失控的程度和冲过来的速度。

我还没来得及跑到艾玛家门口，他就先到一步。

他紧紧地箍住我的喉咙，让我无法呼吸。

我以为自己有时间呼喊、有时间砸门，通知艾玛和莫林，让她们亲眼看见理查德的变态，这样他就无法否认他的暴力了。身体上的证据在日记本、档案柜和储物间里是找不到的。这也是我需要的另一份保单，可以拯救我们所有人——我自己、艾玛和理查德未来的妻子们。

我指望理查德能够在莫林和艾玛出现的时候停止攻击——或者至少，她们可以阻止他。现在，他再也没有理由否认自己的暴行了。

我的气管好像被推出了喉咙，挤在脖子后面，疼痛难忍，我双膝跪地。

我的左手无力地伸向艾玛家的大门，虽然我知道那是徒劳。她正穿着婚纱在未来的大姑姐面前旋转，对和客厅一墙之隔的走廊上发生的事情一无所知。

理查德的暴行几乎没有声响。我被扭伤的喉咙发出咯咯的声音，但是传不到她或者任何住在这层的人的耳朵里。

他把我按在墙上，呼呼的热气吹着我的脸。他挤过来的时候，我看见他眼睛上的疤，银白色、新月形。

我头晕眼花。

我在口袋里摸到胡椒喷雾，可是就在我要掏出来的时候，他把我的头撞到墙上，我手一松，瓶子掉在地毯上。

我的视线逐渐被一片黑色覆盖。我疯狂地踢他的小腿，但是他无动于衷。

我的肺要炸了。我渴望空气。

他眼冒凶光。我抓他，无意中碰到了他西服口袋里一个坚硬的东西。我拽出来。

救我。

我使出最后一分力气，将那个东西对着他的脸砸过去。

他发出一声惊叫。

他的太阳穴喷出一股鲜红的血液。

我的四肢越来越重，身体却越来越轻。一种很多年没有体会到的——也许是从来没有体会过的平静征服了我。我双膝跪地。

我正在黑暗中融化，压力突然消失了。我瘫倒在地，呼哧呼哧地倒气，剧烈地咳嗽、干呕。

"瓦妮莎！"一个女人的声音从遥远的地方传过来。

我躺在地毯上，一条腿弯着，被压在身体下面，我感觉自己漂在水面上。

"瓦妮莎！"

艾玛。我唯一能做的就是把头转向一侧，我看见一地的碎瓷片，七零八落的瓷雕像——带着安详笑容的金发新娘和她英俊的新郎。我们的蛋糕顶饰。

理查德跪在旁边，一脸茫然，鲜血顺着他的脸流下来，染红了白衬衫。

我痛苦地吸一口气，再吸一口。我的前夫发泄完了。他的头发垂在眼前，人一动不动。

新鲜的氧气使我恢复了一些力量，但是喉咙肿胀，不能吞咽。我挣扎着靠墙坐起来。

艾玛跑过来。她光着脚，和我一样，穿着白色紧身裙——她的婚纱。"我听见有人在喊……怎么回事？"

我不能说话，只能贪婪地小口呼吸。

她的眼睛落在我的脖子上："我叫救护车。"

理查德无动于衷，即使莫林突然在走廊里惊叫，他也毫无反应。

"发生什么事了？"莫林盯着我——一个被她拒绝的反复无常的女人，他弟弟抛弃的妻子。然后她看着理查德——一个由她抚养长大，被她无条件地关爱的男人。她走过去，伸手抚着他的后背："理查德？"

他抬手摸了一下额头，然后盯着手掌上的红色。他的表情出奇地冷漠，好像被电击了。

"我讨厌看见血。"这是他最早告诉我的事情之一。我突然意识到，在他伤害我的所有事件中，都从来没有让我流过血。

莫林跑回屋里，拿出一叠纸巾。她跪在理查德旁边，用纸巾捂住他的伤口。"发生什么事了？"她厉声问道，"瓦妮莎，你为什么在这儿？你对他做了什么？"

"他攻击我。"我声音嘶哑，每一个字都像块碎瓷片划过我的喉咙。

我应该最后说这句话。

为了提高声音，我面目狰狞："他要掐死我。我差点就死了，就像他离婚前惯做的那样。"

莫林倒吸一口气："他不会——不，不会——"

然后她突然沉默了。不停地摇头，肩膀下沉，五官塌陷。我确信，即使没看见我脖子上的手指印，她也相信了。

莫林挺直腰板，移开纸巾，检查伤口。她再说话的时候，语气变得轻松，但是仍然带着关切。

"没那么严重，我觉得不用缝针。"

理查德还是一动不动。

"理查德，我来安排所有的事情。"莫林把碎瓷片捡到手里，然后伸出胳膊，低下头，搂住她的弟弟。我大概猜得出她在他耳边低声说的话："我会一直照顾你，理查德。我不会让你受到任何伤害，不要担心。我在这儿，我会解决所有事的。"

她的语调让人捉摸不透，不过最让我震惊的是弥漫在话里的那种奇怪的情绪，既不是生气和伤心，也不是慌乱。

我一时无法分辨，因为它太缥缈了。

最后我想明白了，那是心满意足。

40

我眼前的应该是南楼，宏伟的立柱和整齐摆放着摇椅的回廊。但是要进去，必须经过有保安守卫的大门，出示带照片的证件。保安搜查了我的包，他看见包里的东西时，挑了一下眉毛，不过还是点头放我进去了。

"新泉医院"里，几个病人在种花，几个病人在走廊里打牌。我没有看见他。

理查德已在这家急性心理健康治疗机构住了二十八天，每天接受严格的治疗，以此逃避对我进行人身攻击受到的起诉，这是他同意交易的条件之一。

我爬上木台阶，走到入口，一个女人从躺椅上站起来，她四肢修长，行动敏捷。午后的阳光明亮刺眼，我一下子没认出来。

她朝我走过来，我看清了，是莫林。"我不知道你今天在。"

我不应该惊讶的，现在莫林是理查德的全部。

"我每天都在这里，我请假了。"

我环顾四周："他在哪儿？"

他的治疗师告诉我：他要见我。一开始我不知道是否应该接受，但转念一想，我也需要这次见面。所以我来了。

"他在休息，我先和你聊一会儿。"莫林指着摇椅，"坐这儿行吗？"

她跷起二郎腿，抚平米黄色亚麻套装。她显然是有备而来。我等着她开口。

"你和理查德之间的事我很痛心。"她看了一眼我脖子上泛黄的印记，但是她的话和她表现出的活力并不相符。她姿态强硬，脸上也没有同情。

她不在乎我，从来没在乎过，即使在最开始我希望拉近我们的关系时也没有过。

"我知道你怪他，但是没有那么简单。瓦妮莎，我弟弟饱受创伤，比你知道的还要多，超出你的想象。"

我惊讶地眨眨眼，她把理查德说成了一个受害者。

"他袭击了我，"我几乎喊出来，"他差点杀了我。"

我的爆发对莫林没有丝毫影响，她清了清喉咙继续说："我父母去世的时候——"

"车祸。"

她皱起眉头，好像被我的话惹恼了。她似乎想把对话变成独白。

"对。我父亲的旅行车失去了控制，撞在护栏上，车翻了。我父母当场死亡。理查德记住的不多，但是警察说刹车痕迹证明我父亲超速了。"

我忍不住插话："理查德记住的不多——你的意思是他在车里？"

"是的，对。"莫林不耐烦地说，"这就是我要告诉你的。"

我目瞪口呆，他隐藏得比我知道的更深。

"这对他来说是恐怖的。"莫林的语速加快，仿佛想略过这些细节，马上进入主题，"理查德被困在后座上，撞到额头。车子完全变形了，他出不来。过了不久，路过的司机叫来救护人员。理查德得了脑震荡，还需要缝针，还有更糟糕的。"

我想起他眼睛上方的银白色伤疤，他说那是骑自行车碰的。

我眼前浮现出理查德十几岁时在车祸中恍惚和痛苦的样子，那时他还是名副其实的小男孩。他哭喊着找妈妈；想方设法叫醒父母；用力推车门，想从被掀翻的车里出去；攥着拳头一边喊一边捶玻璃；还有血，一定有很多很多血。

"我父亲脾气不好，只要发脾气，肯定开快车。车祸前，我猜他和我母亲吵架了。"莫林慢下来，甩甩头，"幸亏我总是提醒理查德系好安全带，他听我的话。"

"我不知道这些。"我说。

莫林转头看着我，好像被我从梦中惊醒："对，理查德从来没有和任何人讲过车祸的事，除了我。我想让你知道的不仅仅是我父亲开车时乱发脾气，还有我父亲虐待我母亲。"

我被噎住了。

"我父亲没有一直善待我母亲。"在妈妈的葬礼后，我坐在浴缸里发抖的时候，理查德告诉我。

我回想起在储藏室看到的被理查德藏起来的父母的照片。我想不明白，把它藏起来就能掩盖童年的记忆吗？难道它们不能被更美好的经历代替吗？

一片阴云移来，罩住我，我下意识地张望了一下。"很抱歉打断你，"一个穿着蓝色隔离衣的护士微笑着说，"你让我在你弟弟醒来时告诉你。"

莫林点点头："你能让他过来吗，安吉？"莫林对着我说："我觉得你们俩在这儿谈比在他的房间里更好。"

我们看着护士离开，在没人能听到的时候，莫林的声音变得冷酷，她字字如铁地说："听着，瓦妮莎，理查德现在很脆弱，你能保证放过他吗？"

"是他叫我来的。"

"理查德现在不知道他想要什么。两个星期前，他想娶艾玛，坚信她是完美的，"她语带嘲讽，"虽然他并不了解她。他也曾经这样想过你。他希望生活如他所愿，理想化的新郎和新娘，就像很多年前他给我父母买的蛋糕顶饰一样。"

我想起小瓷人底部的时间："理查德给你父母买的？"

"看来这个他也没告诉你。这是他送给他们的结婚纪念日礼物。他苦思冥想，计划为他们做一顿特殊的晚餐，再烤一个蛋糕，然后在一个美妙的夜晚，他们重新开始相爱。但是发生了车祸，他再也没有机会把它给他们。"

"它是中空的，这是我那天在走廊里看到碎片时的感受……我猜他是想在试吃蛋糕的时候给糕点师看。其实，理查德已经没有权利娶任何人。现在，我的工作是保证不让此类事件再发生。"

她突然笑起来，咧开嘴，真诚地笑了。我彻底投降了。

但这笑不是给我的，是给她弟弟的，他正朝我们走过来。

莫林站起来："我给你们俩几分钟。"

坐在我旁边的这个男人是一个谜，可又不再是我的谜。

他穿着牛仔裤和普通的免熨衬衫，下巴上冒出漆黑的胡茬儿。虽然他睡足了觉，但是脸色蜡黄，看起来无精打采。他不再是那个曾经吸引我、后来又恐吓我的男人。

现在，他在我眼里就是一个普普通通，甚至有些令人失望的人，就像等公交车或在路边买咖啡时遇到的人一样，我不会多看一眼。

我的丈夫多年来一直让我心神不宁，他想除掉我。

我的丈夫在我们冲下中央公园的小山时，搂着我的腰站在绿色的雪橇上。他在我爸爸的忌日买回朗姆葡萄干冰激凌。他随性地给我写下爱的留言。

他希望我能够帮他摆脱他自己。

最后，他终于开口了，说出我期待了很久的一句话：

"瓦妮莎，对不起。"

以前他也会道歉，但是这次不一样。

至少这次是真心的。

"你还可以再给我一次机会吗？我正在变好。我们从头来过。"

我望向远处的花园和起伏的绿地。理查德第一次带我去韦斯切斯特的大房子时，我对未来的展望差不多就是这样：几十年后，我们俩肩并肩坐在走廊的秋千上，一起回忆。两个人分别絮絮叨叨讲述自己记忆犹新的往事，直到写出一本完整的回忆录。

我以为看见他我会火冒三丈，但是现在我只感到同情。

我递给他一个布口袋，作为对他问题的回答。他拿出最上面的一件——黑色的首饰盒，里面是我们结婚和订婚的戒指。他打开盒子。

"我想把它们还给你。"我沉迷于过去的时间太久了，现在是时候还给他，向前走了。

"我们可以收养一个孩子，这次一定会圆满的。"

他睁大眼睛，我以前从来没见过他哭。

莫林马上站到我们中间，从理查德手里拿走书包和戒指："瓦妮莎，我想你该走了。我送你。"

我站起来。不是因为她的要求，而是因为我准备好了要离开："再见，理查德。"

莫林带我走下台阶，直奔停车场。

我慢悠悠地跟在后面。

"结婚相册，随便你处理。"我指指书包，"算是我给理查德的礼物，这本来就是他的。"

"我记得，特瑞干得很漂亮。难得那天他能让你满意。"

我停下来："我从来没和任何人提过，婚礼上差点没有摄影师。"

我们结婚差不多是十年前的事情了，我一下子没有想起来特瑞是谁。

莫林直视我的眼神，我想起那个打电话取消预订的女人。她知道我们的摄影师，为了给理查德准备礼物，我把特瑞的网址发给她咨询意见，她建议我选用黑白照片。

此时，她冰冷的蓝眼睛看起来和理查德的一模一样，让人捉摸不透。

她每个假期来我们的大房子；她生日的时候和她弟弟一起参加我不喜欢的活动；她一直没结婚，一直没有孩子；她从来没有提过任何朋友的名字；这些事全部涌上我的心头。

"我会处理的，"她站在停车场边上，摸着我的胳膊说，"再见。"

冰冷而光滑的金属碰到了我的皮肤。

我低头看见她把我的两枚戒指套在了右手的无名指上。

她的目光和我的落在一起："安全起见。"

41

"谢谢你今天抽出时间见我。"我对凯特说，坐在我每次坐的沙发上。

虽然好几个月没来——从我离婚前算起，但这里一点也没变：杂志像扇面一样铺在茶几上，窗台上摆着几个雪绒球。我眼前是一个大水族箱，两条神仙鱼无精打采地在茂密的水草间游荡，黄白相间的小丑鱼和霓虹灯鱼在石头缝里钻来钻去。

凯特也没变。她的大眼睛里流露着关爱，黑色的长发拢在脑后。

我第一次进城见凯特的时候被理查德发现了，所以很长时间没有再来。第二次去的时候，我告诉他去见夏洛特姨妈，然后把手机留在姨妈家，赶到三十个街区以外的这里。

"我离婚了。"

凯特微微一笑。她总是谨慎地隐藏自己的感情，让我摸不到边际，虽然我们只见过几次，但现在我已经能够看懂她。

"因为另一个女人。"

凯特的笑容消失了。

"不过她也和他分开了。"我马上补充道，"他有点麻烦——他试图伤害我，而且有目击证人。现在正在接受治疗。"

我看着凯特消化这些事情。

最后她说："好吧，他现在……不再是你的威胁了？"

"正确。"

凯特歪着头说："他为了另一个女人离开你？"

这次是我微微地笑了一下："她是一个完美的替代品。我第一次见到她的时候就是这么想的……她现在也安全了。"

"理查德的确事事力求完美。"凯特靠在椅子上，跷起右腿，若有所思地摸着脚腕。

我第一次见凯特的时候，她只问了几个问题，但是帮我将清了混乱的思绪：你能解释为什么你认为理查德总希望你心神不宁吗？他这样做的动机是什么？

第二次去的时候，我并没哭，可是她伸手从我们中间的桌子上拿纸巾盒，我看见她的手腕上有一个很粗的手镯。

她静静地举着胳膊，有意让我看，但是一个字也没说。

这个与众不同的手镯的出现不能算是惊喜。毕竟，我寻找理查德的前妻——那个黑发女人，也是为了收集信息。

找到她不难。凯特仍然住在城里，而且还在电话簿上。我是多么谨小慎微啊。在日记里，我写了我们的会面，却从来没有提过她的名字。即使理查德发现我偷偷进城，我也只是说去看医生。

但是凯特比我更谨慎。

她全神贯注地听我说，但是不跟我分享她和理查德在一起的故事。

我认为我是在第三次见面的时候找到了原因。

前两次会面，她让我进去之后闪到一边，示意我先进客厅。谈话时如果她站起来，则表示该结束了。然后她让我走在前面，自己跟在后面送我出门。

第三次见面，当我问她是否应该离开理查德，搬去和夏洛特姨妈同住的时候，她噌地一下站起来，问我喝茶吗。

我点点头，但是莫名其妙。

她走进厨房，我一直盯着她。

她的右脚拖拖拉拉，身体左右摇晃，每走一步都要不自然地停顿一下。她的腿有问题，我们谈话时她总是按摩腿部。显然她瘸了。

她端着茶盘回来，简单地说："你刚才说什么？"

她把杯子递给我，我摇摇头。我的手抖得厉害，拿不住杯子。

我打量着她：精致的白金项链、粗手镯、右手上戴着祖母绿戒指。如此考究、昂贵，和她朴素的衣着形成鲜明的对比。

"我说……我不能离开他。"我结结巴巴地说。

几分钟之后，我落荒而逃，担心理查德打电话找我。这是今天之前，我最后一次见凯特的情景。

"档案记录写的是意外，莫林负责看管他。"我说。

凯特轻轻地闭上眼睛："这样很好。"

"你的腿……"

凯特不动声色地说："我从楼梯上摔了下来。"她迟疑了一下，转移目光看着她的鱼在水族箱里游动。"那晚，理查德和我吵了起来，因为有个重要的活动，我迟到了。"她的声音柔和了很多，"回家之后，他上床后……我离开公寓，带着箱子。"她痛苦地咽了一下口水，用手抚摸着小腿，"我不想让任何人听到电梯的声音，所以决定走楼梯，但是理查德……他没睡。"

她的脸一下子皱在一起，接着恢复平静："从此以后，我再也没见过他。"

"我太难过了，但是现在你也安全了。"

凯特点点头。

过了一会儿，她说："保重，瓦妮莎。"

她站起来，带我走到门口。

我听见她锁门的声音。在走廊里，我又回头看了一眼她的公寓，很久以前的一幕出现在眼前。

一个穿雨衣的女人站在幼儿园外面，注视着收拾教室的我。我走到窗边的时候，她惊慌失措地走开了。

她应该是个跛脚的人。

42

我在夏洛特姨妈家的床上醒来，充足的阳光透过百叶窗洒在身上，暖洋洋的。

这是我的房间。我张开胳膊，叉开腿，像海星一样占据整张床。然后，抬起左手关掉闹钟。

有时候，我还是会失眠。回忆往事，仍然有很多细节百思不得其解。

但是早上醒来的时候我不再害怕了。

我起床，裹着睡袍到浴室冲澡。桌上放着我们去意大利和威尼斯的行程。十天以后，夏洛特姨妈会和我一起去。现在是暑假，劳动节过后，我要开始在南布朗克斯给学龄前的孩子们上课了。

一个小时之后，我走进温暖的阳光里。今天没什么事，所以出来散步。走在便道上，我小心地避让着一个孩子用粉笔在地上画的"跳房子"。八月的纽约比平时安静，我的步伐比平时优雅。一群游客在拍高楼大厦；一个老太太坐在砂石台阶上看报；一个小贩把一簇簇娇艳的罂粟花、太阳花、百合花和紫菀花装进篮子里。我决定回家的时候买一些。

走到咖啡店门口，我推开门，巡视里面的环境。

"一个人？"服务生拿着几本菜单走过来。

我摇摇头："谢谢，我约了人。"

我看见她在角落里，端着一个白色的马克杯送到嘴边。她手上的黄金戒指在灯光下一闪一闪的，我愣愣地看着。

我既想跑向她，又想多些时间准备。

这时她抬起头，我们四目相对。

我走过去，她马上站起来，毫不犹豫地搂住我。

分开之后，我们像商量好了似的一起抹着眼睛。然后大笑起来。

我坐在她对面。

"看到你太高兴了，萨曼莎。"我微笑地看着她明亮的珠子项链。

"我想你，瓦妮莎。"

我也想你，我在心里说。

我拿起包，掏出一串和她的一模一样的幸运珠。

后记

　　瓦妮莎走在城市的街道上，金黄色的头发随意地搭在肩膀上，胳膊随着脚步摆动。在慵懒的夏日里，这条街又安静了许多。一辆公交车轰隆隆地经过我守候的站台。几个十几岁的孩子聚在街角，观看一个踩着滑板旋转的人。她从他们身边走过，停在一个卖鲜花的摊位前，弯腰从白色的篮子里拿起一大束罂粟花，微笑着接过小贩找的零钱，继续往家里走。

　　我的视线从来没有离开过她。

　　我以前监视她的时候，总想揣摩她的心情。"知己知彼。"上大学时，我读过《孙子兵法》，这句话牢记在心。

　　瓦妮莎从来没有意识到我是个威胁。她只看到了我想让她看到的，她进入了我制造的假象。

　　她以为我是艾玛·萨顿，一个跌入她为了摆脱丈夫而设置的陷阱的无辜女人。我至今仍然佩服她的坦诚，她以为是她精心策划了我和理查德的风流韵事，而我一直以为我才是织网的人。

显然，我们不知不觉成了同谋。

瓦妮莎不知道我的真实身份，没人知道。

我可以现在走开，她永远也不会知道真相。看起来，她已经完全恢复了。也许不知道对她最好。

我低头看了一眼手里攥着的照片。因为岁月的流逝和时常的抚摸，照片边缘已经破损。

这是一张看似幸福的家庭合影：爸爸、妈妈、长着酒窝的小男孩和戴着牙套的十一二岁的小女孩。这张照片是几年前照的，那时我十二岁，住在佛罗里达，几天之后，我的家庭破裂了。

十点多，我应该睡了——已经过了我的睡觉时间，但是我还没睡。我听见门铃响，然后妈妈说："我去看看。"

爸爸在房间里，也许在批改作业。他晚上总是这样的。

我听见嘀嘀咕咕的声音，然后爸爸急匆匆地下楼。

"瓦妮莎！"他喊着。他的声音特别紧张，我好奇地溜出房间，爬到楼梯顶，路过弟弟门前的时候袜子落在了地毯上。藏在那里看下面可以一览无余，我是黑暗中的旁观者。

我目睹了妈妈抱着胳膊，瞪着爸爸；爸爸一边说一边挥舞着双手；我的小猫在妈妈的双腿间蹭来蹭去，好像在安慰她。

妈妈重重地关上门之后，转向爸爸。

我永远不会忘记她当时的表情。

"是她勾引我的，"爸爸一口咬定，他蓝色的眼睛和我一样瞪得圆圆的，"她总在我的办公室出现，要求额外的帮助。我想赶她走，我尽力了，但是她仍旧这样——什么事也没有，我发誓。"

并不是什么事都没有。一个月后，我爸爸搬走了。

妈妈怨恨爸爸，同时怨恨那个漂亮的勾引了爸爸的女人。他们打架的时候，她的嘴扭曲着喊出这个名字，仿佛这三个字又苦又涩，成了他们之间所有不和谐的缩影。

我也怨恨她。

大学毕业后，我去过纽约，当然是为了找她。现在，她是瓦妮莎·汤普森，我的名字也不一样了。爸爸走了之后，妈妈改回了娘家的姓——萨顿。成年之后，我也改了。

瓦妮莎住在郊外富人区的一栋大房子里。她嫁了一个英俊的男人，过上了纸醉金迷的生活，但是她不配。我要看着她完蛋，但是我没办法接近她。她很少出门，我们没机会偶遇。

就在我准备提前回去的时候，突然有了想法。

我可以接近她的丈夫。

我轻而易举地查到了理查德的工作地点，并且得知每天下午三点左右，他都要到街角的咖啡店买双份意式浓缩咖啡。他是一个按部就班的人。我买了一台笔记本电脑，守着一张桌子。他再来的时候，我们的目光相遇了。

　　我一贯是被人追的女人，但这次是我主动追别人。不出我所料，他和我爸爸一样。

　　我对他露出最阳光的微笑："嘿，我是艾玛。"

　　我本以为他会愿意和我上床，多数男人都这样。这样就够了，即使只有一晚也行，他妻子早晚会知道。我下定决心。

　　以其人之道还治其人之身，这对我很有吸引力。这就是公平。

　　他出乎意料地建议我申请做他的秘书。

　　两个月后，我代替了他的秘书戴安娜。

　　几个月以后，我代替了他的妻子。

　　我又低头看了一眼手里的照片。

　　所有的事情，我都大错特错。

　　对爸爸，我错了。

　　"上大学时，我被一个已婚男人骗过。"瓦妮莎在婚纱店告诉我，"我以为他爱我，他从来没告诉过我他有妻子。"

　　对理查德，我错了。

　　"如果你嫁给理查德，你会后悔的。"她在公寓外面警告我。

后来，理查德出现在我的身旁，虽然她的恐惧一目了然，但她仍在努力地告诉我：他会伤害你。

我想过理查德是怎么拉拢我的，瓦妮莎讲出那些话之后，他用胳膊搂住我。这个姿势看起来是保护。但是他的指尖抠进了我的肉里，留下一条紫红色的痕迹。他并没有意识到，那时，他正恶狠狠地盯着瓦妮莎。第二天，我和瓦妮莎在婚纱店见面，我要确保她站在我这边。

最最重要的是，我错怪了瓦妮莎。

唯一公平的是，她也错怪了我。

我过马路，靠近她的时候，特意让她看见。

我刚要喊她，她就转身了，她肯定感觉到了我的出现。

"艾玛！你在这儿干什么？"

虽然这很难，但是她对我开诚布公。如果不是她这么拼命地救我，我也许会嫁给理查德。但是她并没有就此打住，反而冒着生命危险揭发他，阻止他猎取其他的女人。

"我想对你说抱歉。"

她眉头紧蹙，等着我说。

"我想给你看一张照片，"我递给她，"这是我的家庭。"

瓦妮莎盯着照片，听我讲。我的故事从很久很久以前，十月的夜晚，我准备睡觉的时候开始。

然后，她仰起头对着我的脸，语调平和、缓慢而有节奏地说："你的眼睛，看起来那么熟悉。"

　　"我觉得应该让你知道。"

　　瓦妮莎把照片还给我："我曾经想过，我们似曾相识。我在网上查你的时候，只找到近几年的资料，除了地址和电话，什么也没有。"

　　"你是不是宁愿不知道我是谁？"

　　她想了想，然后摇摇头："真相是唯一前行的动力。"

　　我们俩之间再没什么可说的，我伸手拦下一辆出租车。

　　我坐进出租车，转过身体，从后窗向外看。

　　我抬起手。

　　瓦妮莎愣了一会儿，然后抬起手，我仿佛看见镜子里的自己。

　　她转身向相反的方向走去，几乎在同一时刻，出租车启动了，我们之间的距离随着每一次呼吸拉远，再拉远。

致谢

格里尔和莎拉共同感谢：

我们日日感念圣·马丁出版社（St. Martin's Press）的编辑詹妮弗·恩德林（Jennifer Enderlin）的帮助。她的聪明才智为这本书锦上添花，她无与伦比的精力、视野和见识让这本书比我们预期的更丰满厚重。

我们幸运地得到了一个杰出的出版团队的支持，他们是：凯蒂·巴塞尔（Katie Bassel）、凯特琳·达雷夫（Caitlin Dareff）、雷切尔·迪贝尔（Rachel Diebel）、玛尔塔·弗莱明（Marta Fleming）、奥尔加·格利奇（Olga Grlic）、特雷西·盖斯特（Tracey Guest）、乔丹·汉利（Jordan Hanley）、布兰特·詹韦（Brant Janeway）、金·卢德兰（Kim Ludlam）、埃里克·马蒂拉诺（Erica Martirano）、凯瑞·诺德林（Kerry Nordling）、吉塞拉·拉莫斯（Gisela Ramos）、赛丽·理查德森（Sally Richardson）、莉萨·森兹（Lisa Senz）、迈克尔·斯托瑞斯（Michael Storrings）、汤姆·汤普森（Tom Thompson）、多利·温特劳布（Dori Weintraub）和劳拉·威尔逊（Laura Wilson）。

感谢慷慨、机智，总是带给我们惊喜的代理人维多利亚·桑德斯（Victoria Sanders）和维多利亚·桑德斯代理公司出色的员工：

伯纳黛特·贝克－鲍曼（Bernadette Baker–Baughman）、杰西卡·斯皮维（Jessica Spivey）、黛安·迪肯诗德（Diane Dickensheid）以及玛丽·安妮·汤普森（Mary Anne Thompson）。

贝尼·科纳尔（Benee Knauer）：我们由衷地感谢你的慧眼识书，尤其感恩你教会我们"渲染紧张"的技巧。

感谢各国的出版商们，特别是我们梦寐以求的重要合作伙伴——英国泛·麦克米伦（Pan Macmillan UK）的韦恩·布鲁克斯（Wayne Brookes）。同时向纽约集团（Gotham Group）的莎莉·斯迈利（Shari Smiley）表达诚挚的谢意。

来自格里尔的感谢：

一句话，没有莎拉·佩卡南就没有这本书。她鼓舞人心、聪明能干又活泼可爱，是我的合作者，也是我珍爱的朋友。感谢你和我一起谋划了这场奇妙的旅行。

我做了二十年的编辑，从合作过的作者身上受益匪浅，尤其是詹妮·弗韦纳（Jennifer Weiner）和她的代理乔安娜·普契尼（Joanna Pulcini）。感谢我以前在西蒙与舒斯特（Simon & Schuster）的同事们，直到现在我和他们中的很多人还是亲密无间的朋友，特别是我在心房书社（Atria Books）的引路人朱迪思·库尔（Judith Curr），令人尊敬的彼得·博兰（Peter Borland），还有才华横溢的年轻编辑莎拉·坎廷（Sarah Cantin）。

我对第一批读者感激不尽。他们是：玛勒古·德曼（Marla Goodman）、艾莉森·斯通（Alison Strong）、瑞贝卡·奥辛斯（Rebecca Oshins）和马琳诺森丘克（Marlene Nosenchuk）。

很多朋友给了我灵感——无论是出版行业的，还是其他行业的，他们在旁边为我摇旗呐喊。感谢卡丽·阿布拉姆森（Carrie Abramson）和她的丈夫、我们的红酒顾问利（Leigh）、吉莉安·布莱克（Gillian Blake）、安德里亚·克拉克（Andrea Clark）、梅根·多姆（Meghan Daum）（她写给我的诗启发我写出了萨曼莎的诗）、多里斯·富尔曼（Dorian Fuhrman）、科伦·戈登（Karen Gordon）、凯拉·麦卡弗里（Cara McCaffrey）、利奥特·斯特利克（Liate Stehlik）、劳拉·范·斯特拉顿（Laura van Straaten）、伊丽莎白·威德（Elisabeth Weed）和特丽萨·佐罗（Theresa Zoro）。我要特别大声地喊出一个名字：南塔基特图书俱乐部（Nantucket book club）。

感谢丹尼·汤普森（Danny Thompson）和艾伦卡·茨维斯特里希（Ellen Katz Westrich）帮助我恢复精力和体力。

现在轮到我的家人了：

比尔（Bill）、卡罗尔（Carol）、比利（Billy）、黛比（Debbie）和维多利亚·亨德里克斯（Victoria Hendricks）；帕蒂（Patty）、克里斯托弗（Christopher）和尼古拉斯·阿洛卡（Nicholas Allocca）；朱莉·方丹（Julie Fontaine）、拉亚·卡塞尔（Raya Kessel）和罗南·卡塞尔（Ronen Kessel）。

罗伯特·卡塞尔（Robert Kessel）一直鼓励我迎难而上。

迈克·卡塞尔（Mark Kessel）和伊莱恩·卡塞尔（Elaine Kessel）传递了对本书的热爱，成为我最早的读者。他们总是对我说"加油"。

洛基（Rocky）一直陪伴着我。

尤其让我感动的是佩奇（Paige）和亚力克斯（Alex），他们鼓励妈妈实现了童年的梦想。

最后向约翰（John）致意，他是我的指路明灯，不仅指出我能做什么，应该做什么，还手把手地扶持我走上这条路。

来自莎拉的感谢：

十年前，格里尔·亨德里克斯成为我的编辑，然后我们成为挚友，现在我们是一个写作团队。我们突发奇想的合作一直令人愉快，对于她的支持、提议和激励，我心存感激。我已经迫不及待地展望我们的下一个十年了。

感谢史密斯（Smiths）一家人的帮助：艾米（Amy）和克里斯（Chris）的鼓励、欢笑和红酒；莉斯（Liz）审读了我的初稿；佩里（Perry）深思熟虑的建议。

感谢凯西·诺兰（Kathy Nolan）分享从购物到上网的所有经验；雷切尔·贝克（Rachel Baker）、乔·丹杰菲尔德（Joe Dangerfield）和凯西·海因斯（Cathy Hines）的默默支持；跑街队（Street Team）和脸书的朋友们及读者热心的评价和宣传；还有其他创作者热情的支持。

莎伦·塞勒斯（Sharon Sellers）给了我攀上顶峰的勇气和力量；莎拉·坎廷（Sarah Cantin）贡献出聪明才智；还有格伦·雷诺兹（Glenn Reynolds）、贾德·阿斯曼（Jud Ashman）和参加盖瑟斯堡书展（Gaithersburg Book Festival）的同仁们，我对你们感激不尽。

一直安静地坐在我身边，陪我写作的贝拉，你是最棒的狗。

无与伦比的帕坎南（Pekkanen）团队的队员们：娜娜·林

恩（Nana Lynn）、约翰尼（Johnny）、罗伯特（Robert）、萨蒂亚（Saadia）、索菲亚（Sophia）、本（Ben）、塔米（Tammi）和比利（Billy），我爱你们。

还有，感谢我永远最最重要的儿子们：杰克逊（Jackson）、威尔（Will）和迪伦（Dylan）。